뽑기 게임에서 살아남는 법

임제열 퓨전 판타지 장편소설

WISHBOOKS FUSION FANTASY STORY

뽑기 게임에서 살아남는 법 5

임제열 퓨전 판타지 장편소설

초판 1쇄 찍은 날 | 2021년 1월 15일
초판 1쇄 펴낸 날 | 2021년 1월 22일

지은이 | 임제열
펴낸이 | 권태완 우천제

기획 | 위시북스
편집책임 | 한준만
편집 | 위시북스

펴낸곳 | ㈜케이더블유북스
등록번호 | 제25100-2015-43호
등록일자 | 2015. 5. 4
KFN | 제2-68호

주소 | 서울시 구로구 디지털로31길 38-9, 401호
전화 | 070-8892-7937 팩스 | 02-866-4627
E-mail | fantasy@kwbooks.co.kr

ISBN 979-11-293-7209-3 04810
979-11-293-6632-0 (set)

※ 이 도서의 국립중앙도서관 출판시도서목록(CIP)은 서지정보유통지원시스템 홈페이지(http://seoji.nl.go.kr)와 국가자료공동목록시스템(http://www.nl.go.kr/kolisnet)에서 이용하실 수 있습니다.

Wish Books
임제열 퓨전 판타지 장편소설
WISHBOOKS FUSION FANTASY STORY
5
뽑기게임에서 살아남는 법

뽑기 게임에서
살아남는 법

CONTENTS

Chapter 1

‘지, 진짜로?’

처음으로 제대로 뽑은 태생 5성. 빈서율이 또 한 번 제대로 사고를 쳐버렸다.

“꺄아아악! 역시 빈서율! 제물이 답이었어!”

주예린이 환호성을 내지르며 빈서율을 껴안았다. 나머지 일행들도 함성을 내지르며 달려들었다. 한순간에 흥분의 도가니가 된 광장.

‘와, 이건 너무 작위적인데.’

아니다. 분명 「갓 컴퍼니」가 말하길 뽑기 확률에도 행운 수치가 존재한다고 했으니까. 가능성 있을 수도 있는 일이다. 그렇다면 도대체 빈서율의 행운 수치가 몇이길래…….

‘그나저나 위그드라실은 또 뭐야?’

나무족이면 4성 이상부터 가끔가다 보였던 종족인데, 써본 적은 없다. 쓰는 사람 몇몇 보긴 했는데 아마 탱커였던 거 같다.

'뭐, 아무튼.'

이번 뽑기는 이 정도면 대성공이다. 좋아하는 일행들 사이에서 빈서율과 눈이 마주쳤다. 안도하고 있는 모습. 환하게 웃고 있었다. 나 역시 마주 웃으며 엄지손가락을 들어줬다. 역시 빈서율이 최고다.

"그럼, 몬스터 분배 타임입니다."

이제 나온 몬스터를 각자 포지션에 맞게 나눠야 한다.

"드디어 그 시간이 왔구만."

"천사족, 마녀족, 나무족이라……."

"리더만 믿겠소."

일행들의 시선이 집중됐다. 소수 정예는 민주주의가 아니기에, 모든 결정과 판단은 내가 한다. 그게 애초에 가입 조건이었으니까.

물론 의문점이 있다면 언제든 물어볼 수 있고 그 과정에서 납득이 된다면 수정할 수 있다. 뭐, 집단이 불편하고 위계질서 있는 분위기는 아니라 그 정도는 어렵지 않게 할 수 있을 거다.

"먼저 합체족이 총 두 개가 나왔습니다. 2성짜리 하나 그리고 3성짜리 하나."

사실 4성짜리보다 이 합체족이 더 중요하다. 난 몬스터 칸이 가득 찬 상태였고 모든 일행들에게 합체족 하나를 지급할 때까지 추가 합체족을 끼지 않을 생각이었다.

합체족에 더 욕심내기엔 스킬 칸 채우기도 벅차다.

"허어- 그 희귀한 게 두 개나 나왔단 말인가?"

"할아버지, 서율이잖아요, 서율이. 참, 우리 합체족 없는 인원이 누구였죠?"

주예린이 나서서 물었다. 일행들에게 합체족의 효능에 대해서는 이미 다 설명한 상태. 굳이 복잡하게 말할 필요 없었다.

"너랑 나, 그리고 서율 씨 빼고는 전부 없지."

"아, 그러네?"

고민이 좀 된다. 어차피 나중에 다 주긴 할 테지만, 굳이 네 명 중 두 명을 선택하기가 모호했다. 그때였다.

"지호랑 은채에게 먼저 주는 건 어떻소?"

양종현이 나섰다.

"지호랑 은채요?"

내가 물었다.

"그렇소. 할아버지야 탱커니까 괜찮으실 테고……. 나야 원래 보호족으로 잘 견뎌왔지 않소. 노하우가 있기도 하고. 하지만 두 남매는 그런 게 없어 보여서 말이오."

"나도 동감하네. 일단 비교적 안전에 취약한 둘부터 주는 게 어떻겠나."

할아버지도 동조했다.

"그럼 그렇게 하시죠."

애매했는데 잘 됐다. 말마따나, 서지호는 보호족이 없어 방어수단이 전무했다. 게다가 서은채는 나와 함께 팀으로 다녀야 하기에 위험 노출이 더 심할 거다.

'일단 은채에게 3성짜리를 줘야겠네.'

사실, 3성이나 2성이나 별 차이는 없다. 근본적으로 합체족은 능력치 상승 버그 때문에 쓰는 거지, 등급이 그렇게 중요하지는 않다. 물론, 초반에 조금의 힘 차이는 있을 수 있으나, 나중 가면 거의 무의미한 차이다.

그래도 서은채가 더 위험한 상황이 많이 나올 거기에 일단은 3성짜리 합체족을 건넸다.

"둘 다 이젠 체력훈련도 병행해야 할 거야. 아델한테 무술도 배워야 할 거고."

"넵! 잘 키워볼게요."

"감사합니다."

자, 합체족은 해결했고,

"다음은 천사족 루시리스입니다."

나머지 몬스터 분배를 시작했다.

천사족 '루시리스'(★★★★)는 '유지넬'과 달리 단일 힐링이 아닌 광역 힐링 몬스터였다. 그렇기에 양종현에게 줬다. 그가 이제 주예린 팀의 새로운 디버퍼 겸 힐러다.

마녀족 '바토리'(★★★★)는 「몬스터즈」에서 가장 중요한 디버프인 '방깎'(방어력 감소)을 가진 몬스터였다. 그렇기에 서은채에게 줬다. 방깎은 나에게도 꼭 필요한 디버프고 양종현과는 중복으로 겹치기도 했으니까.

그렇게 이루어진 성공적인 스왑.

"아저씨."

"응?"

"합체족에다 '바토리'까지 받으면……. 등록할 자리가 없는데요?"

그녀의 레벨은 38. 등록 가능 몬스터의 수는 총 다섯 마리다. 지금 가지고 있는 몬스터는 총 여섯 마리고.

"알아, 일단 가지고 있어."

저 구간에서 레벨 2 정도야, 금방 올린다.

"그럼 '합체족'부터 등록할까요? 아니면 '바토리'부터?"

"무조건 합체족부터."

"알겠어요."

능력치는 최대한 빨리 뽑아먹어야 한다. 지금은 딱히 '방깎'이 급하지도 않고. 웬만한 몬스터는 '불지옥' 또는 '섬창' 선에서 정리되니까. 어쨌든, 이제 딱 한 마리 남았다.

"그럼 마지막으로…… '세계수 위그드라실'(★★★★★)의 주인을 정해야 하는데요."

"나무족이면……."

"와……. 태생 5성, 부럽다……."

일행들이 침을 꿀꺽 삼켰다.

아직 몬스터 정보를 확인하지 않은 상태. 나는 정보를 열어봤다.

[몬스터:'세계수 위그드라실'(★★★★★)]

[종족:나무족]

[레벨:1 (Exp 0/200)]

[보유 스킬:5/5]

-작귀나(Lv.1):세계를 떠받들고 있다는 나무의 정점. 주인을 위해 작고 귀여운 나무의 모습으로 나타난다.

-숲의 가호(Lv.1):반경 200m 내 모든 파티원에게 강력한 실드를 부여한다.(제한:30분에 1번)

-숲의 기운(Lv.1):반경 200m 내 모든 파티원의 회복력을 1,000% 증가시킨다.(제한:30분에 1번)

-뿌리 속박(Lv.1):반경 200m 내 모든 적을 튼튼한 뿌리로 10초 동안 속박한다.(제한:1시간에 1번/지상유닛)

-세계 연결(봉인됨):???(세계수 본연의 힘을 찾았을 때 발현 가능)

'……미친.'

과연 태생 5성 다운 화려한 스펙이다. '숲의 가호'로 탱커 역할, '숲의 기운'으로 힐러 역할을 겸했으며, '뿌리 속박'은 태생 5성에만 등장한다는 광역 CC기 스킬이었다.

'그리고 세계 연결? 이건 뭐지?'

봉인된 스킬은 처음 봤다. 원래 「몬스터즈」 그런 게 있었나? 태생 5성 스킬들은 잘 모른다. 애초에 태생 4성 이상은 뽑아본 적도 없었으니까.

'세계수 본연의 힘이 필요하다라…….'

대충 어떤 느낌인지 알 것 같긴 했다. 아마 세계수도 드래곤

들처럼 본신의 힘을 전부 드러내지 못하고 있는 상태일 거다. 어느 정도 숙련도를 쌓고 성장했을 때 스킬 봉인이 풀리겠지.

뭐, 나름 기대된다. 초반에 쓰지 못하도록 막아놓은 거 보면, 보통 스킬은 아닐 테니.

'그리고 마지막 스킬.'

작귀나? 작고 귀여운 나무의 준말인가?

"작귀나라니……. 뭐, 이딴 네이밍 센스가……."

뿌드드득!

그때였다. 땅 밑에서 뿌리 소리와 함께 작은 묘목이 등장했다.

쑤우우욱!

곧이어 빠르게 자라나기 시작했다. 땅에 박힌 뿌리가 다리가 되고 기둥이 몸체가 되었으며 가지가 손이 되었다.

"꾸웅!"

굉장히 귀여운 모양의 나무. '위그드라실'이었다. 나무는 그렇게 크지 않았다. 딱 내 허리까지 올 정도로 작았다.

"꺄! 귀여워!"

"이게 태생 5성이라니……."

"아이엠 그루트?"

일행들의 눈이 빛났다. 탐나는 거다. 누구나 자신의 몬스터에게 애정을 갖는다. 그리고 이 작은 나무는 과하게 애정을 주고 싶은 그런 생김새의 몬스터였다. 무엇보다 스킬이 짱짱하지 않은가.

"크, 크흠. 이건 딱 봐도 탱커구먼."

"……힐러 같기도 한데요……?"

"속박기술이 있잖소. 최고의 디버프지."

"제, 제가 뽑은 몬스터예요."

웅성거리는 일행들. 하지만 이미 난 마음속으로 결정 내린 상태였다.

"이 몬스터는 할아버지 겁니다."

"허허허허-"

활짝 웃으시는 할아버지.

생각해 보니, 그간 3성짜리 곰탱이 몇 마리 빼고는 드린 게 없다. 그에 비해 다른 일행들은 계속 받은 것이 많았다.

"광역 스킬 위주라 저나 은채보다는 예린이 팀 쪽에 힘을 실어주는 게 맞다고 생각했습니다. 할아버지 탱커들과 함께 사용하시면 시너지도 좋을 거구요."

"물론이네, 책임지고 숙련시켜 놓겠네!"

힘있게 말하는 할아버지.

일행들도 별수 없이 수긍했다. 이것저것 명분을 떠나서 몬스터가 4마리뿐인 사람이 빈서율과 할아버지 둘뿐이었기 때문.

"서율 씨는 다음에 챙겨 드릴게요."

"괜찮아요. 어차피 저야 제가 강해지면 되는 건데요, 뭘."

빈서율이 쿨하게 웃었다.

분배가 끝나고 각자 훈련소로 이동했다. 새로 몬스터를 얻은 사람들은 교감을 쌓아야 했고, 고된 등반 기간 동안 부족했던 것을 느꼈던 사람들은 다시 한번 자신을 다듬었다.

나는 강화소로 이동했다. 일단은 재료 카드 정리를 할 생각이었다.

1성 110개, 2성 63개, 3성 169개, 4성 2개.

내 인벤토리에 쌓여 있는 재료 카드의 수다. 원래는 이것보다 더 많았다. 하지만, 분배가 끝나고 일행들이 대거 재료를 빼간 상태.

'일단 5성부터 찍는 게 맞으니까.'

지금껏 얻었던 4성 이하 몬스터들을 5성으로 만들기 위함이었다. 빈서율의 보호족, 주예린의 암살족과 합체족, 그리고 이번에 얻은 몬스터들까지 해서 전부 5성까지 올리라고 지시했다. 그리고 아마 지금쯤 다 등급 업그레이드를 마쳤을 거다.

'일단 4성 재료 카드로 다 몰아볼까?'

나는 강화소에 재료 카드를 갈아 넣었다. 재료 카드 3개를 바치면 차상위 재료 카드1개가 100% 확률로 나온다.

1성 2개, 3성 1개, 4성 69개.

'이 정도면 됐어!'

내가 바라고 바랐던 것. 드디어 대망의 6성 몬스터로 업그레이드할 수 있는 재료가 모였다. 나는 4성 재료 카드 69개를 모두 5성 재료 카드로 갈아 넣었다.

'크, 23개라니…….'

6성을 총 4마리까지 만들 수 있는 양이다. 6성으로 올리는 데는 총 5성짜리 재료 카드 다섯 개가 필요하니까. 간만에 두둑하게 모인 재료에 기분이 좋아졌다.

'그나저나 누굴 올려줘야 하지?'

내 것도 올려야겠지만, 그렇다고 무작정 내 것만 올릴 수 없다. 이 재료 카드가 전부 내 것도 아닐뿐더러, 팀 벨런스를 잘 맞춰주는 것도 중요하다.

'……가장 쓸모 있는 거.'

머릿속으로 시뮬을 돌려봤다. 과거에 있었던 전투 실적과 앞으로 있을 전투를 전부 계산했다.

'일단 합체족들은 기각.'

등급이 오르면 좀 더 세지긴 하겠지만, 어차피 합체족의 주 목적은 스킬 칸의 증가다. 아직 '마라나타'에 스킬을 다 채우지도 못한 상태. 굳이 6성으로 먼저 올릴 필요는 없다.

'켈피도 기각.'

이동 수단이나 은신 말고는 그렇게 쓸 일이 없다.

'역시…… 태생 5성이 답인가?'

드래곤 두 마리, 그리고 세계수 하나. 그래, 일단 태생 5성부터 좀 밀어주고 남은 하나는…….

"당연히 우리 뿔하피지."

[주인님! 불렀어?]

이미 '화(火)의 정수'를 체득한 몬스터다. 태생 1성이지만, 불로 싸우면 레드 드래곤 '아그니스'에게도 밀리지 않을 정도. 당연히 대우를 해줘야 한다.

[강화소다! 강화소다!]

뿔하피는 신난 듯 날아다녔다. 내가 강화소 앞에 있을 때마다 본인이 강해진다는 걸 알기 때문이다.

"실베론도 나와."

[오랜만이군, 주인.]

나는 두 몬스터를 소환했다.

"오늘 너희들 등급을 올려줄 생각이야."

[끼이아!]

[본신의 힘에 한 발짝 더 가까워지겠군.]

"누구부터 올라갈래?"

[나! 나! 주인님! 내가 선배잖아!]

"그렇지."

역시, 우리 뿔하피. 습득력이 빨라.

실베론의 미간이 살짝 찌푸려진 것 같았지만, 별다른 반응은 없었다. 뭐, 드래곤이 쪼잔하게 이 정도로 삐지겠어?

['화염의 뿔하피'(★★★★★)를 '화염의 뿔하피'(★★★★★★)로 등급 업그레이드하시겠습니까?]

"캬."

뿔하피가 제단에 올라서자 메시지가 떴다. 별 6개의 모습에 가슴이 뛴다. 첫 번째 메인 퀘스트 때, 고스트에게 둘러싸여 소환됐던 뿔하피가 어느덧 이렇게 성장하다니…….

뿌듯한 기분이었다.

“업그레이드한다!”

[축하합니다. ‘화염의 뿔하피’(★★★★★★)로 등급 업그레이드되었습니다!]

[★★1서버 최초로 몬스터 6성 강화에 성공하였습니다. 업적 ‘강화 마스터’를 달성합니다.★★]

[특수 보상:최상급 랜덤 스킬 박스 1개]

‘와우, 업적 보상까지?’

1서버 최초라니. 하긴, 지금 이 정도까지 재료를 모을 수 있는 사람이 존재할 리 없었다. 보상도 나름 센스있다. 뿔하피 6성이 되면서 마침 스킬 칸 하나가 비기 때문.

화르르륵!

뿔하피가 화려한 이펙트와 함께 진화하기 시작했다. 먼저 붉었던 날개가 타올랐다. 전설 속의 새 ‘피닉스’처럼 불타오르는 간지나는 날개.

[대, 대단하군.]

실베론이 감탄했다. 뿔하피의 날개가 불, 그 자체로 변했다. 난 저항력 때문에 괴롭지 않았지만, 실베론 같은 경우는 끔찍한 열기가 느껴지는 것 같았다. 아마, 저 날개에 스치는 순간 웬만한 몬스터는 재도 남기지 않고 소멸할 거다.

그뿐만이 아니었다. 외형도 바뀌었다. 완벽한 성인 여성의 모습. 젖살은 다 빠졌고 이목구비가 더욱 우아해졌다.
이건, 솔직히 조류족이 아닌 천사족의 모습에 가까웠다. '조류족성애자' 정태경이 보면 코피를 흘릴 수도 있겠는데…….
뾸하피가 제단에서 천천히 걸어 내려왔다. 그러고는 말했다.
[……주인님. 저 어때요?]
뭐야, 갑자기.
목소리도 부드러워졌다. 그리고 갑자기 웬 존댓말이야? 적응이 안 된다.
[저, 예뻐요?]
"뭐?"
[주인님, 주변 여성들을 참고해서 모습을 바꿔봤는데……. 마음에 드시나요?]
주변 여성? 빈서율, 주예린, 서은채?
"그, 그래. 뭐, 예…… 쁘긴 한데."
[끼힛! 기뻐요, 주인님.]
"그런데 그냥 평소대로 말해주면 안 되겠니? 나 지금 굉장한 상실감이 들거든?"
그 귀여운 말투가 얼마나 힐링이 됐는데. 이렇게 변하게 둘 수는 없었다. 뾸하피가 날개를 펼친 상태로 천천히 다가왔다.
[어찌 제가 감히 그럴 수 있나요.]
"엉?"
[제 삶은 오직 주인님을 모시기 위해 존재한답니다. 감히 말을 놓을 순 없어요.]

"명령인데도?"

[그럼요. 하지만 옛날처럼 안아주는 거랑 머리 쓰다듬어 주는 거 10번 정도만 해주면 생각…….]

따콩!

결국, 꿀밤을 멕였다. 이게 어딜 건방지게.

[끼아아! 주인님! 아파!]

"그래, 그렇게 말하라고. 알겠어?"

[너무해! 주인님!]

너무하긴 개뿔.

휴, 그래도 다행이다. 꿀밤 하나에 옛날 말투를 되찾았으니까. 귀여웠던 뿔하피를 잃는 줄 알고 괜히 노심초사했다.

"지금 6성 됐다고 말 안 듣고 그러는 거야?"

[……끼이잉.]

"됐고, 이따가 훈련이나 하자. 6성 적응도 해봐야지."

[훈련? 훈련! 좋아! 주인님!]

역시, 뿔하피는 뿔하피다.

[점점 본신의 힘을 찾아가는 게 느껴지는군.]

뿔하피에 이어 실베론 역시 6성화에 성공했다. 드래곤은 드래곤인지 급격하게 달라진 모습은 없었다. 하지만, 기운 자체는 확연히 달라졌다. 위압감이 살짝 느껴질 정도?

"지금이 본신 힘의 몇 퍼센트 정도야?"

[10% 정도?]

"……멀었구먼."

그나저나 지금 이 정도가 10%라니……. 도대체 본신은 얼마나 센 거야? 그리고 태생 5성들은 다 본신이 있는 건가? 세계수도 본신의 힘이 있다고 그러는 걸 보아하니, 뭔가 배경 되는 세계가 있긴 있는 거 같은데…….

"실베론."

[말하라, 주인.]

"네가 살던 세계는 어떤 세계였지?"

궁금하면? 물어보면 된다.

[……으음. 잘 기억은 나지 않지만, 이곳과는 전혀 다른 분위기의 세계였다는 것은 확실하다. 수십의 이종족들이 함께 어울리던 세계였지.]

"이종족?"

[그렇다. 주인과 같은 인간부터 해서 사고가 가능한 종족들까지. 그리고 난 그곳의 평화를 수호했었던 것 같다.]

추측성 어구. 역시, 아델처럼 정확한 기억은 나지 않는가 보다.

"그럼 혹시, 엘프나 드워프 이런 거도 있었어?"

[물론, 평화를 사랑하는 숲의 종족들이었지.]

"아……."

어렸을 적 보던 판타지에 자주 등장하는 종족들. 역시, 아무리 생각해도 그냥 몬스터의 배경설정인 거 같았다. 엘프, 드워프, 그리고 드래곤이 나오는 세계관. 사실 게임 배경으로 넣기 흔한 설정이지 않은가.

어쨌든- 지금 그건 중요한 게 아니다. 그것보다 더 중요한 것은 탑을 오르는 거다. 탑을 오르면 모든 비밀을 밝힐 수 있다고 했으니.

"쩝, 실베론."

[왜 그러는가, 주인.]

"내가 가려 하는 길이 많이 험난하거든?"

[……그래 보이더군.]

"그러니까 좀 더 노력해서 빨리 본신의 힘을 찾아줘. 그럼 정말 큰 도움이 될 거 같아."

[노력하겠다, 주인.]

진중한 목소리로 답하는 실베론. 그런 그에게 싱긋 웃어줬다. 자, 그럼 뿔하피도 실베론도 6성으로 올렸겠다, 이제는 스킬 뽑기 차례다.

최상급 랜덤 스킬 박스 2개. 하나는 탑 27층 보상, 하나는 6성 진화 업적 보상이다. 어디 바로 달려볼까?

[상자를 개봉하시겠습니까?]

분명히 「갓 컴퍼니」가 그랬었지. 내 스킬 뽑기 행운 수치가 비정상적으로 높다고. 그 말을 들었기 때문에 더욱 기대된다.

"어, 개봉해."

[빰빠바~]

[축하드립니다! S급 스킬을 뽑으셨습니다!]
[스킬 '하늘을 걷는 자'를 얻으셨습니다!]

'음?'

[스킬:하늘을 걷는 자]
[등급:S급]
[특성:패시브(Lv.1)]
['합체족' 전용 스킬]
[하늘을 유유히 걸을 수 있으니, 인간을 초월한 신선이 아니고 무엇이겠는가.]
[사용 시, 비행 유닛 판정을 받습니다.]

잉? 뭐, 이런 스킬이 다 있지?
성능도 딱히 별거 없고 설명도 심플하다. 게다가 '합체족' 전용 스킬이라니……. 이건 너무 대놓고…….
"아?"
문득, 떠올랐다. 형들이 가지고 있던 그 매머드같이 생긴 놈의 전체 스턴기.
내가 지상에 있다는 판정으로 스턴에 걸렸었는데, 설마 그걸 보고 준건가? 피하라고?
"쩝……. 이것도 사기려나?"
나는 몬스터들의 남은 스킬 칸을 파악해 봤다. 뾸하피 1자리, 실베른 1자리, 그리고 마라나타 2자리(1자리는 건틀릿을 소환하는 기본 스킬). 그러니까 총 4자리다.

'일단 줬으니 껴보자.'

이 스킬이 얼마나 쓸모 있을지는, 훈련 간 파악해 보면 된다.

['하늘을 걷는 자'(S급)를 '마라나타'(★★★★★)에 등록하시겠습니까?]

"오케이."

나는 바로 이어서 다음 상자를 깠다. 다시 익숙한 메시지가 떴고 영롱한 빛이 사라져 갈 때쯤-

[빰빠바~]

[스킬 '아테나의 사기진작'을 얻으셨습니다!]

'오, 또 버프형이네?'

뿔하피에게 줬던 스킬, '아테나의 지휘'와 비슷한 좋은 스킬이다. '지휘'가 광역으로 공격력과 방어력을 올린다면, '사기진작'은 광역으로 공격속도와 이동속도를 올린다.

근처 파티 캐릭터와 몬스터의 공격속도와 이동속도 120% 상승.

이 역시, 지금은 무난하지만, 나중엔 괴랄한 스텟 버프를 자랑하게 될 거다.

"뿔하피!"

[응! 주인님!]

다시 귀여운 목소리로 돌아온 뿔하피.

"이거도 너 가져라."

[끼아아! 좋아!]

실베론에게 줘도 상관은 없다. 그러나 왠지 뿔하피가 가지는 게 깔끔하니 예쁠 것 같았다. 하나만 소환해도 중복되지 않는 버프 효과를 온전히 받을 수 있는 거니까.

깔끔한 마무리.

29층까지의 보상이 비로소 완벽하게 정리됐다. 근데…… 왠지 실베론이 입을 삐죽이는 거 같다.

훈련소 내부.

콰아앙! 콰가가가!

[댐벼라아! 후배!]

[이……. 건방진 조인족.]

뿔하피와 실베론이 1:1 훈련 중이었다. 뿔하피는 오직 화염 마법만 사용하고, 실베론은 오직 전격 마법만 사용해 전투하는 훈련이다.

'숙련도를 올리는 데는 대련이 최고지.'

나는 당연히 실베론이 이길 줄 알았는데, 둘의 실력이 비등비등했다. 그래서 오히려 다행이었다.

[받아라! 파이어 볼! 파이어 월!]

[크으. 본신의 힘만 있었다면 별것도 아니었을 텐데.]

[변명하지 마라! 후배에!]

둘 다 경쟁심에 불타올랐으니까. 뿔하피는 원체 훈련을 좋아한다 쳐도, 실베론이 저렇게 열심히 할 줄은 몰랐다.

'보기 좋네.'

서로가 서로를 응원하며 더욱더 열심히 갈고 닦고 있었다.

물론, 뿔하피의 '창공의 지배자' 효과는 폴리모프한 실베론에게는 먹히지 않는다. 일단은 날개가 없으니까.

'둘은 잘하고 있고.'

문제는 나다.

쿠당탕!

또 중심을 잃고 낙하했다. 훈련소 바닥에 구르는 몸. 아프지는 않다. 그래도 기분이 좋지는 않았다.

'도대체 어떻게 사용하라는 거야?'

스킬 '하늘을 걷는 자.' 무슨 신선놀음을 할 수 있다느니 해놓고 막상 사용하려니 어렵다. 옆을 보니 뿔하피가 자유자재로 날아다니고 있다. 사뭇 그 모습이 대단해 보였다. 어떻게 저렇게 잘 날지?

'……다시 해보자.'

이 스킬은 패시브다. 즉, 사용법을 몸으로 깨우쳐야 한다. 그리고 몸으로 하는 건 자신 있다. '아레스의 본능'이 있으니까. 걷는 방법은 간단했다. 먼저 다리를 뻗고, 떠오른다는 생각을 하면…….

투웅!

발바닥에서 기공포 같은 게 나간다. 그 충격으로 허공으로 떠오르는 몸. 여기서부터가 문제다. 중심을 잡은 채로 계속 걸어 가야 한다.

'개같이 어렵네.'

앞으로 넘어지려 하면 왼손을 뻗어 미약한 기공포를 쏘면 된다. 그런 식으로 미세한 컨트롤이 가능하다. 물론, 그것만 신경 쓰면 안 된다. 밑으로 떨어지지 않게끔 계속 바닥에 기공포를 쏴야 한다.

투웅! 투웅!

나는 계속 허공을 걸었다. 허공에 떠서부터는 발을 세게 차면 안 된다. 살짝살짝 차 줘야 한다. 안 그러면 더 높이 날아가 천장에 머리를 박을 거다.

'만약 숙달된다면?'

뾸하피나 실베론처럼 저 창공 위에서도 자유롭게 날아다닐 수 있을 거다. 날개도 없이 말이다.

'간지긴 하겠네.'

허공도 자유자재로 돌아다닐 수 있는 창술가라……. 확실히 연습해 볼 만한 가치가 있었다. 혹시 모를 낙하를 걱정하지 않아도 되고, 가동 범위도 넓어질 것이며 전략도 더 다양하게 구상해 볼 수 있을 거다.

'분명 과정은 어렵겠지만…….'

난 분명히 해낼 수 있다. 이 정도야 지금껏 해온 거에 비하면 아무것도 아니다. 나는 이를 빠득- 간 채 계속 발을 굴렀다.

3일이 흘렀다. 그동안 일행들은 30층에 대비해, 각종 합동 훈련을 실시했다. 물론, 모든 통제와 교육은 주예린의 담당이었다. 나는…….

"후와우."

'터' 상공을 거닐고 있었다. 훈련소가 아닌 밖에서 훈련하는 건 오늘이 처음.

퉁! 퉁! 퉁!

이제는 발바닥에서 방출되는 에너지가 일정했다. 어느 정도 컨트롤이 되는 느낌. 거친 바람이 뺨을 때린다. 아래를 내려다봤다. 무지막지하게 높다.

[주인님! 이번엔 이렇게 해봐!]

뾸하피가 S자를 그리며 수직 낙하한다.

"그건 아직 무리겠는데……."

[해 봐! 내가 잡아줄게!]

스킬을 습득하는데 뾸하피의 도움이 컸다. 하늘을 이곳저곳 누비며 비행하기 쉬운 '길'을 알려줬고 혹시 중심을 못 잡으면 재빨리 낚아채 다시 중심을 잡을 수 있도록 도와줬다. 지금은 아직 초보 단계지만, 내 궁극적인 목표는 그거다. 허공에서 자유롭게 '베르트랑 스피어'를 사용하기.

"뾸하피 좀만 쉬었다 하자."

[벌써? 훈련! 훈련해야지!]

내가 만날 평소에 하는 말이라, 할 말이 없다. 그런데 거의 잠을 자지 못했다. 하루 세 시간 수면, 그 이후에는 무조건 허공을 걷는 연습이었다. 누군갈 타격하는 것도 아니었기에 피로가 사라지진 않았다. 즉, 너무도 피곤했다.

[알겠어, 잡아줄게. 주인님.]

"고마워."

나는 뾸하피의 발목을 잡았다. 그러자 천천히 떨어지는 뾸하피. 신기하게도 '타기' 스킬을 제거하자마자 이렇게 됐다. 등 뒤에 타거나, 발목을 잡거나 뭔가 접촉을 하기만 해도 뾸하피가 제대로 비행하지 못했다.

그래도 막 낙하하거나 하진 않았다. 그냥 천천히 떨어질 뿐.

나는 숨을 내쉬며 '터' 밑을 내려다봤다. 본래 있던 고소공포증은 진즉에 사라졌고 이제는 여유롭게 바라볼 수 있었다. 마치 패러글라이딩을 타는 느낌.

"많이도 변했네."

탑 아래의 모습.

문득, 이곳에 처음 왔을 때가 떠올랐다. 을씨년스러운 도시에 괴상한 탑 하나. 그리고 소수의 사람들.

그러나 지금 아래의 풍경은 그때와는 완전히 딴판이었다. 그렇게 많은 시간이 흐른 것도 아니었다. 빌딩 숲이라 불리었던 강남 일대는 이제 몇몇 건물 빼고는 다 폭삭 주저앉아 있었다. '터'가 대거 들어선 것이다.

아래에 보이는 '터'들. 대부분 우리처럼 '집단'을 이루고 있었고, 또 어느 구역은 뭉텅이로 되어 있는 게 '연합'까지 이루고 있는듯했다.

하긴, 우리와 '폭행몬스터즈' 그리고 '조류족성애자'의 집단도 사실 '연합'의 개념이긴 하다. 과정이 어찌 됐든 서로에게 이득이 되고 있으니, 그게 연합이지.

[주인님! 이제 다시 올라갈까?]

아차, 벌써 상공 100m 수준까지 내려왔다.

"그럴까?"

[응! 응!]

그렇게 다시 훈련하려 할 때였다.

"오빠!"

'터' 밑에서 주예린의 외침이 들려왔다. 이곳저곳 돌아다니며 날 찾고 있는 것 같았다. 채팅창도 켜봤다.

[모찌(Lv.41):오빠, 어디야?]

[모찌(Lv.41):요즘 통 보이지가 않넹.]

아무래도 나에게 볼일이 있나 보다. 그럼 가줘야지.

나는 잡고 있던 뾸하피의 발목을 놓았다. 그러자 떨어지는 몸. 그 순간, 아까 보여줬던 뾸하피의 수직 낙하가 떠올랐다.

'어디 해볼까?'

후우우웅!

배에 느껴지는 알싸한 감각. 머리부터 떨어지는 수직 낙하에 나는 뿔하피의 우아한 곡선을 상상했다.

'원하는 방향으로 컨트롤이 가능해야 해.'

그래야 낙하하면서도 적들의 공격을 피해낼 수 있다.

'그게 안 되면 허공에서 싸울 수 없어.'

기본이 안 된 상태에서의 전투는 괜히 빈틈과 약점만 만들어줄 뿐이다. 나는 눈을 부릅뜨고 집중했다.

'그래 쫄지 말자.'

어차피 바로 옆에는 뿔하피가 함께 수직 낙하하고 있었다. 여차하면 잡아줄 계획이겠지. 좋아, 믿어보자.

'먼저 왼쪽.'

떨어지며 손을 오른쪽으로 살짝 뻗는다.

투웅!

쏘아지는 기공포.

몸이 급격히 왼쪽으로 밀려났다.

"흐읏!"

곧바로 반대쪽에 기공포를 쏴 균형을 맞췄다.

[좋아! 주인님!]

들려오는 뿔하피의 응원.

손에 땀이 가득 찼다. 가속도가 최대로 붙었는지, 떨어지는 속도가 정말 어마어마했다. 나는 땅바닥을 향해 손을 뻗었다.

투웅! 투웅!

쏘아대는 타이밍에 맞게 점점 줄어드는 속도. 그리고 마침내 땅에 다다랐을 때-

투웅!

몸을 180도 돌려 완벽하게 착지했다.

'나이스!'

[끼아아! 주인님! 멋있어!]

사실 이 정도의 수직 낙하는 처음.

온몸에 전율이 일었다. 가슴이 뛰었다. 성취감이 정말 어마어마했다. 절로 피어나는 미소.

나는 몸을 살짝 푼 후, 바로 옆에 있는 주예린을 바라봤다.

무슨 일일까?

"왜 불렀어? 훈련 중인데."

그러나 그녀가 말이 없다. 자세히 보니 입을 떡 벌리고 있다.

"아서라, 입 좀 다물어라. 파리가 들어가도 모르겠네."

"미…… 미친."

"응?"

"이게 뭐야!"

아, 일행들에게 설명을 안 했었구나. 나도 이제 날 수 있다는 걸.

한참 충격을 벗어나지 못하고 있던 주예린이 정신을 차렸다.

"이제 하다 하다 하늘까지 날아다니는 거야?"

"어, 이번 보상으로 얻은 건데 잘 안 되네."

"……이게 잘 안 되는 거라고? 방금 인간 뾜하피를 봤는데?"
"방금 처음 성공한 거야……."
그녀가 질렸다는 표정을 짓는다.
"……괴물인 줄은 알았지만 이건, 뭐."
"괴물은 무슨……."
쩝, 이제는 나도 모르겠다. 내가 인간인지 괴물인지. 그래서 딱히 부정하진 않았다. 일단, 주예린과 나는 주거지로 이동했다.
"그래서 왜 찾은 건데?"
"아니, 이 싸람아. 훈련 보고도 받고, 신경도 좀 써주고 해야지, 3일 동안 보이지도 않고 그럼 어떡하냐?"
"믿으니까. 다들 어련히 잘하고 있겠지."
"믿기는 개뿔."
내가 나를 믿는 것도 있지만, 멤버들의 수준을 믿는 것도 있다. 29층에서 봤던 사냥 실력이라면, 지금 당장 도전해도 무관할 정도다. 물론, 고생하기야 하겠지만…….
"어쨌든, 오빠."
"응."
"지금 히든 퀘스트까지 10일밖에 안 남았어. 어떡할 거야? 진짜 하루 전까지 훈련만 하게?"
"일단, 계속하고 있어 봐. 잠깐 어디 다녀올 데가 있어."
사실, 오늘 야외연습을 한 데에는 이유가 있다.
잠깐 멀리 갈 곳이 있는데, 실베론을 타지 않고 직접 날아다니면서 숙련도를 더 쌓을 생각이었기 때문이다. 그게 효율적이니까.

"어디?"

"어룡 잡으러."

"아……."

'어룡'(★★★★). 재난급 필드 보스 중 하나로, 스테이지 '강가'에 낮은 확률로 출몰하는 몬스터다.

즉, 재앙급 필드 보스인 '리치'(★★★★★)보다는 한참 아래 등급의 몬스터. 지금의 나에겐 분명 한 방일 거다.

"핵 얻으려고? 근데 어룡은 거의 안 나오잖아."

「몬스터즈」 시절에도 '어룡'의 등장률은 매우 낮았다. 거의 한 달에 한 번꼴로 등장하는 놈은 잡으면 '어룡의 핵'(A급)이라는 아이템을 떨구는데, 이게 30층 보스를 잡을 때 매우 유용하다.

"안 나오면 말고지, 뭐."

물론 없어도 상관은 없다.

"하긴, 있으면 편하긴 하겠다. 굳이 패턴 안 외워도 되고."

"응, 그냥 숙련도도 쌓고 퀘스트 진도도 좀 나갈 겸. 겸사겸사."

"아, 맞다! 메인 퀘스트! 그게 있었었구나!"

탑 등반만 하느라 '메인 퀘스트'는 완전히 잊고 있었던 주예린. 나는 오랜만에 퀘스트 창을 띄워봤다.

[메인 퀘스트 ③ -3. '재난급 필드 보스 처치']

[도시 근교에는 간혹가다 생존자들을 위협하는 끔찍한 몬스터가 나타납니다. 보스를 처치해서 도시의 평화를 지켜주세요.]

[성공 시:+50,000 골드]

역시나, 난이도에 비해 보상이 짜다.

근데 원래 이게 정상이다. 탑 보상이 높은 것일 뿐. 아마 극소수 고인물을 제외하고는 전부 탑 등반이 아닌, 메인 퀘스트를 밀고 있을 거다.

원래 「몬스터즈」에서 시련의 탑이란 할 게 정 없을 때, 그냥 심심풀이로 수백 번씩 죽어가며 도전하던 거니까.

"가기 전에 다들 파티나 맺자."

"우리 것도 깨주게?"

"응."

"근데 재난급을 혼자서 깰 수 있겠어?"

"탑 29층까지 올랐는데 그거 죽이는 게 어렵겠냐."

"하긴, 오빤, 괴물이니까."

또 그 소리다.

"그럼 이제 볼일 없지?"

"언제쯤 올 건데?"

"자세한 사항은 채팅창으로 연락하자."

"오케이, 파티장은 내가 해서 다들 가입시킬게, 오빤 가입만 해둬."

파티를 결성했다. 그 후, 주예린을 보내고 밖으로 나왔다.

어디 그럼, 오랜만에 마실이나 나가볼까?

허공을 날았다.

수색할 곳은 한강. 북서쪽으로 강을 타며 천천히 활강했다.

[주인님! 이제 좀 하는데?]

물론, 아직까진 뾀하피가 옆에서 보조해 줘야 한다. 그래도 처음보다 많이 좋아졌다.

'30층…….'

나는 시원한 바람을 느끼며 생각에 잠겼다.

시련의 탑, 30층의 보스. 악마족 '크로셀'. 수(水) 속성의 악마로 냉정한 칼잡이의 느낌이다. 속성이 속성이니만큼 '불지옥'으로 잡는 건 절대 불가능하다.

'제일 문제 되는 건 지형이야.'

놈은 물을 자유자재로 다룬다. 가끔가다 수로를 역류시켜 보스방 내부를 물로 가득 채우는데, 그게 제일 까다롭다. 물이 가득 차게 되면, 숨을 쉬지도 못할뿐더러 움직임에 많은 제약이 따르니까.

그래도 게임이었던 것만큼, 해결책은 존재했다. 보스방 곳곳에 존재하는 커다란 배관으로 이동해 놈의 공격을 피하면서 숨도 쉬어줘야 했다. 물론, 그 배관에도 여러 패턴이 존재한다. 잘못 선택하면 솟구치는 열수(熱水)에 휩쓸려 바로 즉사다.

'그건 난이도가 너무 높아.'

그래서 '어룡의 핵'이 필요하다. 일정 시간 동안 모든 파티원을 물로부터 자유롭게 해주는 소모성 아이템.

이 방법이 퍼지고 나서, 30층에 도전하는 고인물들은 모두 '어룡의 핵'을 챙겼었다. 그야말로 30층의 치트키.

퉁! 퉁! 퉁!

발을 좀 더 힘차게 차 속력을 냈다. 이제는 거의 전속력으로 질주하는 느낌. 그러면서도 강가 주변을 꼼꼼히 확인했다. 혹시 어룡이 보일까 봐서다.

강가 주변엔 사람들이 많았다. 메인 퀘스트를 깨기 위해 사냥하는 집단들이었다. 강가 주변엔 '어룡' 말고도 수많은 몬스터들이 서식한다. 그리고 그걸 잡아야 캐릭터와 몬스터의 경험치를 채운다.

'아, 그러고 보니…… 레벨이.'

곧바로 경험치를 확인했다.

[이름:담건호]

[나이:30]

[집단:소수정예]

[레벨:49 (Exp 3,220,000/3,400,000)]

50이 얼마 남지 않았다.

왠지 50을 달성하면 업적 보상을 줄 것 같은 느낌적인 느낌인데……. 사냥이나 좀 해볼까?

끼루룩! 끼루룩!

마침 비행 몬스터 여러 마리가 보였다. '리버 피존'(★★★)들인데, 공중전 역량도 기를 겸 딱 좋은 상대다.

"뿔하피, 건들지 마."

[응, 양보할게!]

그렇게 사냥을 시작했다. 사냥은 생각보다 순조로웠다. 아직 공중에서 중심을 잡으며 창술을 원활하게 사용하는 건 어색했지만, 몬스터들이 너무 약했으니까.

푸슉! 푸슉! 끼루우욱!

멋모르고 덤벼드는 놈들 몇 마리를 때려잡자, 푸드덕거리며 도망갔다. 그런 놈들을 정교하게 쫓으며 한 마리, 한 마리 사냥했다. 그러면서 천천히 적응해 나갔다.

물론, 경험치는 역시 찔끔 올랐다. 탑 1층 몬스터들보다 못할 정도. 수백 마리를 잡아도 레벨이 오를 리 만무했다.

그래도 좋은 점은 있었다. 쌓인 피로가 사라진다는 것. 그리고 공중전 연습이 된다는 것. 그것만으로도 잡을 이유는 충분했다.

하루가 흘렀고, 이틀이 흘렀다. 새벽에는 강가 주변에서 뿔하피와 함께 시간을 보냈고, 동이 틀 때는 다시 허공을 가르며 돌아다녔다.

'어룡' 찾기. 그리고 사냥하기의 반복.

'안 보이네, 안 보여.'

'어룡'은 사실, 용이 아니다. 민물 거북류의 커다란 남생이다. 그렇기에 강가 근처 육지 쪽에 리젠된다.

크기도 무지막지하기 때문에 떠주기만 해도 어지간하면 찾을 텐데…….

'누가 이미 잡았나?'

그럴 가능성이 농후했다. 정말 엄청난 수의 집단들이 이곳저곳 누비고 있었으니까. 재난급 몬스터는커녕 재해급 몬스터도 보이지 않았다.

끼루룩! 끼루룩!

보이는 거라고는 저런 잡 비행 몬스터들. 그래도 이번엔 꽤나 무리 지어 이동하는 것 같다.

'이러니까 집단끼리 자리싸움이 나지. 쯧.'

그러고 보니, 이제 경험치도 거의 다 채워가는데……. 마저 채워볼까?

"뿔하피."

[응! 주인님!]

"다 처리해."

처리 방식은 간단했다. 그저 불로 이루어진 날개를 휘저었다.

화르륵!

그와 동시에, 수백 마리의 새가 불타올랐다. 시야를 가득 채우는 처치 메시지.

[레벨이 올랐습니다! 모든 상태 이상을 회복합니다.]

마침내 달성한 레벨 50. 아쉽게도 업적 보상은 없었다. 하긴, 레벨 40 달성 때도 받지 못했었으니까. 아쉬울 건 없다.

[모찌(Lv.43):오빠, 있음?]

주예린의 채팅이 보인 것은 그때였다. '터'를 나온 이후, 항상 채팅창을 켜놨었다. 유일한 연락수단이니까. 나는 날면서 채팅에 응했다.

[비운(Lv.50):왜?]
[모찌(Lv.43):헐, 경험치 계속 들어오더니, 레벨 50 찍었네?]

아, 지금 파티 중이었지……. 어쩐지, 경험치가 적게 오르더라니, 일행들과 나누고 있었나 보다. 그와 별개로 채팅창의 반응이 다시 활발해졌다.

[아리아리동동(Lv.29):레벨 50? ㄷㄷ]
[카드값줘체리(Lv.34):모찌님 레벨만 봐도 후덜덜한데, 50은 진짜 미친 레벨 아니냐?]
[조류족성애자(Lv.29):역시 형님이십니다! 충성충성! ^^7]
[문스터(Lv.37):ㅆㅂ. 미쳤다.]
…….

쭈르륵- 올라오는 메시지. 그러나 마당발인 '병아리콩'이 안 보인다.

[몬스터콜렉터(Lv.32):근데 병아리콩 어딨냐? 간만에 니 우상, 갓비운님 오셨는데.]

역시, 사람 생각은 다 똑같나 보다.

[병아리콩(Lv.30):나! 나! 잠깐! 급함! 사냥 중! 앗, 비운님! 오셨어용? 제발, 좀만 기달기달!]

[몬스터콜렉터(Lv.32):;;; 아니 사냥 중엔 채팅창 좀 꺼라. 그거 진짜 위험해.]

[병아리콩(Lv.30):어떻게 그러냐?]

[문스터(Lv.37):걔는 중증임 ㅆㅂ.]

[몬스터콜렉터(Lv.32):ㅇㅇ. 채팅 중독. 없는 걸 본 적이 없어.]

[문스터(Lv.37):저러다 언제 한 번 골로가지.]

…….

또다시 오가는 만담.

마무리될 때쯤, 다시 한번 주예린이 물었다.

[모찌(Lv.43):그래서, 오빠. 얼마나 더 있게?]

으음…… 얼마나 더 있으면 좋을까.

이제 남은 기간이 8일이니까…….

[비운(Lv.50):딱 3일만 더 찾다가 없으면 포기할게.]
[모찌(Lv.43):5일 여유네?]
[비운(Lv.50):응, 내가 가면 바로 도전하자.]
[모찌(Lv.43):쩝, 알겠어. 그럼 단원들. 패턴은 다 숙지시켰는데, 계속 반복 숙달시킬게?]
[비운(Lv.50):응, 개인 훈련 시간도 좀 주고.]

일행들도 나름 바쁠 거다. 보상으로 얻은 새로운 스킬들도 장착해야 하고 숙련도도 쌓아야 하며, 새로 얻은 몬스터와 교감도 쌓아야 할 테니까.

[조류족성애자(Lv.29):근데 형님, 누님! 뭘 찾는 겁니까?]

정태경이 물었다. 곧바로 주예린이 답했다.

[모찌(Lv.43):어룡의 핵.]
[조류족성애자(Lv.29):……어룡의 핵이라면.]

오, 혹시 템을 가진 녀석들이 있으려나? 있다면, 대충 적당한 값 쳐주고 사줄 수는 있다. 이제 보유 골드만 100만 골드가 넘어가니까.

[모찌(Lv.43):왜? 있어?]

[조류족성애자(Lv.29):아뇨, 그건 아닌데……. 헐, 설마…….]

[문스터(Lv.37):ㅆㅂ. 벌써 30층 깨려나 봄.]

[아리아리동동(Lv.29):미쳤;;]

[몬스터콜렉터(Lv.32):그게 말이 됨?]

[카드값줘체리(Lv.34):……우리 세 번째 메인 퀘스트 시작한 지 2개월 정도밖에 안 되지 않았나?]

…….

여러 말들이 오갔지만, 역시는 역시 가지고 있는 놈들이 없었다.

'있다 해도 가지고 있겠지.'

경쟁은 이렇게 치열한데 언젠가는 써먹어야 할 테니까.

쿠과가가!

뿔하피와 함께 계속 활강하고 있을 때였다. 멀리서 폭발음이 들려왔다. 여러 명이 단체로 사냥하는 소리.

[주인님! 저거 아냐? 거북이!]

"……어?"

난 곧바로 들려오는 곳으로 시선을 돌렸다.

"있다!"

그리고 그곳엔 그렇게 찾고 찾았던 '어룡'(★★★★)이 보였다. 문제는 이미 어떤 집단들이 사냥하고 있었고 그게 거의 다 잡혀간다는 사실.

"……이런."

저게 잡히면 약 한 달간은 안 나온다고 보면 된다. 즉, 포기해야 한다는 말.

나는 급히 방향을 틀었다.

그어어어어!

놈의 괴성이 구역 전체를 뒤흔들었다. 과연 재난이라는 말이 어울리는 녀석. 약 80명 정도의 인원들이 놈을 둘러싼 채로 공격을 퍼붓고 있었다.

퉁! 퉁!

나는 더욱더 속도를 붙였다. 거리는 약 1㎞ 정도. 조금 있으면 저 전투에 나도 참여할 수 있을 거다.

'기여도를 최대한 따내야 하는데.'

그래야 드랍템이 나에게 떨어진다. 내가 스틸 할 경우, 저들과 일어날 분쟁? 그런 것에 머뭇거릴 여유가 없었다. 우선은 우리가 급하니까.

'그런 건 일단, 잡고 나서 생각하자.'

어차피 법이 없는 세계다. 이곳에서 원하는 것을 얻으려면, 또는 소중한 사람들을 지키려면, 힘을 가지고 있어야 한다. 그리고 그게, 지금껏 내가 힘을 키워왔던 이유다.

물론, 막무가내로 뺏을 생각은 없다. 최대한 양해를 구해볼 생각이고 뭣하면 골드 협상까지 할 생각은 있다. 골드야 넘쳐흐르니까. 그래도 안 될 때는…….

'뭐, 별수 있나? 꼬우면 강해지던가.'

힘으로 뺏을 수밖에 없다.

근데 아마 저 사람들도 굳이 '어룡의 핵'을 구하려고 잡는 건 아닐 거다. 그냥 재난급 몬스터 관련 퀘스트를 깨는 거겠지. 일단, 그렇게 생각하기로 했다.

"다 죽어간다! 더 공격 퍼부어!"

"여기! 버프 끊겼다고 아까부터 말했어요!"

"체크하고 있으니까 그만 칭얼대!"

"뭐라구요?"

시간이 흘렀고 거의 도착해 가자, 사람들의 목소리가 또렷하게 들려왔다. 80명의 사람들과 그들이 통제하는 수백의 몬스터들. 그 레이드의 모습은 장관이었다.

콰가가가! 쿠와아앙!

각종 스킬의 폭격들. 그리고 그 모든 공격을 가뿐하게 받아내는 '어룡'(★★★★). 나는 뿔하피와 함께 저들의 움직임을 파악했다. 총 4개의 집단.

'어?'

그런데 뭔가 움직임이 이상했다. 분명 멀리서 봤을 땐, 아름다운 팀워크로 사냥하는 것처럼 보였다. 하지만 제대로 살펴보니 실상은 달랐다.

'허어, 이거……. 세 집단이 팀이고 하나는 미끼였네?'

「몬스터즈」 짬밥이 몇 년인데 움직임만 봐도 다 안다. 한 집단이 '어룡'의 공격을 다 받아내고 있었으며, 남은 세 집단은 설렁설렁 딜만 넣으며 사냥보다는 다른 곳에 집중하고 있었다.

'쯧, 슬슬 미끼 집단을 포위하고 있어.'

사냥하는 척하면서 미끼 집단의 퇴로를 차단하는 그들. 질 나쁜 녀석들일 가능성이 농후했다.

'어디 상황을 볼까?'

나는 약 20명의 인원으로 '어룡'과 치열한 혈투를 벌이는 미끼 집단을 바라봤다.

'오?'

놀랍게도 그 20명은 전부 다 학생들이었다. 다 해져 있는 교복을 입고 있는 남녀공학 학생들.

그중 한 남학생이 외쳤다.

"선배! 저 개새끼들, 움직임이 이상한데요?"

"알아! 일단 어룡에만 집중해! 혹여나 기여도 뺏기면 안 돼!"

한 여학생이 답했다.

아무래도 쟤가 무리의 리더인 듯싶었다.

"언니, 어그로가 우리한테만 끌려요!"

"조금만 더 집중해! 탱커 더 갈아 넣어!"

"이러다 다 죽겠는데요?"

"나만 믿고 시키는 대로 해!"

"저, 더러운 도둑놈 새끼들. 우리가 사냥하려는 거 눈치 보면서 기다릴 때부터 알아봐야 했는데!"

역시, 상황이 확실해졌다. 저런 집단을 「몬스터즈」에선 '도둑 집단'이라 불렀었다. 남의 몬스터를 손쉽게 스틸하고 심하면 PK까지 하는 집단. 아마, 저들은 애초에 학생들이 '어룡'에게 도전할 때까지 기다리고 있었을 거다. 안전한 어그로를 확보

후, 은근슬쩍 끼어들었겠지.

그 후, 더 압도적인 딜량으로 기여도를 쉽게 챙길 속셈일 거다. 혹여나 기여도를 뺏겨도 문제없다. 미끼의 퇴로를 다 차단했으니까. 죽기 싫으면 골드나 얻은 아이템을 내놓으라 협박하겠지.

그어어어!

그때였다. 상처 입은 '어룡'이 목과 팔다리를 껍질에 숨겼다. 그리고 서서히 핑글핑글 돌기 시작했다.

"제기랄! 궁극기야! 최대한 멀리 떨어져!"

여학생이 외쳤다.

'오?'

난 놀랐다.

'어룡'은 피가 없을 때, 낮은 확률로 궁극기를 사용한다. 그리고 웬만한 유저들은 그 사실을 모른다. 애초에 '어룡'은 고인물들 전용 사냥감이기 때문이다.

"애들아! 최대한 뒤로 빠져야 해! 탱커고 뭐고 다 빠지라고!"

여학생이 외쳤다. 키가 작고 다부지게 생긴 아이. 어린 나이에, 나름 통솔력도 좋아 보였다.

그녀는 학생들을 이끌고 뒤로 신속하게 뒤로 빠지려 했다. 그러나 그럴 수 없었다. 퇴로를 차단한 채로 얼타고 있는 도둑 집단들 때문이었다. '어룡'의 궁극기는 근접이기에, 저러고 있다간 크게 다칠 텐데.

"꺼져, 새끼들아!"

"미친놈들아. 지금 안 떨어지면 다 죽어."

"이, 어린것들 무슨 수작이냐!"

'……쩝.'

각이 보였다. 어설픈 도둑 집단과 체계가 잡혀 있는 미끼 집단. 아마, 내가 없었으면 도둑 집단이 저 여학생에게 호되게 당했을 수도 있겠다.

'뭐, 나랑은 관계없으니.'

마침, 딱 '어룡' 바로 위에 도착한 상태.

나는 창을 꺼내 들었다. 그리고 밑으로 수직 낙하했다. 마음 같아서는 그냥 내버려 둬보고도 싶었지만, 기여도는 챙겨야 하기에 별수 없다.

['섬창'(殲槍)을 가동합니다.]

점점 더 빨리 돌아가는 거북이. 마치 슈퍼마리오를 연상케 하는 놈의 모습에 웃음이 흘러나왔다.

슈우우웅!

점점 가속도가 붙었다. 얼굴을 때리는 거센 바람에 눈살을 찌푸렸다. 그래도 이제 낙하가 낯설지 않다. 밤낮을 오가며 연습한 보람이 있었다.

"자, 꼬북아. 이만 뒈지렴."

떨어지는 힘 그대로, 놈에게 창을 찔러 넣었다. 오른팔에 뻐근한 느낌이 듦과 동시에 막대한 에너지가 아래로 내리박혔다.

쿠우웅!

엄청난 에너지의 폭발 소리가 울려 퍼졌다. 반동도 심했다. 몸이 잠깐 붕-뜰 정도?

콰아아아!

[크리티컬!]

['어룡'(★★★★)을 처리합니다!]

단 한 방. 그 막대한 방어력을 가진 '어룡'이 단 한방에 흔적조차 남기지 않고 소멸해 버렸다.

그뿐만이 아니었다. 폭발력이 엄청났는지, 바닥에 커다란 크레이터까지 생겨 버렸다.

"꺄아악!"

"뭐, 뭐야. 갑자기!"

"저, 저게 무슨……!"

갑자기 사라진 사냥감에 벙쪄 있는 사람들. 곧이어 메시지가 떴다.

[축하드립니다. '재난급 필드 보스'를 처치하였습니다.]

[메인 퀘스트 ③ -3. '재난급 필드 보스 처치'가 종료되었습니다.]

'드디어 해결했네.'

퀘스트가 깨지는 거 보니, 그래도 수준 이상의 기여도는 넣었나 보다.

'다행이야.'

나는 기공포를 컨트롤하며 천천히 떨어져 내렸다.

[주인님~ 나이스 샷!]

뿔하피도 응원을 하며 따라 내려왔다. 근데 응원 어투가 좀 이상하다. 골프칠 때나 하는 어투인데…….

[새로운 메인 퀘스트가 도달합니다.]

[메인 퀘스트 ③ -4. '도시 청소']

[도시에는 생존자들을 위협하는 많은 몬스터들이 있습니다.]

[2성(★★) 이상 몬스터 10,000마리를 처리해 주세요.]

[성공 시:+100,000 골드]

'쩝…….'

추가로 도착한 퀘스트는 역시, 노가다였다. 그에 비해 보상은 역겨운 수준. 탑을 오르는 게 백번 낫다.

'근데 아이템은?'

기여도가 부족했나?

'어룡'의 아이템 드랍 확률은 100%다. 나에게 들어오지 않았다면, 다른 사람에게 갔을 거다.

"읏차!"

난 바닥에 가볍게 착지한 후, 주변을 둘러봤다. 넋 놓고 있는 생존자들. 그리고 그중, 퍼렇게 빛나는 '어룡의 핵'을 들고 멍하니 날 바라보고 있는 여학생을 발견할 수 있었다.

'저기로 갔구나.'

제기랄, 아무래도 상황이 복잡해질 것 같았다.

"김 씨, 뭐가 어찌 된 거여?"

도둑 집단 중 한 중년의 목소리가 들렸다.

"몰러, 거북이가 핑글핑글 돌다가 폭발해 버렸는디?"

"기여도는?"

"저쪽 학생이 가져갔나 벼."

"그럼 일단, 포위하자고."

"그려. 우리가 사냥도 도와줬는데 보상은 받아야 쓰겄지."

척! 척! 척!

순식간에 주변을 둘러싸는 60명의 사람들. 당연히, 학생들의 반응도 격했다.

"저 씹어먹을 새끼들. 사냥을 도와줘? 스틸하려고 해놓고는!"

"오히려 우리가 보상을 받아야지! 어그로란 어그로는 다 끌어줬는데!"

"어쭈, 포위해? 해보자는 거지? 사람 많다고 이길 거 같냐?"

학생들도 각자의 몬스터를 배치했다. 그렇게 이어진 대치 상황. 학생들은 거칠게 욕했고 중년 집단들은 한껏 여유로운 표정을 지었다.

나는 신경 쓰지 않았다. 저들의 분란에는 관심 없다. 오직, 시선은 여학생이 들고 있는 저 '어룡의 핵'에 향해 있었다.

난감했다. 뭐라 말해야 하지? 그냥 가서 필요하니까, 좀 달라고 해야 하나?

그러고 보니, 험악한 대치 상황 속에서도 저 여학생은 나만 넋 놓고 쳐다보고 있었다. 서로가 서로를 쳐다보는 상황.

'몰라, 일단 가보자.'

나는 발걸음을 옮겼다. 그와 동시에 그녀를 스캔했다.

[이름:이유주]

[나이:18]

[집단:냥냥 수다쟁이]

[레벨:30 (Exp 1,201,500/1,500,000)]

'허, 레벨 30? 그리고 스킬 애묘가?'

거의 고인물들 평균 레벨이다. 거기에 '폭행몬스터즈' 유현동의 '애조가'와 비슷한 스킬. 특전이 분명했다.

'고인물이 학생일 수가 있나?'

아, 그럴 수도 있겠구나.

특전을 받은 인원들은 10주년에 게임을 했던 자들이지, 10년 동안 플레이를 즐긴 사람은 아니니까. 그렇게 따지면, 받을 수 있는 사람 거의 없다. 아마, 중학생이나 고등학생 때, 잠깐 유입돼서 10주년 이벤트 때까지 버틴 걸 거다. 한 2년이나 3년 즐겼겠지. 그러면 이해가 된다.

"건방진 꼬맹이들, 경험치 쉽게 먹었으면 골드를 내놔야 할까 아냐?"

"우리도 목숨 걸고 도왔는데, 성의는 보여줘야지. 어딜 버르장머리 없게, 욕하고 그려?"

"닥쳐, 늙탱이들아!"

"응, 아저씨들 지팡이 2주간 압수."

험하게 오가는 말투.

그 속에서 나는 여학생 앞에 섰다.

"뭐야, 언니? 아는 사람이야?"

"선배, 저 새끼들 공격하려는 거 같은데 어떡할까요?"

두 남녀가 다가와 이유주에게 물었다. 그제야 정신 차린 그녀. 고개를 한 번 털더니 지시했다.

"잠깐, 기다리고 있어."

"저 새끼들은?"

"내가 해결할게."

단호하게 지시하는 그녀.

그리고 다시 나를 돌아본다. 표정이 돌아온 거 보니, 생각이 다 정리된 듯싶었다.

"……저, 혹시 제가 진짜 긴가민가해서 그러거든요?"

"응?"

"그쪽, 비운 오빠 맞죠! 이벤트 때 멀리서 봐가지구……. 확신은 안 서는데, 맞죠 맞죠?"

훅-치고 들어오는 그녀. 역시, 채팅방 고인물이 확실했다.

"응, 맞는데. 넌 누구니?"

"저, 병아리콩이요! 아시죠?"

"병아리콩이라면……. 네가 그 채팅창 죽순이라고?"

"죽순이라뇨!"

"……어쨌든."

채팅창에 항상 상주하던 '병아리콩'.

그녀는 말괄량이과의 여고생이었다.

"와-그나저나 역시, 비운 오빠. 완전 존잘이시네요. 저 팬이에요! 이름은 이유주!"

"그, 그러니?"

"네, 완전 신기해요."

언제 넋이 나가 있었냐는 듯 호들갑을 떠는 그녀.

사실, 반갑다는 생각보다는…… 잘하면 '어룡의 핵'을 더 손쉽게 가져올 수 있겠다는 생각밖에 들지 않았다.

팬이라지 않는가. 호감이 있는 만큼 협상도 쉬워지겠지.

"저, 저기. 오빠."

그녀가 천천히 다가왔다.

근데 뭔가 표정이 이상했다. 살짝 몽롱하게 풀린 눈동자와 붉어진 뺨. 빠르게 들려오는 심장 소리까지.

"응? 뭐, 뭔데?"

"흐으으…… 진짜 너무 팬이라서 그런데, 악수…… 아니, 한 번만 안아봐도 될까요? 제발요."

뭐야, 이건.

갑작스럽게 다가오는 그녀. 나는 처음 겪어보는 상황에 당황했다. 이게 말로만 듣던 빠순이인가?

어떻게 반응해 줘야 하지? 라고 생각할 때였다.

화르르륵!

"꺄아악! 뜨거."

다가오던 그녀가 신속히 뒷걸음질 쳤다. 보니까, 뿔하피가 옆에서 적의 가득한 눈빛으로 노려보고 있었다. 불타오르는 날개를 펄럭이면서.

"뿔하피, 갑자기 왜 그래? 열기 좀 낮춰."

[끼유웅!]

뭔가 불쾌해하는 느낌.

얘는 또 왜 이러는 거야. 아직 공격적으로 나오면 안 돼. 협상 전이란 말이야.

"휴, 깜짝이야."

"괜찮아?"

"와- 몬스터랑 교감이 엄청난가 봐요?"

이유주가 뿔하피를 신기한 듯 쳐다봤다.

"뭐?"

"주인을 아끼는 마음이 여기까지 느껴져서요. 아, 그나저나 아까 보니까 이거 필요하다고 하시던데 맞죠?"

그녀가 들고 있는 '어룡의 핵'을 들었다.

나는 고개를 끄덕였다.

"응, 필요한데, 혹시, 줄 수 있니?"

"……그냥 주라고요?"

그녀가 빙긋 미소 짓는다. 제길, 안 넘어가나?

"그럼 원하는 대가라도?"

"아뇨, 장난이었어요. 그냥 드리죠, 뭐."

"뭐야, 갑자기?"

"넵! 아까 듣기론 이거 탑 30층에 쓰는 거라던데, 저흰 사실 탑에 오를 것도 아니라……. 필요 없는 템이거든요."

"탑에 안 오른다고?"

"저 몬스터즈 3년 차밖에 안 되거든요. 게임 당시에도 탑은…… 안 올라가 봤었어요."

"그렇구만."

나야 개이득이지.

"게다가 팬이기도 하고, 제가 얻은 건데 못 드릴 이유는 없죠. 특히 이 기회에 눈도장이라도 찍으면 집단에도 엄청난 이득인데요, 뭘."

그녀가 다가와 '어룡의 핵'을 내밀었다.

['어룡의 핵'(A급)]

-특징:수(水)속성.

-재난급 필드 보스 '어룡'을 잡았을 때, 100% 확률로 등장하는 소모성 아이템입니다.

-파괴 시, 모든 파티원들이 물에서 자유로워집니다.

-지속 시간:10분.

이유주가 하는 말은 분명했다.

핵은 그냥 가져도 좋다. 대신 앞으로 잘 봐달라.

'뭐 일단, 준다니 땡큐지.'

나는 깊게 생각하지 않고 푸르른 돌덩이를 잡았다.

[유저 '이유주'가 교환을 원합니다. 동의하시겠습니까?]

"동의."

'허, 진짜 주네?'

생각보다 손쉽게 얻어버렸다.

보통은 대가를 바라거나 확답을 받고 주는데, 꽤나 통 큰 녀석이다. 뭔가 비범한 녀석. 하긴, 그러니까 아직까지 저 학생들을 데리고 살아남은 거겠지.

나는 미소 짓고 있는 이유주를 바라봤다. 확실히 묘한 구석이 있었다. 한참 쌍욕이 오가는 두 진영과 거칠어지는 몬스터들의 움직임. 그 상황에서 오직 나에게만 신경 쓰는 그녀.

'만약, 이게 노린 거라면…….'

대성공이다, 꼬맹이.

사실, 그냥 일정 값 떼어주고 가져가려 했었는데……. 괜스레 도와주고 싶게 만들었으니까.

"선배! 지금 이러고 있을 때가 아니에요!"

"저것들이 공격해 오려 하는데, 우리 탱커진들이 거의 전투

불능 상태라……!"

마침 학생들이 다가왔다.

붙기 일보 직전인 상황. 그런데도 그녀는 고개를 돌리지 않았다. 그리고 나에게 말했다.

"비운 오빠."

"응."

"지금 탑에만 집중하고 계신 거죠?"

메인 퀘스트를 안 밀고, 탑만 오르고 있냐고 묻는 거라면 맞다.

"응, 그런데?"

"그럼 제안 하나만 드려도 될까요?"

"제안?"

"앞으로도 재료 구할 거 있으면 우리 집단 시켜주세요. 재난급 이하 전부 빠르게 구해다 드릴 수 있어요. 멤버 중에 몬스터 위치 탐색할 수 있는 애가 있거든요."

오 '레이더'형 몬스터라도 뽑은 건가?

"나야 좋긴 한데……."

좀 꺼림칙하기도 하다. 왜 심부름을 자처하는 거지? 그저 팬이라는 이유로는 너무 과한데.

"당연히, 그 대가로 원하는 게 있어요!"

"원하는 거?"

"네, 탑 서쪽 구역에 들어설 수 있게 해주세요."

"탑 서쪽?"

"네."

"거길 들어가는데, 왜 내 허락을 맡아?"

우리 '터'를 침범하게 하지 못했을 뿐, 오지 못하게 막은 적은 없는데.

"헐, 모르세요? 거기 들어가려고 눈독 들이는 고인물들 엄청 많은데."

"그래?"

"세상에서 가장 안전한 곳이라 생각하고 있거든요."

"거기가 안전하다고?"

"네, 소수정예가 있으니까요."

그녀가 계속 말을 이었다.

"그 구역은 가고 싶어도 함부로 못가요. 혹시 지나가야 할 일 있으면 다들 숨죽여 지나가고요. 만약 그곳에 거주하게 된다면, 적어도 시비 거는 고인물들은 없어질걸요? 혹시나 소수정예한테 잘못 걸리거나 밉보이면 끝이니까."

"……그렇군."

어쩌다가 우리 이미지가 이렇게 됐는지는 모르겠지만……. 나쁠 건 없다. 귀찮은 일이 절로 사라지는 거니까.

"그럼 들어가도 되는 거죠?"

"맘대로 해라. 난 지금도, 앞으로도, 거기 들어가는 거 막을 생각 없으니까. 난 탑 서쪽에 전세 낸 적 없어."

"헤헷, 감사합니다!"

"그리고, 핵은 잘 쓸게. 보답으로 저 날파리들 쫓아내 주면 되겠지?"

"앗!"

"왜."

"사실 지금껏, 그 말이 제일 듣고 싶었어요."

솔직하게 말하며, 귀엽게 웃는 이유주. 나 역시 피식 웃어줬다.

Chapter 2

실베론의 본체가 하늘로 솟구쳤다.

그와 동시에 펼쳐지는 '드래곤 피어'.

키라라라라!

4성 이하의 모든 몬스터들이 공포에 빠진다. 태생 5성만 가질 수 있다는 광역 cc기. 당장에라도 맞붙을 것 같던 팽팽한 분위기가 단박에 느슨해졌다.

"뭐, 뭐야! 저건."

"시, 실버 드래곤?"

"내 몬스터 왜 이래! 움직여!"

미끼 집단이었던 학생들도. 도둑 집단이었던 중년들도. 그저 멍하니 하늘에 떠 있는 실베론을 쳐다봤다.

곧이어 누군가가 외쳤다.

"소, 소수정예다! 소수정예가 나타났다!"

"뭐, ×발? 소수정예?"

"마, 맞아! 나도 이벤트에서 본 적 있어. 저 실버 드래곤 소수정예 거잖아!"

"미친?"

"다들 살려면 도망쳐!"

"악마다!"

별 힘쓸 것도 없었다. 실베론의 등장으로 모든 게 정리됐다. 포위했던 도둑 집단들은 사방으로 도망쳤고, 학생들은 어쩔 줄 몰라 하며 움찔거리고 있었다. 다들 못 볼 거라도 본 듯 겁먹은 모습.

아마 마음은 도망가고 싶은데, 본인들의 리더가 내 옆에 있으니 차마 못 가고 있는 걸 거다. 제법인데 이유주?

"보셨죠?"

옆에서 이유주가 말했다.

"그 이벤트 이후, 소수정예는 그냥 악마의 상징이 되어버렸어요. 소수의 두 팀으로 나뉘어 출전해서 짱짱한 집단들을 전부 1분도 넘기지 않고 도륙해 버린 피도 눈물도 없는 악마 집단. 소문이 삽시간에 퍼져 버린 거죠."

하긴, 뉴비들과는 의사소통할 수 있는 창구가 없으니까. 무서울 수도 있겠다.

"근데, 어차피 내가 안 나섰어도 처리할 수 있었잖아?"

그만큼 약한 놈들이었으니까.

"솔직히 그렇기도 한데, 그럼 제 일행들한테도 피해가 올 수 있었어요."

"……재들은? 같은 학교야?"

"네, 저희는 야자 하던 중에 당했거든요. 거기 있던 애들 다 죽고 남은 사람이 딱 저 20명뿐이에요."

나와 이유주의 대화를 넋 놓고 바라보는 학생들.

나는 대충 눈으로 저들을 스캔했다. 나름 밸런스 있게 키웠지만, 골드가 현저히 부족하다. 탑을 오르지 않은 자들의 한계다.

"받아라."

나는 이유주에게 20만 골드를 건넸다. 내가 생각하는 '어룡의 핵'의 현재 시가 10만에 조금 더 보탰다. 어린애들을 상대로 별다른 대가 없이 템을 얻어가긴 좀 그랬으니까. 더군다나 앞으로 재료까지 구해준다고 하지 않은가. 미리 땡겨 주는 거라 치자.

더불어 '병아리콩'은 채팅창의 마당발. 꽤나 도움 될 여지가 있는 사람이기도 하다.

"허억, 이, 이십만 골드? 괜찮아요. 안 주셔도 돼요."

이유주가 손사래 쳤다.

"그냥 받아. 살아남는데 보탬 좀 하고."

"그래도 이십만 골드는 너무……."

"일단 광산부터 업그레이드시켜. 나한텐 푼돈이니까 신경 쓰지 말고."

"허얼. 고, 고맙습니다."

"탑으로는 천천히 오고, 난 먼저 간다?"

어느새 눈시울이 붉어진 그녀.

그런 분위기가 어색하기에 나는 재빨리 하늘을 날았다.

[병아리콩(Lv.30):와! 오빠들 미쵸따, 미쵸따!]

[카드값줘체리(Lv.34):왜, 또.]

[문스터(Lv.37):뭔데, 또 난리냐.]

[병아리콩(Lv.30):나 비운 님 실물 영접함.]

[카드값줘체리(Lv.34):ㅈㄹ]

[문스터(Lv.37):또 구라치네 ㅆㅂ.]

[몬스터콜렉터(Lv.32):쟤는 중증이라니까?]

잠깐의 침묵.

[병아리콩(Lv.30):……레알이라니까? 진짜 존나 잘생기심. 쏘스윗하시고 잘살아 보라고 20만 골드도 주시고 감.]

[문스터(Lv.37):20만 골드를 줬다고?]

[아리아리동동(Lv.29):ㅋㅋㅋㅋ 20만 골드래 ㅋㅋㅋ]

[카드값줘체리(Lv.34):어~ 그러냐? 난, '매우큰사람' 행님이 어제 100만 골드 주시고 가더라. 그냥 잘생겼다고 가지래. 그래서 됐다고 했음.]

[문스터(Lv.37):ㅋㅋㅋㅋ ㅆㅂ.]

[아리아리동동(Lv.29):본격 허언증 대결. ㅋㅋㅋ]

[병아리콩(Lv.30):아, 진짜라고! 탑 서쪽에도 가기로도 했다고!]

[아리아리동동(Lv.29):탑 서쪽은 지금 폭행이랑 조류만 있지 않나? 거

기 가는 건 좀 빡센데. 모찌 님이 금지령 내렸었잖아.]

놀랍게도 탑 서쪽이 텅 비었던 것은 주예린의 소행이었다.

[병아리콩(Lv.30):그러니까! 내가 그런 거로 구라치겠냐고!]
[문스터(Lv.37):ㄹㅇ?]
[폭행몬스터즈(Lv.34):진짜임? 일로 온다고?]
[병아리콩(Lv.30):ㅇㅇ 폭행 씨, 이웃사촌 되겠네?]
[조류족성애자(Lv.29):헐, 진짜였어? 그럼 뿔하피도 봤겠네?]
[병아리콩(Lv.30):ㅇㅇ. 존예더라, 뿔하피.]
[조류족성애자(Lv.29):역시 뭘 아는 친구였군. 환영한다 이웃!]
…….

채팅창은 계속 올라왔고, 결국 주예린이 한숨을 내쉬었다.

[모찌(Lv.43):휴……. 이싸람, 어디서 뭘 하고 다니는 거야…….]
[병아리콩(Lv.30):아앗! 언니, 나중에 함 뵈요!]

다시 한번, 채팅창을 지배하는 명불허전 '병아리콩'. 어쨌든, 그게 그녀와의 첫 만남이었다.
"진짜야?"
도착하자마자 주예린이 물어왔다.
"뭐가."

"병아리콩한테 20만 골드 준거. 일로 온다던데?"

"아, 맞아. 그렇게 됐다. 대신……."

인벤토리에서 '어룡의 핵'을 꺼냈다.

"요걸 얻어왔지."

"와! 걔가 가지고 있었던 거야?"

"응."

"엄청난 우연이네."

"이거만 있으면, 바로 도전해도 무관해."

"그치, 패턴이고 뭐고 필요 없으니까. 바로 준비시킬까? 안 쉬어도 되겠어?"

히든 퀘스트 종료까지 남은 시간 약 8일. 아직 시간은 널널하다.

그렇지만-

"바로 가자. 다녀와서 쉬자."

나는 바로 도전할 생각이었다. 30층 보스, '크로셀'에게.

[시련의 탑 30층입니다.]

[시련의 악마 '크로셀'(★★★★★)을 처치하세요.]

번쩍!

시야가 번쩍임과 동시에 익숙한 곳에 도착했다. 29층 마지막에 봤었던 지하 수로의 끝. 그 커다란 보스방.

"준비하세요."

이미 브리핑은 완료한 상태.

주예린이 다가왔다. 어느 정도 긴장한 표정이었다.

"오빠."

"응?"

"정말 둘이서 되겠어? 그래도 시련의 악만데?"

30층에는 크로셀만 있는 게 아니다. 문을 열면, 놈이 이끄는 수백의 몬스터들이 먼저 인사를 해올 거다. 크로셀을 상대하는 건 나와 서은채뿐.

"나보단 너희 팀이 더 힘들 거야."

주예린 팀은 내가 크로셀을 상대하는 동안 그 쫄따구들이 날 방해하지 못하도록 막는 역할을 해줘야 한다. 그리고 그 역할 역시 크로셀 못지않게 하드한 난이도다.

"우리는 문제 없어. 엄청 연습했거든."

"그래?"

"응."

"그럼 나도 문제없어. 우리 30층 깼을 당시 스펙 기억나?"

켈피를 소환하며 물었다. 주예린이 답했다.

"응, 지금보다 등급은 높았지만, 스킬은 훨씬 약했었잖아. S급도 몇 개 없었고."

"그럼 그 당시 나와 지금의 나를 비교해 봐."

"……당연히 지금의 오빠가 더 강하…… 아, 하긴……. 걱정 안 해도 되겠네. 오빤 괴물이니까."

"알았으면 바로 가자."

이젠 나도 딱히 부정하지 않는다.

"오케이!"

활기차게 답하는 주예린. 신호를 보내자, 할아버지의 '라이'가 머리로 커다란 문을 열었다.

끼이익!

그 사이로 확 밀려오는 불쾌한 물 냄새. 그리고 끈적하게 느껴지는 살기.

나는 머리를 한 번 털어냈다. 아무리 준비가 완벽하다 해도 방심하면 안 된다. 잠깐의 방심이 죽음으로 이어지는 곳이 바로 시련의 탑이기에.

푸르릉!

"꽉 잡아, 서은채."

"넵!"

켈피 뒤에 타고 있는 서은채.

우리와 주예린 팀은 천천히 방 안으로 이동했다. 뒤에 긴장한 듯 굳어 있는 서은채의 피부가 느껴졌다.

"아……. 생각보다 분위기가 너무 섬뜩한데요?"

"긴장하지 마."

"……."

"버프랑 힐링, 그리고 방깍에만 집중하면 돼. 웬만한 공격은 뿔하피와 실베론이 차단해 줄 거야."

"알겠어요."

뿔하피와 실베론은 아직 소환하지 않았다. 이제부터 보스 앞까지 달려야 하기 때문.

나는 '무명'(無名)의 창대를 매만졌다. 그러자 우우웅 진동하며 울어 재낀다.

'해보자고.'

보스방의 풍경 역시 수로의 연장선이었다. 널찍한 지하 수중동굴의 모습. 주예린 팀이 전방, 내가 후방에 있었다.

키에엑! 캬르르륵!

곧이어 수백의 괴물들이 수로 앞을 막아섰다. '사하긴'(★★★★)들이었다. 기다란 창과 방패를 들고 있는 어인 종족. 물고기 같은 면상에 온몸에 나 있는 지느러미와 비늘. 그리고 손발에 돋아 있는 물갈퀴까지.

'끔찍하게도 생겼네.'

나는 일단 대기했다. 여기서 괜히 스킬이나 힘을 뺄 필요 없다. 지금은 주예린 팀이 틈을 벌려줄 때까지 기다려야 한다.

"할아버지!"

곧이어 주예린이 외쳤다. 할아버지가 답했다.

"맡겨주게!"

콰드드득!

땅 밑에서 수많은 뿌리들이 올라와 놈들을 감싸 묶었다. 세계수의 '뿌리 속박' 스킬. 10초 동안 상대 전체를 묶는 태생 5성만의 광역 CC기였다.

케르르륵!

당황하는 '사하긴'들. 그와 동시에, 일행들이 호전적으로 달려들었다. 확실히 강할 수밖에 없었다. 이번에 새로 얻은 S급 스킬들을 신나게 퍼부어댔으니…….

"빈서율!"

"네, 언니!"

주예린의 말에 빈서율이 왼쪽 구석으로 굴렀다. 기민한 움직임이었다. 그와 동시에 무릎쏴 자세로 조준. 볼트를 발사했다.

꿰뚫는 빛(S급). 전방 일직선에 섬광이 터졌다. 볼트의 궤적과 함께 타들어 가는 사하긴들. 엄청난 속도와 파괴력이었다.

'좋은 스킬 얻었네.'

어쨌든, 그녀의 스킬 덕분에 왼쪽 구석, 놈들을 비집고 들어갈 만한 틈이 생겼다. 나는 곧바로 '은신'과 '가속'을 사용했다.

"가자, 켈피!"

나에게 주어진 역할은 간단하다. 주예린 팀이 이렇듯 상대하고 있는 동안, 옆으로 우회하여 방 중앙으로 침입. 왕좌에 앉아 있는 크로셀과 정면승부를 진행해야 한다.

푸히힝!

켈피가 빠른 속도로 이동했다. 싸우느라 정신없는 사하긴들 사이로 현란하게 질주했다.

켈피는 수(水)속성. 마치 제집 드나들듯 편한 움직임이었다. '은신' 상태였기에 그 구역을 벗어나는 건 어렵지 않았다.

다그닥- 다그닥-

'이미 수로는 지났고.'

어느 정도 달리자 더 이상 사하긴들이 보이지 않았다. 널찍한 수로도 더욱 넓어지더니 곧이어 커다란 공간이 나왔다.

일행들과 거리가 꽤 떨어졌는지 적막이 흘렀다.

'이곳이 바로 '크로셀'이 존재하는 무대.'

[경고! 경고! 경고!]

['크로셀'(★★★★★)의 살기에 노출됩니다!]

[모든 능력치가 20% 감소합니다!]

[은신이 파훼 됩니다!]

엄청난 존재감이 공간을 지배했다. 나는 느껴지는 기운으로 시선을 돌렸다.

"저놈이군."

왕좌에 여유롭게 앉아 있는 악마. 은발의 머리칼을 가진 잘생긴 어린아이의 모습. 「몬스터즈」 설정상 검을 제일 잘 다룬다는 악마가 바로 저놈이다.

[……인간인가.]

놈이 천천히 일어났다. 애새끼의 모습인데도 위압감이 철철 흘러넘친다.

[……이곳까지 기어들어 오다니, 제법 하는 인간인가 보군.]

스릉!

그리고 검을 빼 든다. 냉정한 칼잡이 '크로셀'의 모습.

설정상 놈은 희대의 전투광이자 무술광이다. 나 역시 켈피에서 내린 후 창을 꺼내 들었다. 그리고 뿔하피와 실베론을 소환했다.

[주인님! 무서워! 불쾌해! 물 싫어!]

[강한 기운이 느껴지는군……. 위험하다, 주인.]

"엄살은…… 충분히 상대할 수 있어."

위험해 보였지만, 해볼 만했다. 아마, 놈과의 전투로 내 창술의 현재 위치를 정확하게 파악할 수 있으리라.

"후우."

심호흡한 후, 자세를 낮췄다. 언제라도 반응할 수 있게끔. 놈은 시련의 악마. 단 한순간도 방심해서는 안 된다.

[재밌겠어. 나름 무술에 조예가 깊어 보이는군. 무슨 창술이더냐.]

놈이 흥미롭다는 듯 웃었다. 나 역시 마주 웃었다.

"알 거 없어, 새끼야."

나는 곧바로 달려들었다.

채앵!

쏜살같이 날아간 창이 놈의 칼과 한차례 부딪혔다.

'무겁네.'

그간 여타 싸웠던 놈들이랑은 확실히 달랐다. 그래도 느껴지는 것은 해볼 만하다는 것. 놈 역시 나와 부딪힌 후 한 번 주춤거렸다.

[제법이군.]

곧바로 우측으로 스텝을 밟았다. 한번 기세를 잡았을 때, 연달아 공격하는 것이 '베르트랑 스피어'의 정수.

채앵! 챠앙! 채앵!

미친 듯이 공격을 퍼부었다. 부딪칠 때마다 느껴지는 엄청난 충격에 내장에 충격이 오고 숨이 막혀왔지만 멈추지 않았다. 놈도 그만큼 힘들어하고 있는 게 느껴졌기 때문이다.

뿔하피와 실베론은 옆에서 빈틈만 노리고 있었다. 함부로 끼어들지 말라고 지시해 놨기 때문이다. 괜한 참견은 오히려 전투에 방해될 수도 있다.

[확실히 신기하구나. 인간이란 존재들은.]

"마치 우리를 안다는 듯 말하네?"

미친 듯이 부딪치는 창과 칼. 그 정신없는 속도에서 나는 무언가 익숙함을 느꼈다. 아, 이 검술은 분명…….

"설마 형을 가르친 게 너냐?"

'곱창사랑' 형의 검술과 닮아 있었다.

[인간 하나를 가르친 기억은 있지. 재미있더군, 너처럼 말이야.]

"그랬군. 어쩐지."

[크하하하, 재밌구나! 재밌어! 이게 얼마 만에 만나보는 실력자던가!]

놈의 검격이 더 거세졌다.

'집중하자.'

놈의 공격은 단순무식하다. 다른 악마들과는 다르다. 각종 디버프? 패턴 공격? 이런 거 없다. 오직 들고 있는 칼. 본연의 피지컬로만 싸우려고 하는 놈이다.

"크윽!"

그리고 놈의 실력은 확실히 대단했다. 끝없는 공격 속에서도 빈틈을 노려 발로 내 가슴을 쳐냈으니까. 통증에 전신이 아려 온다.

퉤.

그 한방에 피 섞인 가래가 나왔다. 그러나, 이 정도 고통은 아무것도 아니다. 바로 다시 덤벼들었다.

채앵! 챠앙! 채앵!

끝없이 펼쳐지는 창과 칼이 부딪치는 소리. 생사결 중에 이런 생각을 가지면 안 되지만, 나도 재밌었다. 오랜만에 만나는 상대다운 상대에 긴장보다는 즐거움이 앞섰다.

콰가가가! 파즈즈즉!

잠깐, 빠져 있을 때는 뿔하피의 깃털과 화염 마법, 그리고 실베론의 전격 마법이 놈에게 쏟아졌다.

[……우습구나.]

하지만 놈은 시련의 악마. 그런 마법쯤은 가볍게 털어낸 후, 다시 나에게 달려온다.

[저런 잡기술 쓰지 말고 무술 대 무술로 붙어보자꾸나!]

"크읏!"

나도 다시 힘겹게 막아냈다. 물론, 나도 밤새도록 1:1로 싸워보고 싶다. 하지만 그럴 순 없었다. 나 혼자만의 목숨이 아닌, 단원들 전부의 목숨이 달린 미션이기 때문.

'아직 섬창을 쓸 순 없어.'

지금의 놈이라면 100% 피하거나 스친다. 그러면 '플뤼톤' 때처럼 끔찍한 결과가 벌어지리라. 일단, 최대한 웅크려 기회를 봐야 한다.

콸콸콸!

곳곳에 나 있는 배관에서 물이 쏟아지기 시작한 것은 그때였다. 우리가 우려했던 놈의 비기. 방 안을 물로 가득 채우려는 수작이다.

"비겁한! 무술 대 무술로 붙자며?"

[미안한데 저건 내가 작동하는 게 아니라서.]

점점 차오르는 물속에서도 우리의 격렬한 전투는 지속됐다.

'제기랄……. 점점 속도가 딸려.'

게다가 어느덧 물이 허리까지 올라 차기 시작했다. 한 수의 차이가 중요한 전투에서 이런 사소한 제한들은 치명적으로 다가온다.

시간이 계속 흐르고 흘렀다. 놈도 나도 서로에게 상처를 많이 입혔다. 그러나 나는 뒤에서 유지넬의 힐링이 들어오는 상태.

[모찌(Lv.43):오빠! 물 거의 다 차가!]

주예린의 메시지가 올라온 것은 그때였다.

'저쪽 지대가 낮나?'

달려서 올라올 때, 살짝 오르막길인 것 같기는 했다.

[비운(Lv.50):많이 급하냐?]

[모찌(Lv.43):응, 지금 거의 머리까지 찼어!]

[비운(Lv.50):사하긴들은 얼마나 남았는데?]

[모찌(Lv.43):거의 절반은 잡은 것 같아! 근데 물 속이라 그런지 점점 놈들이 거세져! 우린 힘들고!]

[비운(Lv.50):피해는?]

[모찌(Lv.43):아직은 전무!]

[비운(Lv.50):오케, 핵 깼다?]

[모찌(Lv.43):응!]

나는 곧바로 핵을 꺼내 부쉈다.

['어룡의 핵'(A급)을 파괴합니다.]

[10분 동안 모든 파티원이 물에서 자유로워집니다.]

기묘한 기운이 몸을 감쌌다. 불편했던 것들이 다 사라졌다. 분명히 주변에 물이 있었지만 없는 것과 같은 기분이었다. 당연히 대가리를 물에 박고 있어도 숨이 쉬어졌다.

[잔재주를 부리는군.]

"잔재주에 응했을 뿐."

여유롭게 답했지만 급했다. 이제 남은 건 10분. 그 안에 처리하지 못하면 많이 힘들어진다.

'이제 선택지가 없어.'

어차피 여기서 더 싸워봐야 의미가 없다. 이젠 승부를 봐야 할 때. 게다가 놈은 수(水)속성 몬스터. 움직임이 처음보다 더 빨라졌다. 놈에게 대응하기 위해서는 불가피하게 '광전사 모드'를 써야 한다.

[광전사(狂戰士) 모드(Lv.4)를 활성화합니다.]

붉어진 시야. 그와 동시에, 섬창도 활성화했다. 물속이라고 여유롭게 자리 잡고 있는 놈.

놈을 보니 눈꼴 눈꼴이 시렸다. 섬창을 갈겨야만 속이 풀릴 것 같았다.

['섬창'(殲槍)을 가동합니다.]

그 순간, 끓어오를 듯 폭발하는 에너지. 나는 놈을 노려보며 생각했다.

네놈만 잡으면……. 운영자 요정족 '아린'을 만날 수 있어. 그리고 그 빌어먹을 요정에겐 물어볼 게 참 많지.

'그러니까, 이만 뒈져라.'

아테나의 지휘, 광전사(狂戰士) 모드. 그리고 멸마(滅魔)의 힘이 전부 깃들어 있는 섬창(殲槍). 그 짜릿한 에너지에 크로셀이 경악했다.

[……무, 무슨 이딴!]

놈이 뒤늦게 알아차렸지만, 늦었다. 이미 창을 내지른 상태거든.

쿠웅!

이제는 정겨운 소리. 심장이 뛰과 동시에, 후속타가 터졌다.

콰아아앙!

허공을 찢어발기는 소리가 고막을 쾅쾅 때렸다.

[크아아아아!]

놈이 고통스럽게 울부짖었다. 역시나 30층의 악마. 기회를 완벽히 노렸는데도 한 방에 죽지 않는다. 다만 확실히 치명상은 입혔다. 육체의 절반이 먼지로 소멸한 상태.

'제기랄.'

일부러 힘겹게 부딪혀가며 피를 깎아놓은 건데, 한 방에 안 죽다니…… 붉은 시야 속에서 짜증이 치솟았다.

[이 잡것이!]

놈은 반 쪼가리 육체로도 잘 움직였다. 물을 다루는 놈이라 그런지 물 자체를 컨트롤해 움직이는 것 같았다.

나는 다시 자세를 잡았다. 이제 뭐, 방법은 하나다. 놈을 때려잡는 것. 그 외에는 다른 방도가 없다.

[죽어라! 인간!]

"오냐, 덤벼봐라."

그러나 난 여유로웠다. 놈이 간과한 사실이 있었기 때문이다. 아까의 나는 '광전사 모드'를 쓰지 않은 상태였다는 것.

채앵!

물속에서 벌어진 첫 부딪침.

[크읏!]

놈이 고통의 신음을 내질렀다.

"이제 좀 상황 파악이 되냐?"

예전의 나보다 두 배는 강해진 상태에 놈이 당황했다. 지금이 최고의 기회. 나는 곧장 달려 나가 공격을 퍼부었다. 놈도 최후의 발악을 시작했다.

슈웅! 슈웅!

주변에 있는 물도 나에게 위협이 되었다. 만들어진 수압 창이 온몸 곳곳을 스쳐 갔다. 그중 몇 개는 치명타로 다가오기도 했다. 피가 터져 나왔다. 하지만 나는 눈 하나 깜빡하지 않았다.

'오직 목표는 크로셀.'

붉은 시야 속에서 놈의 당황한 얼굴만을 바라봤다. 절로 미소가 지어졌다. 기분 좋은 감정에 심장이 뛰었다.

"뒈져!"

점점 약해지는 크로셀의 검을 강하게 쳐냈다. 놈이 비틀거렸다. 나는 그대로 뛰어들어 놈의 복부와 급소에 창을 막무가내로 찔러넣었다.

푸욱! 푸욱! 서걱!

오른팔을 잘라냈다. 놈의 검이 물 위로 떠올랐다. 이제 놈에게는 내 창을 막을 만한 수단이 없다.

푸숙! 스걱!

정신없이 찌르고 베고 때렸다. 한 방, 한 방 온 힘을 다했다.

검이 없는 크로셀은 정말 아무것도 아니었다.

"허억, 허억."

그러기를 몇 분. 놈이 형체도 남기지 않은 채 소멸했다.

['크로셀'(★★★★★)을 처리합니다!]

30층의 악마. 크로셀의 싱거운 최후였다.

"아저씨!"

서은채가 빠르게 다가왔다. 여태껏 '광전사 모드' 때문에 시야가 붉은 줄 알았는데…….

그것보다는 물 전체가 피로 물들어 있던 게 컸다. 내 상처에서 나온 피. 흥분해서 몰랐는데 생각보다 상태가 좋지 않았다.

"하, 이거 좀 어질어질한데?"

"괘, 괜찮아요? 유지넬! 힐링! 그리고 정화!"

천사족의 손에서 터져 나오는 성스러운 빛. 나는 그 기분 좋은 느낌에 몸을 맡기며 떠오르는 메시지를 즐겼다.

[축하합니다!]

[시련의 탑 30층을 클리어하셨습니다.]

[생존자 전원에게 특수한 보상이 지급됩니다.]

이번에도 악마성의 열쇠 조각이 나왔다. 깔끔했다.

그렇게 우린 탑 밖으로 이동했다.

밖으로 이동하자, 히든 퀘스트 클리어 메시지도 날아왔다.

['히든 퀘스트' 목표를 달성합니다.]

[목표:탑 30층을 클리어하라.]

[보상:최상급 캐릭터 전용 스킬 박스×1개, 최상급 랜덤 스킬 박스×2개, 최상급 몬스터 소환 이용권×10개]

'……업적에 비해 좀 짜긴 한데.'

최상급 캐릭터 전용 스킬 박스. 요놈 때문에 봐줄 만했다. 원래 '특전'이나 '업적'으로만 주는 '캐릭터 전용' 최상급은, '몬스터 전용' 최상급에 비해 얻기가 무척이나 까다로우니까.

'스테이터스만 봐도 알지.'

간만에 캐릭터 스킬창을 확인해 봤다.

[보유 스킬:6/7]

-'심연의 눈동자'(EX급):캐릭터와 몬스터의 정보를 볼 수 있다.

-'아레스의 본능'(S급):전신 아레스의 가호를 받아 전투 관련 운동신경이 향상된다.

-'네르갈의 재판'(S급):유저와 계약 설정 가능. 어길 시 네르갈의 저주가 떨어진다.

-'만류귀종'(S급):모든 무술의 끝은 하나로 통한다. 극의로 향하는 길을 탐구한다.

-'합체족 마스터리'(S급):합체족을 중복으로 사용할 수 있다.

-'화염의 군주'(EX급):'화'(火)속성 몬스터들의 군주. 모든 화염 공격에 저항력을 얻는다.

'미쳤다…….'

말이 안 나오는 스펙. 과거 '비운' 캐릭터도 이 정도까지 화려하진 않았었다. 제일 낮은 등급의 스킬이 S급이라니……. 그리고 이제 곧 또 하나의 사기 스킬이 더해질 거다.

"와- 캐릭터 전용으로 최상급은 처음 받아보네요."

"저도요!"

"이하동문이오."

"나도 마찬가질세."

일행들의 눈이 반짝였다. 주예린이 캐릭터 전용 S급 스킬이 최고라며, 본인의 스킬, 포르투나의 기적(S급)을 공개했기 때문이다. 1년에 한 번 확정으로 태생 5성을 뽑을 수 있는 스킬.

"저도, 언니랑 비슷한 스킬 나왔으면 좋겠어요."

"아서라, 이런 건 잘 안 나올걸?"

"그래도 기대돼요."

그렇게 옹기종기 모여앉아 보상에 관한 이야기를 나눌 때였다.

[근처에 요정족 '운영자'가 소환됩니다.]

"어?"

"저, 저건?"

다들 놀랐다.

나는 고개를 끄덕였다. 아까부터 기다리고 있었기에 놀라지도 않았다. 히든 퀘스트가 끝났으니 나와주셔야지.

"오빠."

어느새 주예린도 옆으로 다가왔다.

"쟤, 또 걔겠지? 아린인가 뭔가 하는 애. 레너드 따까리."

"아마도."

곧이어, 쉐넌과 비슷하게 생긴 요정이 튀어나왔다. 역시나 그때 봤던 그 요정이었다.

[반갑습니다. '소수정예' 여러분. 「몬스터즈」 운영자 '아린'입니다.]

이번엔 일행들의 분위기가 과거와 달랐다. 그때는 넋 놓고 보고 있었다면, 지금은 여하 사정을 다 아는 상태. 적극적으로 중앙에 모였다.

"또 보네, 아린이?"

"쉐넌과 꼭 닮은 게 참 얄밉게 생겼소."

"허허- 그러게 말일세. 정겹게 말할 것 같이 생겨놓고 말투는 참 딱딱하구먼?"

[어, 역시 '소수정예'는 대단합니다. 당사의 예상보다 훨씬 빠르게 해결했어요. '사이버' 측도 많이 당황한 모양입니다.]

우아했던 목소리에 당황함이 끼었다.

땀을 삐질 흘리는 아린. 나는 피식 웃었다.

"쓸데없는 미사여구는 빼고, 뭐 하나만 묻자."

[네, 말씀하십시오.]

"형들은 어떻게 된 거냐."

[……형들이라 하시면?]

"원래 랭킹 최상위권에 있었던 사람들 말야. 매우큰사람이랑 곱창사랑, 토실토실."

[아…….]

순간, 아린의 표정이 굳었다.

[그건 저희도 의문입니다. 분명, 레너드 님은 짐작하고 계시는 것 같은데…….]

"또 그 소리로 넘기려는 거냐?"

[진짜입니다. 처음엔 그 세 분도 비운 님과 동일한 관심으로 케어하려고 애썼습니다. 기대에 맞게 잘 성장해 주셨고 '집단 방어전' 서울에서 1등까지 하는 기염을 토했죠. 덕분에 간섭력도 많이 얻었고 그 간섭력으로 투자도 많이 했습니다.]

형들도 처음부터 사이버에게 넘어간 건 아니었다. 채팅창으로 대화를 나눈 적이 있으니 확실하다. 분명 두 번째 메인 퀘스트 이후다.

"그래서?"

[그런데 어느 순간부터, 존재 자체가 파악되질 않았습니다. 모니터링 자체도 못 하도록 차단되었고, 어떤 상황인지 이유를 알지도 못했죠. 저들이 '사이버' 측에 넘어갔다는 거도 사실 당사 측에선 저번 이벤트를 통해 처음 알았습니다. 당연히 회사가 뒤집혔죠.]

"결국, 아는 게 아무것도 없다?"

[혼란스러울 수밖에 없었습니다. '사이버'가 암계를 꾸몄다면, 그에 응당한 간섭력이 들어와야 하는데 그런 것도 없었으니까요.]

「갓 컴퍼니」가 당황해할 정도라. 놈이 뭔가 모종의 수를 쓴 것 같긴 한데……. 데이터도 없고 정확한 정보를 모르니 추측을 할 수도 없다.

"그럼 레너드는……? 알고 있다며."

[그건 제 짐작일 뿐입니다.]

휴, 쉐넌이나 아린이나……. 하여간, 요정족들은 도움이 안 된다.

주예린이 나섰다.

"그래서 이번엔 우리한테 원하는 게 뭔데?"

[저는 레너드 님의 말을 전하러 왔습니다.]

"그니까, 그게 뭐냐고."

[……그분께서는 이제 '소수정예' 집단이 50층으로 올 준비가 되셨다고 했습니다.]

"켁, 얘네 또 시작이네."

주예린이 어이없다는 표정을 지었다.

내 입가도 어느새 일그러져 있었다.

'……결국.'

역시나, 본론은 50층에 있는 본인을 만나러 오라는 거다. 거기 간다면? 진실을 알 수 있을까? 또 100층까지 오르라 하는 건 아닐까? 알 수 있는 게 없다.

짜증이 났다. 탑을 오르는 것 말고는 아무것도 할 수 없는 현 상황이.

잠깐의 침묵이 흘렀다. 끝이 없는 싸움, 지옥 같은 나날 속에서 겨우 여기까지 왔는데……. 아직도 도착지는 저 멀리 아득하니 보이지 않는 기분이 들었다. 공허하면서도 답답한 느낌.

'별수 없지.'

사실, 알고 있었다. 탑을 오르기로 한 순간부터 각오했었던 거기도 하다. 결국은 끝장을 봐야 한다는 사실. 여기서 짜증만 부린다고 나에게 득 될 건 없다.

나는 물었다.

"그래서, 50층으로 와라. 그게 끝이냐?"

[그리고 조심하라고도 하셨습니다.]

"조심?"

[사이버 측에서 더욱 노골적으로 경계하기 시작했다고 하셨습니다. 아마, 곧 악랄한 이벤트를 걸 거라고도 하셨습니다.]

"이벤트라……."

[그래서 저희 측에선 함부로 간섭력을 쓸 수 없습니다. 이번엔 히든 퀘스트도 주지 않을 계획입니다.]

"그럼?"

[50층에서 기다리고 있겠다 하셨습니다.]

"알아서 올라오란 말이로군."

운영자 아린이 고개를 끄덕였다. 긍정의 의미였다.

뭐, 50층은 50층이고. 사이버 측에서 걸었다는 악랄한 이벤트가 꺼림칙했다.

[이벤트가 뭔지는 저희 측도 감히 예측할 수 없습니다. 다만, 앞으로 모든 간섭력 투자를 '소수정예'에게 하겠다는 이사님의 지침이 있었습니다.]

요정이 정중하게 고개를 숙였다.

[그렇기에 버텨주십시오. 꼭 50층까지 올라주십시오. 부탁드리겠습니다. 라는 레너드 님의 전언을 끝으로 저는 이만 사라져 보겠습니다.]

뿅-

그렇게 단숨에 사라진 요정. '터'는 잠시동안 적막으로 가득 찼다.

잠깐의 침묵 후, 빈서율이 조용히 말했다.

"우리 뽑기나 할까요?"

시간이 유수처럼 흘렀고, 어느덧 한 달이 지났다.

짜액-짹-

하루의 일정이 시작되는 아침. 일행들은 간단한 식사를 마친 후, 훈련소로 이동했다.

훈련소는 거대했다. 총 350평의 거대한 홀. 본래 50평이었던 훈련소가 이렇듯 커진 덴 다 이유가 있다.

[건호오! 훈련소가 너무 좁지 않아?]

"조금 좁긴 하지."

[조금만 성의를 표시하면 커스터마이징해 줄 수 있는데!]

"커스터마이징?"

[응, 총 집단 내 모든 훈련소를 하나로 이어버리는 거야. 어때?]

"나쁘진 않은데……. 성의 표시는 얼마나?"

[성의? 에이~ 그냥 쪼끔! 우리 사이니까 확 깎아서 2만 골드! 건호한텐 저렴한 가격 아니야? 헤헤.]

2주 전쯤 있었던 쉐넌의 제안.

평소 좁다고 생각했기에 바로 시행했다.

확실히 가격은 저렴했다. 이제 2만 골드 정도면 푼 돈이다. '하우징 마스터' 업적이 있기에, 같은 기간이어도 다른 일행들보다 훨씬 돈을 많이 버니까.

'기분 좋구만.'

널따란 공간. 각 컨셉 별로 나누어진 운동기구들.

아침마다 이 공간에 오면 괜스레 기분이 좋아진다.

"자, 자! 그럼 오늘도 파이팅하고 시작해 보자구요!"

주예린의 외침과 함께, 언제나와 같은 훈련이 이어졌다.

항상 함께하는 훈련. 이미 일행들의 레벨은 전부 40을 넘긴 상태다. 거기다가 합체족 두 개가 또 나와, 이제는 전 단원이 '합체족'을 장착하기까지 했다.

"각오하시오. 오늘은 하체를 조지는 날이니까."

"크헉. 하, 하체요?"

"벌써 날짜가 그렇게 됐나……."

오전 기초체력 단련은 양종현이 주도했다. 각종 트레이닝 기반 지식을 활용하여, 최대한 효율적으로 운동 루틴을 구성할 수 있게끔 도왔다. 늘어가는 능력치 별로, 각자의 에너지를 한계까지 끌어내게끔 유도했다.

그다음 오후 시간. 오후엔 각자 무기술 훈련이 이어진다.

물론, 각자의 무기는 달랐다. 서지호, 빈서율, 할아버지, 서은채는 석궁을 들었고 주예린과 양종현은 창을 들었다.

"하나에 찌르기, 둘에 베기다!"

창술 교관은 '아델 드 베르트랑'이 맡았다. 주예린과 양종현은 철저하게 아델의 커리큘럼을 따랐다. 물론, 둘은 「아레스의 본능」이 없기에 성장이 더뎠다. 그래도 상관없었다. 꾸준한 훈련은 능력치의 상승을 불러오고 그것만으로도 훈련의 의미는 충분하니까.

석궁 교관은 '릴 드 포아'. 중세 기사족으로 새로운 태생 4성짜리 몬스터다.

30층 클리어 당시. 70개의 최상급 뽑기에서 총 2개의 4성이 나왔고 그중 하나가 이 기사족이었다. 기사족은 밸런스가 잘 잡혀 있는 1티어 종족. 그간 몬스터를 받지 못해 서운했을 빈서율에게 힘을 더 실어줬다. 그녀는 기뻐했고 남은 하나는 아쉽게도 재료가 되었다.

'릴 드 포아'는 판금 갑옷을 입은 여기사로 원래 본직도 석궁

마스터였다고 했다. 덕분에 주먹구구식으로 배웠던 빈서율도 제대로 된 기술들을 습득할 수 있었다.

슈웅! 슈웅!

빈서율의 볼트가 완벽한 궤적으로 나아가 표적을 강타했다. 모범적이면서도 깔끔한 자세.

"잘하셨습니다, 마스터. 독학했다고는 믿을 수 없는 실력입니다. 이렇듯 정교하게 한 치 오차도 없이 적중하다니……."

여기사가 감탄했다.

"다 우리 릴이 잘 가르쳐 줘서지."

빈서율이 석궁을 내려놓고 빙긋 웃었다. 기이한 문양이 새겨진 푸른색 석궁. '크로셀의 랜덤박스' 에서 나온 크로셀의 석궁이었다.

그렇게 무기술 훈련이 진행될 동안, 나는 대련을 했다. 다만, 나에게 문제 되는 건 대련 상대.

[시작하지, 주인.]

[조심해! 주인님!]

대련 상대는 내 몬스터들이었다. 뾸하피 그리고 실베론과 진행하는 2:1 대련.

파지지직!

먼저, 실베론이 뇌격 마법을 날렸다. 뇌격 마법 특성상 속도가 무척 빠르기에 시전 전에 미리 대비를 해둬야 한다.

매직 실드(S급). 내 손에서 작은 투명막이 나타났다. 30초에 1번, 좁은 범위의 마법 하나를 막아주는 기술이다. 이번에 새로 얻은 스킬.

파슥!

실드가 깨져 나갔다. 그와 동시에 약 8개의 깃털이 나를 향해 날아왔다. '호루스의 깃털 폭파'였다.

콰가가강!

묵직한 충격. 대부분 '무명'(無名)으로 쳐냈지만, 몇 개가 피부에 박혀 터졌다.

'역시 뽈하피.'

피하기 힘들 정도로 빠른 속도였다. 그만큼 고된 훈련으로 숙련도를 올려놓은 거다. 그렇기에 나와 조금이나마 맞상대를 할 수 있는 수준이 된 거고.

'……만만치 않구만?'

다시 날라오는 날카로운 발톱과 전격 마법들. 간혹가다 '매직 실드' 타이밍에 실베론의 「디스펠(S급)」이 발현되기도 했다. 1시간에 1번 타인의 스킬을 취소시킬 수 있는 기술. 이 역시 이번에 준 스킬이다.

"제법이구나!"

파즈즉! 챠앵!

그때는 그냥 창으로 쳐낼 수밖에 없다. 확실히 둘의 합공은 강했다. 그리고 나는 이렇게 성장해 준 몬스터들이 괜스레 대견스러웠다.

물론 내가 제대로 상대하는 건 아니다. '섬창', '광전사 모드' 등의 위험한 스킬들은 다 봉인했다. 오직 창술로만 둘을 상대했다.

그래야 밸런스가 맞기 때문이다.

지속되는 훈련. 몬스터들은 사정 봐주지 않고 스킬들을 쏟아냈으며, 난 그것들을 여유롭게 피해냈다.

'확실히 몸이 빨라.'

저번 '스킬 뽑기' 이후, 육체의 움직임이 달라졌다. 더 기민해지고 반사신경도 빨라졌다. 능력치가 뻥튀기됐기 때문이다.

[스킬:아레스의 육체]

[힘, 민첩, 체력 20 증가]

이번에 뽑은 캐릭터 전용 스킬이었다. 기본에 충실하면서도 쓸 만한 버프 스킬. 특히 지금 레벨대에서 이 정도의 능력치 증가는 사기라 해도 부족함이 없다.

"타핫!"

발을 박찼다. 이번엔 내 역습 차례. 아마, 둘 다 각오 좀 해야 할 거다.

[오, 온다! 피해라! 조류족!]

[이래라저래라하지 마! 후배!]

[……건방진!]

둘의 귀여운 대화. 절로 미소가 지어졌다. 항상 느끼는 거지만, 지금, 이 순간이 정말 미치도록 즐겁다.

훈련은 그렇게 오전, 오후로 나누어 딱 10시간만 진행된다. 그 후, 일과는 자유 시간. 남아서 더 훈련해도 무관하고 휴식이나 여가활동을 즐겨도 된다.

"다들 고생하셨습니다."

"이만, 휴식하러 가볼게요."

"오늘은 한잔들 안 할 텐가?"

"으어어, 할아버지. 전 너무 피곤해서요."

훈련이 일단락되었다. 한 달 전 히든 퀘스트가 끝난 후, 나는 일행들의 스트레스 관리를 위해 특단의 방법을 제시했었다. 일단, 해를 기준으로 날짜는 항상 정확히 기록한다. 그리고 우리만의 휴일을 만든다. 7일에 1번. 그날은 훈련도 없고 탑 등반도 없다. 오직 파티다.

병아리콩. 조류족성애자. 폭행몬스터즈. 이 세 집단과의 관계도 나름대로 진전이 있었다. 파티를 열면 가끔 와서 즐길 정도의 사이? 특히 '병아리콩' 애들과 서은채가 잘 어울렸다. 이유주랑 둘이 동갑이라던가?

역시, 인간은 사회적 동물이었다. 타 집단들과 어우러지기 시작한 이후로 다들 웃음꽃을 더 피웠다. 그 모습이 참 보기 좋았다.

그리고 탑 등반. 탑 등반 역시 주에 딱 한 번만 올랐다.

현재 등반 층수는 34층. 저번 '히든 퀘스트'처럼 급할 게 없기에, 천천히 깨기로 했었다.

'사실 그것보다 더 중요한 건.'

운영자 아린이 말했었던 사이버의 이벤트다. 놈의 성향상 분명 악랄한 이벤트가 나올 게 뻔한데……. 아무리 기다리고 기다려도 소식이 없었다. 나는 그게 미치도록 불안했다. 속을 알 수 없는 자. 나에게 노골적인 적대감을 가진 자. '사이버'가 무슨 꿍꿍이를 가지고 있을지 알 수 없었기 때문이다.

게다가 형들. 그날 결승 이후 한 번도 나타난 적이 없다. 그들은 또 얼마나 성장하고 있을까. 조마조마했다.

강제 퀘스트가 없는 평화로운 일상. 이 빌어먹을 세계에 떨어지고 나서 처음 겪어보는 거였지만 너무도 불편했다.

다음날. 아침부터 시끌벅적했다. 최소 경계 인원들만 남기고 이웃들이 놀러 온 것이다.

"아, 안녕하십니까, 형님."

"형님! 뽈하피 보러 왔습니다!"

"비운 오빠! 잘 지내셨어요?"

유현동, 정태경, 그리고 이유주. 각 집단의 대표들이었다. 그들은 광장에 모여 파티 준비에 한창이었다.

"뭐야, 오늘 휴일이었어요?"

식사 후, 훈련소에 들어갈 참이었는데 마른하늘에 날벼락이 떨어진 기분이었다.

"형님……. 실망하신 눈빛입니다?"

"저희보다 훈련이 더 좋은 거예요?"

이유주가 빙글 웃으며 말했다. 몇 번 봤다고 이제 친근하게 대한다. 나는 고개를 저었다.

"아냐, 다들 재밌게 놀자."

내가 정해놓은 규칙. 훈련이 고프다고 깰 수는 없는 법이다.

"여긴 언제나 봐도 참 대단해요. 도심 속에 작은 마을이라…….”

이유주가 읊조렸다. 새로 대공사 했었던 우리 집단의 마을. 자주 왔음에도 타 집단장들은 이곳을 굉장히 부러워했다.

전 멤버 건물 만렙. 할아버지가 꾸며놓은 조경과 호수들. 자유롭게 풀어져 있는 몬스터들.

“마치, 판타지 세계 속에 들어온 느낌이랄까.”

그녀가 선선한 바람에 몸을 맡기며 빙글 한 바퀴 돌았다.

“이유주? 너, 뭐하니? 빨리 와서 안 도울래?”

멀리서 주예린의 외침이 들려왔다. 채팅창 대빵 주예린. 그녀의 말은 곧 법이다.

“네, 넵! 언니!”

나는 피식 웃었다. 그리고 눈을 감았다.

‘확실히 나쁘지 않아.’

평생이 지옥 같을 줄 알았던 곳에서 얻어낸 잠깐의 휴식이었다. 앞으로 있을 긴 여정을 잠시나마 위로하는 느낌. 그러나 그 잠깐의 휴식은 계속 이어지지 못했다.

쿠구구구!

땅이 흔들렸다. 푸르렀던 하늘이 붉어졌다.

“꺄악!”

“뭐, 뭐야? 갑자기!”

갑작스러운 소란에 눈을 다시 떴다. 끈적한 기운이 느껴졌다. 잘 알고 있는 기운. 섬뜩한 ‘사이버’의 기운.

지진은 짧았다. 그러나 이미 파티 준비는 망쳤다. 다들 몬스터를 소환해 경계를 실시했고 어떤 일이 벌어질지 모르는 상태로 그저 대기했다.

[짠짠!]

메시지가 뜬 것은 그때였다.

[정체불명의 존재가 '깜짝 이벤트'를 개최합니다!]
[이번 이벤트의 이름은…… 과연!]
[두구두구두구!]

빌어먹을 정도로 발랄한 메시지.

[빠밤! 아주 흥미로운 이벤트군요!]
[그 이름 하여, '연합 서바이벌!']
[당신의 집단은 24시간 이내에 연합을 결성해야 합니다.]
[연합은 무조건 다섯 집단이어야 해요!]
[넷도 안 되고 여섯도 안됩니다. 꼭 다섯이요!]
[만약, 시간 내에 결성을 못 한다면요?]
[뻐엉-다 터져 죽어버린답니다!]

"……이 새끼들이."
또 시작이다. 첫 번째 메인 퀘스트를 생각나게 하는 역겨운 멘트들. 사람의 목숨을 파리 목숨처럼 여기는 분위기.

[이벤트 '연합 서바이벌'은 간단합니다.]
[연합 결성 후, 다른 한 연합을 몰살시키세요.]
[제한 시간:30일]
[성공 시:해당 연합 인원의 총 보유 골드]
[실패 시:연합 전 인원 사망]

'이런, 미친……!'
욕이 절로 나오는 내용.
놈이 결국, 끔찍한 이벤트를 들고 나타났다.

[카드값줘체리(Lv.38):이게 뭔 상황이여?]
[병아리콩(Lv.34):잠만, 나도 사태 파악 중.]
[카드값줘체리(Lv.38):보니까 이벤트인데, 언제부터 이벤트가 강제 참여였지?]
[아리아리동동(Lv.33):내용도 개 악랄함. 이건 생존자들 딱 절반으로 줄이겠다는 말밖에 안 되는데…….]
[카드값줘체리(Lv.38):ㅇㅇ 다시 튜토리얼 들어온 기분.]
[아리아리동동(Lv.33):그니까.]

갑작스러운 이벤트에, 역시나 채팅창도 시끌시끌했다.

[카드값줘체리(Lv.38):근데 연합을 다섯 집단에서 꾸려야 하는 거면…….]

[몬스터콜렉터(Lv.36):사실상, 탑 서쪽에 있는 소수정예랑 꾸리는 게 최고긴 하지.]

[카드값줘체리(Lv.38):모찌 님! 계시나요? 집단 하나 구원해 줍쇼!]

[문스터(Lv.41):2222]

[몬스터콜렉터(Lv.36):333 줄 서봅니다.]

[카드값줘체리(Lv.38):다들 닥쳐! 내가 먼저 말했음.]

[아리아리동동(Lv.33):근데 지금 채팅창피셜로 탑 서쪽에 폭행이랑, 조류랑 병아리콩 있는 거 아님?]

[카드값줘체리(Lv.38):ㅇㅇ. 아마 딱 한 자리 남을걸? 들어갈 수만 있으면 개꿀인데. 모찌 님~ 공고 안 하나요? 넣어만 주시면 시키는 거 다 함. 노예질 쌉가능.]

[아리아리동동(Lv.33):아서라, 조심해라. 괜히 갔다가 너부터 몰살당할 수도.]

[카드값줘체리(Lv.38):에이, 설마 나같이 연합 없는 애들도 죽일까?]

[아리아리동동(Lv.33):? 정신 못 차림? 여기 도덕도 법도 없는 동네임. 솔직히 메인 퀘스트 통과하면서 사람 하나 안 죽여본 생존자 있을 것 같음?]

…….

새로운 이벤트에 대해 왁자지껄 떠드는 고인물들. 그러나 곧 등장한 주예린의 메시지에 모두 조용해진다.

[모찌(Lv.45):시끄러, 여기 자리 없다.]

[연합을 결성하셨습니다.]

[연합장:담건호]

[참여 집단:5/5]

[소수정예, 천마만만세, 조류족만받음, 냥냥 수다쟁이, 깍두기들]

연합원들을 고르는 것은 간단했다. 애초에 연합끼리 뭉쳐 다른 연합과 싸울 거라는 생각 자체가 없었기에, 그냥 주변에 보이는 모든 집단을 초대했다.

"일단, 이걸로 한숨은 돌렸네요."

24시간 이내에 다섯 집단 모집. 자칫하면 시간 걸렸을 뻔한 일이 단번에 해결됐다. 물론, 문제는 그다음이다.

"솔직히 쉽다면 쉬운 미션이긴 한데……."

할아버지가 먼저 운을 띄웠다. 다른 연합의 집단장들은 각자 자신의 단원들을 모으러 밖으로 나간 상태. 지금은 우리 집단만의 회의시간이었다.

"그죠. 지금 당장 움직여서 연합 하나 고른 후, 박살 내면 되는 거니까요. 다 갈 필요도 없이 건호 오빠 혼자 움직여도 클리어 가능할걸요?"

주예린이 고개를 끄덕였다.

나는 이어지는 둘의 토론을 마저 들었다.

"그건 안다만, 몰살이라는 게 문젤세. 몰살이라면 살인도 감수해야 한다는 뜻 아닌감?"

"맞아요. 우리가 살기 위해서는 남의 목숨을 취해야 하죠."

"참, 개 같은…… 상황이로구먼."

"사이버잖아요. 충분히 예상했던 일이기도 하죠."

주예린의 말이 맞다. 「갓 컴퍼니」보다 '사이버'가 더 악질이라는 것은 그동안의 경험을 통해 충분히 알고 있었다.

"그래서 어떻게 하자는 말인가."

"일단 급한 불은 껐으니, 누군가 쳐들어올 것에 대한 대비만 하는 건 어떨까요? 물론 당분간 탑 등반도 파티도 취소하고요."

"누군가 공격해 오길 기다리고 있자는 건가? 30일 동안?"

"그렇죠. 먼저 시비 걸어오면 명분이 생기니까요. 어때, 오빠?"

주예린이 시선을 나에게 돌린다.

나는 눈을 껌뻑였다. 참 곤란한 문제다. 살인을 주도하기도 싫었고, 그렇다고 방관할 수도 없었다. 나 하나의 목숨이 아니니까. 전부의 목숨이 걸려 있으니까.

'연옥 슬라임'(★★)을 이용한 버그도 떠올랐지만, 그건 이미 사용한 상태. 버려진 카드였다.

"일단, 마냥 대기하는 건 별로인 것 같아."

"왜?"

"속이 뻔히 보이잖아."

"잉?"

주예린이 눈을 크게 뜬다.

나는 천천히 내 생각을 전달했다.

"먼저 찾아가서 죽이기엔 양심이 허락하지 않으니까, 기다리면서 희생자를 찾아보겠다는 거잖아. 만약, 누가 온다 해도 뭐라도 잡아서 살아보겠다고 온 사람들일 텐데 그걸 기다렸다는 듯이 냉큼 죽인다? 별로 끌리는 대안은 아니야."

"으음……."

"게다가 그건 둘째 치더라도 여기 탑 서쪽에 누가 오기나 할까? 그렇게 악랄한 소문이 퍼졌는데."

"하, 하긴……."

소문의 근원지는 주예린. 채팅창으로 접근 금지령을 내렸던 그녀다. 주예린이 한숨을 쉬었다.

"그럼 어떡하자구……. 방법이 없는데."

"여기서 연합을 찾아 사냥하는 건, 사이버가 의도하는 대로 따라주는 꼴이야. 그건 내가 용납 못 해. 그러기도 싫고."

한 달 전, 분명 아린이 말했었다. '사이버'의 이벤트에 대비해 간섭력을 아끼고 있다고. 지금 희망을 걸어볼 것은 그거밖에 없다.

"사이버가 이런 이벤트를 건 이유가 뭐겠어. 어떻게든 자신에게 위협이 되는 생존자들을 줄여보겠다는 거야. 그리고 내 생각에 갓 컴퍼니는 그걸 어떻게든 막으려 할 거야. 최대한 빠른 기일 안에.”

너무 늦으면, 사이버의 의도대로 되는 꼴이니까.

“그럼 어쩔까?”

“일단 훈련에 집중하고 있어. 갓 컴퍼니의 모션이 떨어질 때까지 기다린다.”

어차피 남은 기간은 30일. 여유롭고도 충분한 시간이다. 성급히 움직일 필요는 없다. 혹시나 살인한다고 하더라도 정 시간이 없을 때, 그때 생각해 봐도 충분하다. 이 세상에 쓰레기들은 많으니까.

회의가 끝난 후, 밖으로 나왔다. 머릿속이 복잡해 바람 좀 쐬기 위해서였다. 발을 차 허공을 날았다. 이제는 숨 쉬듯 자연스럽게 펼쳐진다.

‘허……. 다 도망갔네.’

드넓은 창공에서 아래를 내려다봤다. 탑 서쪽 지역이 썰렁했다. 그래도 예전엔 근근이 있었던 ‘터’들이 이제는 하나도 보이지 않았다. 전부 두려움에 이동한 것이다.

탑 주변엔 강한 연합들이 많으니까.

속이 답답했다. 울렁거렸다. 그 이유는 단 하나.

‘살인.’

살인 경험이 없는 건 아니었다. 초창기. 고스트을 통해 사람들을 몰살시켰던 것도 분명히 내가 의도한 행동이었다.

하지만 그때는 분명한 이유가 있었다. 그들은 분명히 억지를 부리며 날 겁박했고 되지도 않은 모함으로 호의를 거절했다. 그뿐만 아니라 내 목숨을 거둬, 이득까지 취하려 했다. 그때는 내가 생존하기 위한 것도 있었지만, 정당방위의 개념도 들어갔었다.

'하지만, 지금은……?'

꺼림칙 했다. 내가 생존의 위협을 느끼는 대상은 '사이버'다. 연합을 결성한 자들이 아니다. 그들은 그저 피해자일 뿐이다.

끼루욱! 끼룩!

그때였다. 허공으로 기러기 한 마리가 날아왔다. 서지호의 '끼러기'였다.

[형, 잠깐 내려와요!]

곧이어 끼러기의 입에서 사람 말이 흘러나왔다. 서지호의 목소리였다.

화상 회의(S급). 저번에 뽑은 서지호의 스킬이다. 목소리 전달뿐만 아니라 끼러기가 보는 시선을 전부 영상으로 송출할 수 있는 기술. 정보전에선 꽤나 쓸 만한 스킬이다.

"무슨 일인데?"

[운영자가 나타났어요!]

"그래?"

생각보다 「갓 컴퍼니」의 모션이 빨랐다. 내심 걱정했는데 다행이었다.

[네, 다들 나와서 형 기다리고 있어요!]

"오케이, 바로 갈게."

곧바로 머리를 땅으로 향한 후, 수직 낙하했다.

[비운 님. 한 달 만에 뵙습니다.]

내가 도착하니 운영자 '아린'이 정중히 인사해 왔다. 주변을 보아하니, 일행들뿐만 아니라 유현동, 정태경, 그리고 이유주도 있었다. 그들은 처음 보는 운영자의 모습에, 놀란 기색이 가득했다.

"어떻게 된 거죠?"

내가 고개를 갸웃하자, 주예린이 답했다.

"하필, 다 모였을 때, 아린이 갑자기 나타나서. 어쩔 수 없었어. 어떻게……. 뒤로 물릴까?"

그 세 명에게 정보를 공개할 거냐 묻는 거다.

"아니, 됐어. 같이 듣자."

굳이 그럴 필요 없다. 저들이 안다고 우리에게 불이익이 있는 것도 아니고. 오히려 생존자들은 알아야 한다. 우리의 주적이 '사이버'이며, 탑을 올라야만 이 빌어먹을 세상의 진실을 알 수 있다는 사실을.

"아린."

요정을 불렀다.

[네, 비운 님.]

"해결책이 있으니 나타난 거겠지?"

[그것보다는 비운 님께 도움을 요청하기 위해서입니다.]

"도움?"

아린이 굳은 표정을 지었다.

[당사는 이미 '사이버'의 이벤트를 예측해, 간섭력을 충분히

모아둔 상태입니다. 놈이 벌인 이벤트를 단박에 취소시킬 수도 있을 정도의 양이죠.]

"그런데? 그럼 바로 취소하면 되잖아."

['사이버'의 방화벽이 너무도 튼튼합니다.]

"방화벽?"

그건 또 뭐야. 간섭력만 충분하면 개입할 수 있는 거 아니었어?

[자세하게 설명해 드릴 순 없지만, 그냥 이렇게 알아두시면 됩니다. 놈은 이벤트를 벌였고, 그 이벤트를 지키기 위해 온 신경을 그쪽에 쏟고 있습니다. 놈이 마음먹고 방어하게 되면, 당사 측에서 뚫어내기 참 난감해집니다.]

"그래서 하고 싶은 말이 뭐야?"

[비운 님께서 놈의 시선을 끌어주셔야 합니다.]

"뭐?"

'사이버' 그 끔찍한 놈의 시선을 끌어야 한다고?

그냥 지켜보는 것만으로 사람 심장을 쪼그라트리는 놈인데? 게다가 놈의 시선을 어떻게 끌라는 거지?

놈이 어디에 있는지, 어떻게 만날 수 있는지 아무것도 아는 게 없다.

유현동, 정태경, 이유주는 눈을 크게 뜬 상태로 나와 운영자의 대화를 경청하고 있었다. 굉장히 혼란스러운 표정이었다. 이 세상 속 감춰져 있던 진실 조각에 잠깐이나마 노출됐으니 그럴 수밖에.

[비운 님께서 형들이라고 부르는 자들 있지 않습니까.]

"응, 형들."

[그들을 급습하세요. '사이버'의 시선을 돌릴 방법은 그뿐입니다.]

형들을 급습하라고? 하긴, 사이버가 열심히 키우는 사람들이니 공격한다면 신경은 쓰이게 하겠네.

"형들은 어딨는데."

[저희도 모릅니다. 모니터링이 안 돼서.]

"뭐? 그럼 어쩌라는 거야?"

[죄송합니다. 다만, 저희는 할 수 있는 선에서 최선을 다해 인류를 구하고자 노력하고 있습니다.]

아린이 하는 말의 뜻은 분명했다. 인류를 위해 해줄 수 있는 만큼 하고 있으니, 혹여 구하고 싶으면 직접 발로 뛰라는 거다.

"비운 오빠!"

맑고 발랄한 소리.

이유주의 목소리가 들려온 것은 그때였다.

"응?"

"지금 채팅창 열어봐요! 의심 가는 게 있어요!"

곧바로 채팅창을 열었다.

[담배하나피까츄(Lv.37):아니, 진짜라니까!]

[병아리콩(Lv.34):그니까, 진정하고 자세히 말해봐.]

[모찌(Lv.45):ㅇㅇ. 다 닥치고, 피까츄만 말해.]

아니, 이것들이 회의 중에 채팅 중이었어?

어쨌든, 난 잠시동안 채팅장을 뚫어지게 바라봤다. 그리고 곧이어 피까츄의 채팅이 올라왔다.

[담배하나피까츄(Lv.37):×발.]

[담배하나피까츄(Lv.37):몇 번 말해! 소수정예가 대학살극을 벌이고 있다니까?]

[담배하나피까츄(Lv.37):미친, 지금도!]

'담배하나피까츄'. 처음 보는 아이디는 아니다. 옛날에 채팅창에서 자리 관련된 이유로 누구랑 한바탕했었던 거로 기억하는데, 정확히 기억나지는 않는다.

[담배하나피까츄(Lv.37):분명 연합 구해본다고 여기저기 돌아다니고 있었거든?]

[담배하나피까츄(Lv.37):근데 다짜고짜 검은 놈이랑 코끼리 소환하는 새끼 나타나서 우리 몬스터들 학살하기 시작함.]

'곱창사랑'이 검이고, '토실토실'이 매머드였지, 아마?

[병아리콩(Lv.34):잉? 몇 명인데?]

[담배하나피까츄(Lv.37):3명]

[병아리콩(Lv.34):잘못 본 거 아냐? 아니면 소수정예 따라 하는 애들이라던지.]

[담배하나피까츄(Lv.37):내가 ㅄ이냐? 저번 이벤트 준우승했던 걔네 맞다니까. 암살족도 있었어.]

그리고 '매우큰사람' 형까지. 확실히 형들이 맞았다.

[담배하나피까츄(Lv.37):그리고 우리 집단이 어디 가서 3명한테 털릴 집단은 아니거덩?]

[문스터(Lv.41):소수정예 맞겠네 ㅆㅂ.]

[카드값줘체리(Lv.38):어케 된 거임? 집단 두 개로 갈라졌다는 거 뇌피셜 아녔음?]

[몬스터콜렉터(Lv.36):뭔가 있긴 있었나 보네.]

[문스터(Lv.41):내분인가?]

형들에 관한 내용은 채팅창에서 떠든 적이 없다. 그렇기에 싸워서 갈라졌다는 소문이 한때 돌긴 했었다. 질문은 계속 이어졌다.

[아리아리동동(Lv.33):근데 넌, 어떻게 살아 있냐?]

[몬스터콜렉터(Lv.36):그러게, 학살당했다며.]

[담배하나피까츄(Lv.37):ㄴㄴ 우리 다 제압하더니, 연합 맺자는 메시지 날라옴. 눈깔이 살짝 돈 거 같고 거절 안 하면 다 죽일 거 같아서

바로 승낙했지. 우리 말고 다른 집단도 있음.]

[몬스터콜렉터(Lv.36):아, 연합 맺고 나서는 안 건드리고?]

[담배하나피까츄(Lv.37):ㅇㅇ. 그렇게 4집단 섭외하더니 그다음부터는 그냥 무차별 학살 중이야. 연합? 집단? 그런 거 가리지 않고 공격하는 중. 그냥 미친놈들임.]

[문스터(Lv.41):진짜면 레알 미친 새끼들이네.]

강제 연합이라……. 형들이 피까츄를 건들지 않는 이유는 24시간 이내에 연합을 결성해야 하기 때문일 거다. '사이버'의 가호를 받는 형들도 이벤트의 룰은 어길 수 없나 보다.

머리가 아파 왔다. 일단, 사이버의 시선을 돌리기 위한, 형들의 위치는 대충 파악할 수 있겠는데……. 가는 게 맞나?

'가긴 가야겠지.'

그래야, 이번 이벤트로 인한 피해를 최소화할 수 있으니까. 게다가 지금이 마지막 기회일 수도 있다. 형들이 다른 지역으로 이탈하면 또다시 찾기 힘들어진다.

나는 피까츄에게 곧바로 물었다.

[비운(Lv.52):그래서, 거기가 어딘데?]

주예린과 이유주가 시선을 보낸다. 갈 것이냐는 뜻. 나는 고개를 끄덕였다.

[아리아리동동(Lv.33):ㄷㄷ 비운 님, 등장.]

[문스터(Lv.41):진짜 서로 다른 팀인가 보네?]

[몬스터콜렉터(Lv.36):크, 이제 확신이 든다. 둘이 다른 팀 맞네.]

[카드값줘체리(Lv.38):그럼 서쪽 탑 쪽이 착한 쪽임?]

[아리아리동동(Lv.33):그건 모르지.]

[몬스터콜렉터(Lv.36):물어보는 거 보니 사이는 안 좋은 거 같은데?]

…….

한 템포 후, 피까츄의 메시지가 연달아 올라왔다.

[담배하나피까츄(Lv.37):여기, 연신내 쪽!]

[담배하나피까츄(Lv.37):올 거면 빨리 좀 와주세요 ㅠㅠ.]

[담배하나피까츄(Lv.37):사람들 죽는 거 맘 아픔.]

"위험할 수도 있어."

주예린이 다가왔다. 나는 고개를 끄덕였다.

"알아, 그렇다고 가만히 앉아 손가락만 빨고 있을 순 없잖아."

"함정이면 어떡해? 괜히 갔다가 암살족으로 게릴라전 펼치면 골치 아파지는데."

"암살족은 충분히 대비했잖아. 그간 노력도 많이 했고."

"그건 그렇지만……. 쩝, 도대체 뭐가 어떻게 흘러가는 건지……."

"꼭, 안 가도 돼. 내키지 않으면 그냥 연합원들이랑 같이 여기 지키고 있어."

뭐가 됐든 사이버가 좋은 꼴 보게 둘 수는 없다. 온 힘을 다해 막을 생각이다. 놈은 분명한 내 주적이니까.

죽을 수도 있다고? 원래 어떤 전쟁이든, 그 정도의 위험은 당연히 따라온다. 탑 등반도 마찬가지고.

어차피, 우리에게 선택지는 하나다. 지금껏 그랬듯이 힘으로 해결하는 것. 정면으로 부딪치는 것.

"내가 어떻게 오빠를 두고 혼자 남냐?"

"그럼 잔말 말고 준비해. 시간 없어."

여기서 연신내까지 이동하려면, 적어도 10분은 걸린다. 그 안에 형들의 위치를 잡아놔야 한다.

"실베론 나와."

"아그니스도, 본체로!"

두 마리의 드래곤을 소환했다. 그리고 우리 일행들만 나누어 탑승했다.

'7명이면 충분해.'

나머지 연합원들은 두고 가기로 했다. 도움도 안 될뿐더러, 괜히 지키려다 보면 방해가 될 수 있다. 주예린이 드래곤 위에서 외쳤다.

"애들아, 경계 똑바로 하고 있어!"

"넵! 누님!"

우리가 떠나 있는 동안, 이들이 빈집털이를 대비해 줄 거다. 다들 채팅창을 사용하기에, 큰 걱정은 없었다.

후우웅!

드래곤이 빠른 속도로 허공을 갈랐다. 형들을 찾는 건 어렵지 않았다. 이미 대다수 도시 건물들은 무너져 있는 상태였고 '토실토실' 형의 매머드가 울음소리로 '나 여기 있소!' 하고 알려주고 있었다. 우리는 그 방향으로 신속히 이동했다.

콰드득! 서걱! 스걱!

그곳은 가관도 아녔다. 몬스터들이 밟히고 썰리고 있었다.

"으아아악!"

"사, 살려줘!"

생존자들이라고 다를 건 없었다. 말 그대로 형들은 학살을 진행하고 있었다. 주변을 돌아다 봤다. 근처에 망연자실한 표정으로 주저앉아 있는 사람들이 보였다.

'저들이 피까츄 애들이겠네.'

혹은, 피까츄와 같은 꼴을 당한 다른 집단일 거다. 생각보다 상황이 급했다.

"바로 간다."

"아, 아저씨?"

놀라는 서은채를 뒤로하고, 나는 실베론 아래로 뛰어내렸다. 낙하하는 육체.

[주인님! 같이 가!]

뿔하피도 함께 수직 낙하했다. 그러자 형들이 귀신같이 알아챘다. 셋 다 하던 학살을 멈추고 날 올려다봤다.

서로 마주친 눈동자들. 끈적하고도 불쾌한 시선이 느껴졌다. 역시, 경험해 봤던 그 기운. '사이버'의 기운이었다. 무색, 무표정의 감정 없는 얼굴.

'괴롭겠지.'

분명 일행들이 말했었다. 생각도 할 수 있고 의지도 있는데, 몸만 자기 마음대로 움직이는 거라고. 다시는 겪고 싶지 않은 끔찍한 기억이었다고. 분명, 형들도 그런 상태일 거다.

"후우."

한숨이 절로 나왔다. 안타까웠기 때문이다. 비록, 만난 적은 없지만 10년 동안 알고 지냈던 형들이다. 같은 취미를 공유했고 함께 탑을 공략하며 정을 쌓았던 사람들이다.

'……그래도.'

이젠 마음을 다잡아야 한다. 별도리가 없다. 더 마음의 짐을 가지기 전에 저승으로 보내주는 게 답일 수도 있다. 냉정해져야 한다. 형들 사정을 봐줄 수 있을 만큼 실력 격차가 나는 게 아니니까.

이건 오히려 형들이 바라는 바일 수도 있다. 자신의 몸이 자신 게 아닌 것. 그것은 이미 살아 있어도 살아 있는 게 아니지 않을까? 일단, 그렇게 생각하기로 했다.

'만약 형들에게 잘못이 있다면.'

나는 창을 꽉 쥐었다. 그와 동시에 눈을 감았다.

'사이버에게 넘어간 게 잘못이겠지.'

감각이 극대화됐다. 내 주변에 있는 모든 것들이 느껴졌다. 다가오는 암살족들의 움직임, 브레스를 준비하는 드래곤, 살기를 뿜어대는 '곱창사랑'까지.

'긴장되네.'

손에 땀이 났다. 그간 수많은 전투를 해왔지만, 역시 긴장되는 건 어쩔 수 없었다. 그리고 그 긴장감을 없애는 데는…….

'이게 최고지.'

[광전사(狂戰士) 모드(Lv.4)를 활성화합니다.]

발끝부터 자신감이 차오르기 시작했다. 자, 이제부터 딱 10분이다. 10분 안에 모든 것을 정리하고 '사이버'의 시선을 끌어내야 한다.

후웅- 탁!

바닥에 무사히 착지했다. 아직 눈을 뜨지 않은 상태. 암살족을 상대할 땐 눈을 감는 게 더 편하다.

"겁들이 많군."

암살족 여섯 마리가 날 경계하고 있었다. 내 주변을 빙글빙글 돌 뿐 함부로 다가오지 않았다.

"시간을 끄는 건가?"

미안하지만, 응해줄 수 없다. 10분 안에 정리해야 하거든.

피융! 피융!

마침, 허공에서 볼트 다발이 내리꽂혔다.

목표는 암살족들. '합체족'과 '제3의 감각'을 이용한 콜라보 공격이었다.

'잘하고 있어.'

키이이익!

살짝 당황하는 움직임의 암살족들.

'지금이 기회다.'

머뭇거릴 시간이 없었다. 나는 곧바로 튀어 나갔다. 일단, 가장 가까이 있는 놈부터 처리한다.

푸욱!

가죽이 부드럽게 찢겼다. 당황한 암살족이 분명 창을 걷어내려 했으나 그 궤도가 전부 보였다. 느껴졌다.

푸욱! 푸욱!

뭔 스킬이라도 있는지, 한 방에 죽지 않는 놈. 나는 기민하게 움직여 재빨리 연달아 찔렀다.

['칼리아'(★★★★★)를 처리합니다!]

5성짜리 몬스터가 단 세 방에 끝났다. 저번과 달리 지금은 이벤트가 아니기에, 영원한 소멸이다.

'시작이 좋고.'

기분 좋게 창을 다시 고쳐잡았다.

스으윽!

그때였다. 엄청난 속도로 다가오는 무언가가 느껴졌다. 검을 들고 있는 사내의 형체. 눈을 감고 있어도 정확히 느껴지는 감각.

'형이군…….'

랭킹 3위 곱창사랑. 최대 변수인 그가 다행히 나에게 돌진해 오고 있었다.

곧바로 눈을 떴다. 직접적인 1:1 대결에서는 시각의 힘을 빌리는 게 더 도움이 된다.

붉게 물들어진 시야. 다가오는 검격.

채앵!

한 줄기 섬광이 번뜩였다. 묵직한 느낌과 함께 뒤로 젖혀지는 창.

'확실히 더 강해졌어.'

내가 수련한 만큼, 형들도 쉬고 있던 게 아니었다. 악마 '크로셀'에게 검을 배웠다는 형. 거기에 '합체족' 능력까지 더해지니 확실히 쉽지 않았다.

그러나 아직까진 전적 1승 0패. 나의 우세다.

콰아아앙! 파아앙!

"다들 내려서 몬스터 소환해요!"

"은채는 오빠한테 달려가!"

"네!"

"집중하세요! 암살족들이 우리한테 붙었어요!"

"다들 눈 감아!"

"집중하시오! 슬로우 걸었소!"

한쪽에서는 주예린 팀과 '토실토실', '매우큰사람' 형이 육지에서 맞붙고 있었다. 한차례 브레스를 뿜어낸 후, 땅에 내려선 거다.

채앵! 챠앙!

다시 전투에 집중했다. 사실, 저기에 신경 쓸 여유가 없었다. 나도 '곱창사랑' 형도 함부로 스킬을 사용하지 않았다. 서로가 각만 재며 견제구만 던지고 있었다. 아무래도 저번에 당했던 것을 학습한 것 같았다.

'아직, 섬창 각은 아니야.'

형들을 죽이는 게 최종 목표가 아니다. 사실, 최종 목표는 사이버의 시선을 끄는 것. 그것을 위해 최후의 수단은 대비해 둬야 한다.

Chapter 3

[담배하나피까츄(Lv.37):와, 미쳤다!]

[담배하나피까츄(Lv.37):ㄹㅇ 미쳤어!]

[병아리콩(Lv.34):왜? 비운 오빠 벌써 거기 도착함?]

[병아리콩(Lv.34):상황보고 좀 해봐. 궁금해.]

[담배하나피까츄(Lv.37):지금 이벤트 결승 다시 보기 하는 중.]

[병아리콩(Lv.34):그게 무슨 말? 자세히 좀 말해 봐.]

[담배하나피까츄(Lv.37):또 소수정예끼리 3:7로 붙었다고!]

조용하던 채팅창. 피까츄의 중계가 시작됐다.

[담배하나피까츄(Lv.37):미친 코끼리 새끼.]

[담배하나피까츄(Lv.37):어쩐지 스킬 안 쓰고 있더라니, 바로 전체

스턴 박아버리네?]

[담배하나피까츄(Lv.37):와, 나무뿌리 뭐야. 서로 CC기 걸어버린 건가?]

[담배하나피까츄(Lv.37):미쳤다. 저 괴물들을 상대로 대적이 가능하다니. 진짜 소수정예들 우리랑 같은 사람 맞나?]

그는 실시간으로 연신내의 전투를 전달했다. 사실, 전달보단 감탄에 더 가까운 것 같지만.

[몬스터콜렉터(Lv.36):원래 괴물은 괴물로 막는 법이래거든.]

[아리아리동동(Lv.33):그래서 누가 이기는 중?]

[문스터(Lv.41):이벤트 기억 안 나냐? 원래 서쪽 탑 쪽이 더 세잖아. ㅆㅂ.]

[담배하나피까츄(Lv.37):아직 몰라. 개 치열함.]

피까츄는 상황을 계속 중계했다. 그때, 병아리콩이 물었다.

[병아리콩(Lv.34):잠깐, 그전에. 우리 오빠는?]

[병아리콩(Lv.34):아씨, 나도 가서 봐야 하는데, 그 섹시한 모습.]

[담배하나피까츄(Lv.37):비운 님?]

[병아리콩(Lv.34):ㅇㅇ]

[담배하나피까츄(Lv.37):비운 님이 제일 하이라이트긴 해. 그때처럼 검든 사람이랑 싸우는데, 둘 다 그냥 사람이 아님. 저번보다 더 화려해진 듯.]

[병아리콩(Lv.34):잉?]

[담배하나피까츄(Lv.37):으음, 사실;; 이건, 어떻게 전달해 줘야 할

지 모르겠다.]

[병아리콩(Lv.34):왜왜왜왜왜!!! 말해봐!]

[병아리콩(Lv.34):나 못가ㅠㅠ. 요기 지켜야 한단 말야.]

[담배하나피까츄(Lv.37):그냥, 잘 보이지도 않거든. 뭔가 서로 부딪치는 거 같은데 천둥소리 비스름하게만 막 울려댐;;]

어떻게든 장면 묘사를 하기 위해 힘쓰는 피까츄.

[아리아리동동(Lv.33):근데 피까츄야.]

[담배하나피까츄(Lv.37):?]

[아리아리동동(Lv.33):구경하는 건 좋은데……. 비운 님 팀 이기면 네가 살 거라는 보장은 있음?]

[담배하나피까츄(Lv.37):???]

[아리아리동동(Lv.33):몰살 이벤트고 너네 연합이잖아. 비운 님이 너 안 죽일 거란 보장 있냐고 ㅋㅋ 나 같으면 지금 중계할 시간에 도망쳤다.]

[담배하나피까츄(Lv.37):헉, 그런가?]

[병아리콩(Lv.34):에이, 그건……. 아닐…… 걸?]

[담배하나피까츄(Lv.37):쓰바, 일단 튄다.]

"후욱, 후욱."

힘들어서 내는 호흡이 아니다. 오랜 시간 전투할 수 있도록 체력을 안배하는 거다. 이미 10분이 지나, '광전사 모드'가 해제된 상태. 그 이후부터는 아직까지 서로의 패를 까지 않고 있다.

채앵!

물론, 꾸준히 부딪혀 줬다. 스킬 없이 맨몸으로 부딪치다 보니, 느낌이 확실히 왔기 때문이다.

'형이 부담스러워하고 있어.'

점점 힘에 겨워하는 게 느껴졌다. 형의 실력은 확실히 내 아래였다. 검과 창이 부딪힐수록, 점점 여유를 되찾아갔다.

그러니 주변도 돌아볼 수 있었다. 일행들과 나머지 형들과의 전투. 그래도 그간 노력한 게 있는지, 밀리지 않고 있었다. 비등비등해졌다. 저번 이벤트를 생각하면 장족의 발전. 아직까진 더 버텨도 될 정도였다.

'……사이버.'

문제는 그놈이다. 도대체 언제 모습을 드러낼 거냐.

채앵!

다시 한번의 부딪침.

"어?"

그때였다. 맞부딪히는 힘이 약하다 싶더니, 형이 결국 검을 놓치고 말았다. 그동안 많이 힘에 부친 것 같았다.

'나이스 타이밍.'

곧바로 허리와 함께 창을 돌려냈다. 백스핀 블로…… 아니, 백스핀 스피어다. 목표는 하단부.

스걱!

깔끔한 연계였다. 휘둘러진 창끝이 형의 허벅지 끝에 걸쳤다.

"크아아아!"

열 받는지, 괴성을 지르는 형. 뒤로 빠짐과 동시에 괴상한 자세를 취했다. 언제 쥐었는지, 칼도 다시 손에 잡혀 있었다. 아마, '합체족'의 무기 소환 스킬을 사용한 걸 거다.

"오, 드디어 스킬 쓸 마음이 생긴 거야?"

"크으으으……."

느껴졌다. 형에게 쏠리는 거대한 기운이. 저번 이벤트 때 선보였던, 그 광역기가 분명했다.

쿠구구구!

지역 전체가 흔들리기 시작했다. 바닥에 흩날린 돌들이 천천히 떠오르기 시작했다. 엄청난 에너지의 파동이었다.

"그래. 어디 해보자고."

나 역시 '디스트럭션 쇼크웨이브'를 준비했다. '용맹무쌍'이나 '섬창' 또는 '불지옥'을 쓰기엔 살짝 아까웠다. 스킬 없이는 내가 우세하기에, 이번 스킬만 잘 막아내면 되기 때문이다. 남은 스킬들은 내 생명줄과 다름없는 사기 스킬들. '사이버'도 아니고 겨우 형을 상대하는 데 쓰기엔 조금 아쉽다.

쿠구구구!

곧이어 형이 검을 천천히 휘둘렀다. 막대한 에너지의 쓰나미가 부채꼴을 그리며 퍼져 나갔다. 속도는 느렸지만, 그 기세는 어마어마했다. 아직 다가오지 않았음에도 몸이 후들후들 떨려올 정도였다.

'……아직 기다린다.'

나는 몸을 허공에 띄우며 뒤로 빠졌다. 퉁! 소리와 함께 자연스럽게 뜨는 몸. 그 상태에서 놈이 쏘아낸 에너지의 방향을 확인했다.

'역시는 역시…….'

범위엔 일행들도 포함되어 있었다. 참으로도 뻔한 속셈이었다.

'확실히 형의 스킬은 내 디쇼보다 강해.'

그렇기에, 전부 막아낼 수는 없다. 우선 일행들에게 가는 에너지부터 중화시키는 게 먼저다. 나는 재빨리 일행들이 있는 방향으로 날았다.

타악!

바닥에 착지. 그리고 뒤를 돌아, 다가오는 에너지를 마주 바라봤다. 끔찍한 기의 파동.

수우우욱!

곧바로 팔을 뻗어 창을 내질렀다.

노란 에너지가 방출되었고-

콰아아앙!

폭음이 고막을 때렸다. 두 에너지의 부딪침은 엄청났다. 막대한 바람에 몸이 뒤로 밀렸고 뿌연 흙먼지가 전방 시야를 전부 가렸다.

"크으으."

나도 그 기운에 일부 노출됐다. 일행들이 있는 방향을 완벽히 막으려고 노력하다 보니 어쩔 수 없었다. 내부 충격이 좀 있는지 속이 울렁거렸다.

"아저씨!"

그러나 금방 괜찮아졌다. 바로 뒤에 서은채와 유지넬이 있었기 때문이다. 높은 숙련도의 '힐링'이 터져 나왔다. 성스러운 빛과 함께 급격히 치유되는 육체.

"땡큐."

내가 자신 있게 몸을 던질 수 있었던 이유. 형과의 전투에서 더 우세할 수 있었던 이유. 바로 힐러 '서은채'의 존재 덕이다.

물론 싸움의 기본은 힐러나 버퍼부터 처단하는 거다. 하지만, 형들은 그러지 못했다. '곱창사랑' 형은 완전히 내 통제 아래 놓여 있었고, 암살족들은 다른 일행들이 꽉 붙잡아놓고 있었으니까.

현재의 '서은채'는 그 누구보다 안전한 상태였다.

크구구구…….

먼지가 하늘로 솟구쳤다. 곧이어 처참한 광경이 눈에 들어왔다. 땅에는 거대한 크레이터가 생겼고, 그 파편 조각으로 인해 주변 건물들이 다 부서지고 깨져 있었다.

형은 비장의 무기를 썼다. 하지만, 나는 아직 카드가 많다. 즉, 이제 승리는 확실히 내가 가져간다.

"기다리고 있어."

그 즉시, 전방으로 튀어나갔다.

"조, 조심하세요! 아저씨!"

뒤에서 서은채의 외침이 들려왔다.

형과의 거리는 금방 좁혔다. 한차례 에너지를 뽑아내고 거친 호흡을 내뱉고 있는 '곱창사랑'. 질주하는 날 확인했는지, 눈이 휘둥그레진다.

채앵!

긴급히 들어 올리는 검. 달려왔던 힘을 반동 삼아 쳐냈다.

"크흑?"

힘 차이로 인해 뒤로 젖혀지는 검. 곧바로 몸을 회전해 창대로 허벅지를 가격했다.

뿌득!

들려오는 뼈 부러지는 소리. 연계는 끝이 아니다. 나는 다시 몸을 반대로 돌려, 창날을 올려쳤다.

서걱!

잘려 나가는 팔. 그리고 이미 부러져 있는 다리.

"크아, 크아아!"

형이 처절한 비명을 내질렀다. 몸이 통제된다 해도 고통은 똑같이 느끼나 보다.

'안타까워라.'

내가 해줄 수 있는 건, 하나뿐이다. 빨리 끝내주는 것.

후웅!

형은 끈질겼다. 그 고통 속에서 다른 팔로 검을 휘둘러 왔다. 그러나 이미 자세는 무너져 있고, 속도도 하품 나올 만큼 느려져 있었다. 힘이 다한 것이다.

'피하고 한대.'

자세를 낮춤과 동시에, 뒤차기를 날렸다.

퍼억! 소리와 함께 구부러지는 허리. 발뒤꿈치에 부러지는 갈비뼈의 감촉이 느껴졌다.

'제대로 들어갔어.'

제대로 적중된 뒤차기는, 교통사고를 당했을 때의 감각과 비슷하다고 한다. 아마 정신이 혼미할 거다.

'이제 마지막 일격.'

나는 형의 목을 목표로 창을 사선으로 올려 베었다.

"크악!"

비명을 지르며 간신히 피해내는 형. 과연 '초인'이라 불릴 만한 인내심이다.

스걱!

그러나 형은 목을 피한 대신 나머지 팔 하나를 더 내줬다. 잘린 팔이 바닥에서 펄떡였다.

"끄아아아!"

두 팔이 다 잘려 버렸다. 이제 검사인 형이 할 수 있는 거라고는 아무것도 없었다. 그저 쓰러져 비명을 지르는 것뿐.

"미안, 형. 어차피 망해 버린 세상, 나중에 지옥에서 보자."

나는 곧바로 튀어 나가 형의 목에 창을 내리꽂았다. 아니, 분명 꽂으려 했다.

"허억?"

미증유의 힘이 내 몸을 속박하기 전까지는 말이다.

갑자기 몸이 굳은 채로 움직이지 않았다. 형에게 향해 있는 창이 그대로 멈춰 있었다.

'그래. 이 기분은…….'

두 번째 메인 퀘스트. 성벽 앞 '아스모데우스'(★★★★★)가 등장했을 때의 속박과 비슷했다.

스스슥!

곧이어 형이 흐릿하게 사라졌다. 그리고 곧바로 몸이 풀렸다.

"허억, 허억!"

숨을 몰아쉬었다. 그러나 긴장을 풀면 안 된다. 분명, 누군가가 개입했고 이 상황에서 개입할 자라 하면…… 단 한 존재뿐이다.

'사이버.'

파즈즉-

허공에 전류가 살짝 흘렀다. 무언가 나오려는 징조.

"뭐야."

빠르게 주변을 둘러다 봤다. 멀리 있는 일행들. 그리고 나에게 오고 있는 서은채.

다들 당황한 표정이었다. 형들이 전부 사라졌기 때문이다.

"아저씨."

"어, 왔어?"

"이게 어떻게 된 거예요?"

"놈이야."

"사이버요?"

"응, 놈이 개입했어."

분명 사이버였다. 놈이 잠깐 시간을 멈춰놓고 위기에 처한 형을 구해갔다. 감각으로 분명히 느낄 수 있었다. 서은채가 고개를 끄덕였다.

"그럼 일단은 성공이네요?"

"뭐가."

"결국, 시선을 끄는 데 성공했다는 거잖아요."

"그런 셈인가……?"

게다가 아직 형들을 죽인 거도 아니다. 형들을 구할 기회가 한 번 더 생긴 것이다.

'나름 좋은 건가?'

생각할 때였다.

"흐읍!"

"꺄아악!"

엄청난 압박이 느껴졌다.

쿠구구구…….

땅이 흔들렸고 세상이 어둠에 잠겼다. 어둠보다 더 시커먼 칠흑의 어둠.

"제기랄!"

사이버의 등장을 알리는 신호였다.

[Error! Error! Error!]

[누군가가 비상식적인 접근을 시도합니다.]

간혹, 꿈에 보이던 것. 그 커다랗고 시뻘건 눈. 그 혐오스럽고 거대한 눈이 하늘 위에서 우리를 내려다봤다.

"이, 이게 뭐예요?"

"……사이버."

"세, 세상에."

정체 모를 힘이 전신을 압박했다. 오장육부가 으스러지는 느낌에 헛기침이 나왔다. 몸이 어질어질하고 호흡이 곤란해지기 시작했다.

"이 정도였어?"

놈이 표출하는 노골적인 살기. 그동안 나름 엄청난 수련을 했는데도, 결국 아직 여기까지밖에 오지 못한 건가? 무력감이 들 때였다.

[경고! 경고! 경고!]

[감당할 수 없는 힘이 존재합니다.]

['사이버'(★★★★★★★)가 캐릭터 '담건호'를 바라봅니다.]

'기억난다.'

그때 선물이라면서, 개수작을 부렸던 그 순간이.

[흥…… 미…… 롭…… 구…… 나…….]

곧이어 놈의 목소리가 들려왔다. 순간, 압박이 다시 풀렸다.

이것의 의미는 뭘까. 대화라도 나누자는 건가?

'대화는 개뿔.'

나는 창을 움켜쥐었다.

팔이 부들부들 떨린다. 압박이 풀렸다고 몸이 쉽게 움직여지는 건 아니었다. 아직도 놈의 기세는 대단했다. 그냥 존재 자체만으로 버거운 그런 느낌.

'……집중하자.'

창끝으로 허벅지에 살짝 상처를 냈다. 날카로운 '무명'(無名)의 창날에 피부가 가볍게 긁힌다. 뜨거운 핏물이 흘러내렸다. 정신이 좀 깨는 느낌이었다.

'그냥 당해줄 순 없지.'

「갓 컴퍼니」는 분명 시선을 끌어달랬고, 성공했다. 아마, 놈은 그것 때문에 굉장히 열 받았음이 분명했다. 본래 형들만 구하고 사라져야 할 놈이 몸소 나타난 것만 봐도 뻔하다.

[오호…… 덤…… 비…… 려…… 는…… 거…… 냐……?]

불쾌한 음성. 노이즈 낀 기계음이었다. 멀리 떨어진 무전기에서나 흘러나올 법한 소리. 말투도 살짝 약 올리는 말투다.

'일단, 대기하자.'

이 상황에서 바로 덤빌 순 없다. 눈동자가 너무 허공 높이 있다. 다행인 건 눈동자가 천천히 우리 쪽으로 내려오고 있다는 점. 공격하려면 조금의 시간이 더 필요했다.

"네놈이지?"

그래서 물었다. 그런데 목소리가 떨렸다. 나도 모르게 열 받아 있었나 보다.

내가 목숨을 걸어야 하는 이유. 지금껏 생존에 위협을 받아왔던 그 궁극적인 원인. 그게 전부 이놈이라 생각하고 있었으니까.

네놈이지? 이 네 글자에는 많은 의미가 함축되어 있었다.

'인류 전체를 지옥 구렁텅이로 넣은 존재가 네놈이지?'

'만약 이 세상에 선악이라는 구분이 있다면, 바로 네놈이 그 악의 축이지?'

대충 이런 의미들이었다.

내 물음에 놈의 눈동자가 꿀렁였다.

[그래…….]

[원…… 망…… 스러…… 울…… 만도…… 하지…….]

역시, 인정하는 건가?

음성은 계속 이어졌다.

[근데…….]

[네…… 놈…… 은…… 참…… 재밌…… 단…… 말…… 이야……. 레…… 너…… 드…… 그놈…… 같…… 지…… 않…… 아……]

놈의 눈매가 가늘어졌다. 그 모습이 참 개 같았다. 지 혼자만 알 수 있는, 뜬구름 잡는 소리 하는 게 역겹기도 했고.

"네놈이냐 물었다."

[크크……. 크…….]

"대답해 줄 생각이 없어 보이는군."

[궁…… 금…… 한…… 게…… 참…… 많…… 아…… 보…… 이…… 는…… 구…… 나…….]

당연히 궁금한 거야 많다. 왜 우리를 이 꼴로 만들었는지. 놈의 목적은 뭐고, 갓 컴퍼니는 뭔지. 그전에 도대체 '사이버'가 뭐 하는 존재인지. 등등.

그런데 놈의 꼬라지를 보아하니, 절대 대답해 줄 생각이 없어 보였다.

[갓…… 컴…… 퍼…… 니…… 를…… 버…… 려……라……. 나…… 에…… 게…… 복…… 종…… 해…… 라……. 그렇…… 다…… 면…… 모…… 든…… 진실…… 을…… 알려…… 주지……. 어…… 떠…… 냐……?]

나는 대답하지 않았다. 대답할 가치도 없었다. 정신 나간 형들을 보여줘 놓고 성의도 뭣도 없는 회유 따위.

[정…… 말…… 로…… 네가…… 탑…… 을…… 정……복…… 할…… 수…… 있을…… 거…… 라…… 생…… 각……하…… 는…… 거…… 냐……?]

퉁!

그냥 바로 허공으로 뛰어올랐다. 마침, 타이밍이 왔기 때문이다. 창에 기운을 담았다.

['섬창'(殲槍)을 가동합니다.]

그리고 곧바로 내질렀다.

쿠웅!

막대한 기운이 놈의 눈동자에 그대로 틀어박혔다. 커다란 눈에 구멍이 뻥 뚫렸다.

"개소리도 정도껏 해라."

[크…… 크…… 크…….]

구멍이 뚫렸는데도 놈의 음성은 멀쩡했다. 눈은 그냥 허상이었던 걸까? 나는 놈의 회유에 대한 답변을 해줬다. 그것도 욕으로.

"×까. 이 쓰레기 같은 사기꾼 새끼."

곧이어, 구멍이 다시 차오르기 시작했다. 회심의 일격이었는데 소용없는 것 보면, 지금으로써는 어떻게 할 도리가 없다는 거다.

'제기랄.'

그 많은 훈련. 땀과 피, 그리고 노력에도 불구하고 놈에게 치명상 하나 입히지 못했다. 그 사실이 너무 암담했다.

[흐……. 흐…….]

순간, 엄청난 힘이 몸을 짓눌렀다.

"커, 커헉!"

숨 막힐 정도로 강한 압력이 나를 꽉 눌렀다. 입에서 피가 터져 나왔다. 시야가 일그러졌다.

"아, 아저씨!"

유지넬의 힐링이 쏟아졌다. 무릎을 꿇은 나를 서은채가 포개어 감쌌다. 그나마 좀 숨통이 트이는 느낌이었다.

그래도 정신없긴 매한가지였지만…….

그 와중에, 놈의 목소리가 또다시 들려왔다.

[기…… 억…… 하…… 느…… 냐……?]

[선…… 물…… 을…… 줬…… 었…… 지…….]

그래, 일방적으로 탑에 던져놨던 그 선물.

결국, 진짜 선물이긴 했지만.

[또…… 다시…… 주…… 마…….]

[이번…… 엔…… 더…… 만…… 족…… 할…… 거…… 야…….]

곧이어 검은 연기가 나에게 다가왔다. 눈에서 흘러나오는 시커먼 연기였다.

"아저씨, 안 돼!"

서은채가 비명을 질렀다. 그리고 나를 더 강하게 감쌌다. 이게 무슨……!

"위험해! 비켜!"

놈이 또 수작을 부리는 게 분명한데, 이대로 있다간 같이 휘말리게 된다.

"안 돼! 안 돼요!"

그 연기를 보니 확실히 알 수 있었다. 뭔가 이상한 느낌. 그때 느꼈던 그 감각. 나를 탑에 혼자 던져 버렸을 때, 느꼈던 감각이었다.

"비키라고!"

나는 온 힘을 다해 그녀를 밀쳤다. 그러나 떨어져 나가질 않는다. 근육과 신경이 다 터져 힘이 제대로 들어가지 않는 것 같았다. 아니, 그전에 그녀도 필사적으로 달라붙어 있었다.

'제기랄.'

이미 늦었다. 하아, 얘는 진짜 이 버릇 좀 고쳐야 하는데……. 하는 순간.

번쩍-

시야가 암전했다.

그리고 어질어질한 정신. 핑핑 도는 의식 속에서 간신히 눈을 떴다.

"허억……."

가슴에 뭉쳐 있던 숨이 터져 나왔다.

'어떻게 된 거지?'

생각을 할 수 있고, 감각이 느껴지는 것 보면 일단 죽은 건 아니다. 일단, 주변 상황을 파악해 보자.

또옥! 또옥!

물방울 떨어지는 소리가 들렸다. 이곳은 습기로 가득 찬 동굴. 일단, 주변엔 몬스터가 없다. 그리고 바로 옆에는 서은채가 쓰러져 있었다. 미약하게 숨을 내쉬는 것 보니, 잠깐 의식을 잃은 것 같았다.

눈을 감고 생각했다. 이미 이런 경험을 많이 해봤기에, 정신적인 타격은 딱히 없었다.

이후 일이 어떻게 진행될지는 알 수 없지만, 침착해야 한다. 상황을 부정하고 짜증만 내봐야 지금 상황엔 하등 도움 될 게 없으니까.

'일단, 받아들이자.'

나는 외딴곳에 떨어졌다. 필드 타입은 동굴. '사이버'가 전에 내게 했던 짓을 생각하면, 이곳은 '시련의 탑' 내부일 가능성이 농후했다. 자세한 사항은 더 확인해 봐야 하겠지만…….

'우선, 채팅창 가동 여부부터 파악해 볼까?'

채팅창을 켰다. 얼마 후, 메시지들이 올라온다.

[아리아리동동(Lv.34):아씨, 탑 10층 공략이 뭐였더라?]

[카드값줘체리(Lv.38):뭐, 아스모데우스?]

[아리아리동동(Lv.34):ㅇㅇ.]

[카드값줘체리(Lv.38):벌써 10층 깨려고?]

[아리아리동동(Lv.34):아니, 준비만 해놓게.]

채팅방 고인물들의 평범한 일상 대화였다. 일단 나머지 일행들이 어떻게 됐는지 파악하기 위해서는, 주예린이나 연합 멤버들을 찾아야 한다.

[비운(Lv.52):모찌 있냐?]

바로 끼어들었다. 그러자 곧바로 대화가 끊긴다.

잠깐의 침묵 후-

[아리아리동동(Lv.34):헉, 비운 님?]

[카드값줘체리(Lv.38):비운 님 나타났다! 모찌 님이 이틀 동안 엄청 찾으심!]

이틀? 이틀이나 지났다고?

[아리아리동동(Lv.34):병아리콩 보고 있음? 나와라!]

[카드값줘체리(Lv.38):ㅇㅇ. 병아리콩 보고 있는 거 안다!]

[병아리콩(Lv.35):자, 잠깐만.]

[병아리콩(Lv.35):헉, 어떻게 되신 거예요! 자, 잠시만요! 좀만 기다리세요! 언니 불러 올게요!]

다행히 주목이 나에게 쏠렸다. 얼마 후, 주예린이 나타났다.

[모찌(Lv.45):아니. 어떻게 된 거야?]

다행이었다. 주예린과 소통이 된다는 건, 일행들이 멀쩡하다는 의미기도 하니까.

하여간, 「갓 컴퍼니」 놈들. 채팅창 시스템 하나는 잘 만들어 놨다.

[비운(Lv.52):이건, 추측인데 35층에 들어온 거 같아.]

[모찌(Lv.45):은채는?]

[비운(Lv.52):같이 있어.]

[모찌(Lv.45):휴, 다행이네. 그때 얼마나 놀랐는지…….]

뭐야, 35층에 떨어진 건, 왜 반응 안 해주지? 이젠 별로 놀랍지도 않다는 건가?

'쩝…….'

아마, 그녀도 이제 익숙해진 걸 거다. 이 정도의 불합리는. 그리고 믿는 거겠지. 35층 따위 혼자서 해결할 수 있을 거라고.

근데 불안한 점이 있다. 저번에도 날 탑에 던졌던 '사이버'. 놈은 분명 내가 탑에 능통하다는 사실을 인지하고 있다.

'분명 이번엔 더 만족할 만한 선물을 준댔어.'

그때와 다른 무언가가 더 있을 것 같은 느낌이 들었다. 불길하고도 예사롭지 않은 그런 무언가가.

뭐, 아무래도 좋다. 어떤 함정을 파놨던, 지금처럼 해결해 나가면 되니까.

[비운(Lv.52):일행들은 다 무사하고?]

[모찌(Lv.45):응응, 다들 풀이 죽어 있어. 지호도 서율이도 다 멘탈 나간 상태고. 이따 잘 설명해 줘야지.]

[비운(Lv.52):이벤트는?]

[모찌(Lv.45):종료됐어. 성공한 거 같아.]

「갓 컴퍼니」는 목표를 이뤄냈다. 그런데, 그들은 내가 이런 꼴을 당할지 예측했을까?

[모찌(Lv.45):그래서, 탑은 혼자 가능하겠어?]

참, 빨리도 묻는다.

[비운(Lv.52):해봐야지.]

[모찌(Lv.45):조심해.]

[비운(Lv.52):일단, 은채 깨울게. 나중에 연락하자.]

[모찌(Lv.45):응응, 알겠어.]

서로의 안부, 작전의 성공 여부만 물은 나는 곧바로 채팅을 끝냈다.

채팅방. 이곳은 우리만 있는 공간이 아니니까. 자세한 내용을 떠들기 애매하다.

그래도 고인물들은 착했다. 궁금한 게 많을 텐데도, 주예린과 내가 원활한 대화를 이끌 수 있도록 조용히 해줬다.

아마, 곧 이것저것 물어들 보겠지. 주예린이 알아서 잘할 거다.

'내가 신경 써야 할 건.'

이 35층을 어떻게 공략할 것인가다.

일단, 제일 중요한 건 식량이다.

분명 채팅창에서 이틀이 흘렀다 했고, 그 때문인지 배가 많이 고팠다.

'일단, 서은채를 깨우자.'

생각은 그다음 하기로 했다. 혼자 심력을 낭비하는 것보단, 그게 편할 수도 있다.

"은채야."

그녀의 어깨를 두들겨 깨웠다.

"은채야?"

"……으응, 좀만."

아무래도 깊은 잠에 빠진 것 같았다. 참 속도 편하다. 불편한 땅바닥에서 어찌 저렇게 잘 수 있을까.

그래도 참 든든했다. 그 당시엔 급하게 비키라고 했지만, 사실 고마웠다. 항상 위험할 때마다, 목숨 걸고 날 지키려고 했던 건 서은채였으니까. 그 마음이 그대로 느껴졌다.

'혼자보단 훨 낫기도 하고.'

35층이 말이 35층이지. 혼자 깬다고 생각하면 암담하다. 그러나 서은채가 옆에 있다는 것만으로도 굉장히 심리적인 안정이 됐다. 그녀는 나름 고등급 힐러이자 버퍼니까.

아주 큰 도움이 될 거다.

"서은채, 일어나!"

나는 힘주어 외쳤다.

"허업?"

곧이어, 그녀가 깨어났다.

필드 타입 동굴. 생각해 보니, 이곳이 탑 35층이라는 것을 파악할 방법은 간단했다.

[시련의 탑 35층입니다.]

[임무 유형 - 미궁 입구 찾기]

[복잡한 동굴 속에서 미궁 초입부를 찾으세요.]

시야 밑에 숨겨져 있던, 시스템 창을 열어보면 된다.

"어쩔까요?"

"뭘?"

"이렇게 갑작스레 탑에 올 거라고는 생각도 못 해서 아무것도 못 챙겼어요."

비상식량을 말하는 것이리라.

나도 그렇고 서은채도 그렇고 아무것도 챙긴 게 없었다.

배가 고팠다. 2일 굶은 건 그렇다 쳐도, 치열한 전투를 치렀다. 몸도 많이 상해 있었다. 유지넬이 치료해 줬다 해도, 몸에 에너지가 부족한 것은 분명했다.

서은채 역시 평소보다 더 초췌해져 있었다.

그녀가 한숨을 쉬었다.

"후우, 할아버지가 보고 싶네요."

"갑자기?"

"할아버지 낙타족이요."

"아."

감동이 깨졌다.

"낙타족 안에 맛있는 거 많은데."

"그건, 그렇지."

이건 실수였다. '사이버'의 시선을 끈다고 했을 때부터, 최악의 상황을 염두에 뒀어야 하는 건데……. 설마 또다시 탑에 떨어뜨릴 거라고는 상상도 못 했다.

"35층엔 먹거리 같은 거 없겠죠?"

"먹거리?"

"네, 도마뱀 같은 거라도. 쩝, 아니다. 한 층만 클리어하면 될 텐데."

도마뱀이라……. 그것도 나쁘진 않지만, 안타깝게도 설정상 탑 35층에는 아무런 생명체가 없다. 잡 동물뿐만 아니라 몬스터도.

그래도 그런 생각을 한 점에선 대견하다. 살려면 뭐든지 하겠다는 마인드. 나 역시 생존을 위해서는 벌레라도 씹어먹을 수 있으니까.

"그래, 일단 클리어부터 하자. 빨리 깨고 나가야 뭐라도 먹지."

"넵! 좋아요."

정신 차리고 대형을 갖췄다. 창을 꺼내 들었다. 이곳에선 전투할 일이 없기에 굳이 몬스터를 소환하진 않았다.

미궁 입구 찾기. 탑의 36층부터 40층까지는 미궁으로 이루어져 있다. 그리고 40층에는 악마족 '메피스토'(★★★★★)가 거주한다.

"지금부터 해야 할 것은 미궁 찾기야."

"……미궁 찾기."

"따라와."

나는 눈을 감고 걷기 시작했다. 걸으면서 벽을 매만졌다. 그와 동시에 느꼈다. 끝없는 미로와 수많은 장애물로 점철되어 있는 동굴의 구조를. 맵핵이라도 킨 것처럼 세밀하게 느껴졌다.

"길을 아시는 거예요?"

"아니."

"헐, 그럼요?"

35층 동굴은 상상 이상으로 넓다. 제3의 감각으로도 다 파악할 수 없을 만큼 거대하다. 「몬스터즈」 시절, 동굴 전체의 모습을 지도로 그리며 돌아다녔기에 확실히 기억한다.

'끔찍했었지.'

한 달. 지도를 완성하는 데 걸린 시간이었다. 아마, 그 당시 처음으로 게임을 접을까 진지하게 고민했었던 것 같다.

몬스터도 뭣도 아무것도 없이, 장애물만 있는 공간에서 한 달 내내 돌아다니기만 했으니까. 일단은 재미가 없었다.

웃기는 건, 지도를 다 밝혔음에도 미궁이 나오지 않았다는 점. 그때 멤버들끼리 멘탈 나가서 난리 쳤던 것도 이제는 추억이다.

"아저씨?"

"……응?"

"무슨 생각을 그리해요?"

"아, 미안. 일단 소환진을 찾아야 해."

"소환진이요?"

미궁은 정확히 이 동굴 중앙에 있다. 다만, 특정 조건을 달성해야 우리 눈앞에 나타난다. 그리고 그 조건이 바로 '미궁 소환진'을 찾는 것.

"총 3개의 소환진이 있어. 그걸 동시에 밟고 있어야 미궁의 봉인이 풀려."

"그럼 소환진은 어떻게 찾는데요? 제가 도울 건 없나요?"

"그래그래, 잠시만."

잡생각을 할 때가 아니다. 일단, 나가는 거에만 집중하자.

'먼저, 소환진의 위치.'

소환진의 위치는 랜덤이다. 당시엔 지도를 그리며 표시해 뒀지만, 지금은 그럴 필요가 없다. 「제3의 감각」이라는 사기 능력치가 있기에.

눈을 감은 채로 계속 집중했다. 호흡조차 하지 않았다. 벽 위부터 동굴 밑바닥까지 구석구석 탐지했다.

그리고 곧이어-

500m 정도 거리 바닥에 미약한 에너지가 느껴졌다. 장애물 장치는 확실히 아니었고, 마법이 걸려 있는 소환진이 분명했다.

"저기다."

"버, 벌써 찾았어요?"

"응, 잠깐만 떨어져 봐."

후웅!

창을 꺼내 준비 자세를 취했다.

목표는 동굴 벽. 두께가 얇은 곳을 뚫어 지름길을 만들 생각이었다. 나는 곧바로 창을 내질렀다.

콰아앙!

별다른 스킬을 쓰지 않아도 벽이 쉽게 무너졌다. 이미 능력치가 인간의 한계를 넘어선 거다.

"가, 갑자기 벽은 왜."

"장애물 처리하기 귀찮잖아. 편하게 가자고."

우리는 계속 걸었다. 장애물이 많은 곳이 있으면 옆벽을 뚫었으며, 적은 곳은 그냥 파괴하면서 지나갔다.

서지호에겐 미안하지만 제3의 감각이 있는 이상, 이제 탐지는 필요가 없었다. 나 혼자서도 모든 걸 파악할 수 있다.

그렇게 몇 번을 뚫었을까, 마침내 첫 번째 소환진 앞에 도착했다. 나는 서은채를 그곳 위에 올려두었다.

"여기 서서 기다려."

"네?"

"다리 아프면 앉아 있어도 되고."

"아, 아저씨는요?"

"나머지 두 개 소환진을 찾을 거야. 다 끝나고 중앙으로 이동하면 미션 클리어. 오래는 안 걸릴 거야."

"그럼 누워 있을게요."

"맘대로."

타앗!

나는 바로 뒤를 향해 뛰었다. 전속력으로 뛰면서도 눈을 감고 주변을 파악했다.

쾅! 쾅! 쾅!

진행 방향을 가로막는 벽은 단번에 부숴 버렸다. 동굴이 무너질 걱정은 없다. 그만큼 큰 동굴이었다.

'저　네.'

또 다른 소환진을 찾는 것은 그렇게 어렵지 않았다. 그곳에 도착한 나는 뿔하피를 소환했다. '사이버'에겐 미안하지만, 35층은 마음만 먹으면 혼자서도 깰 수 있는 층이다.

소환진 위에 캐릭터가 아닌 몬스터를 올려두어도 상관없기 때문이다.

"여기 지키고 있어, 뿔하피."

[응! 응! 주인님!]

뿔하피를 세워두고 마지막 소환진을 향해 내달렸다. 방향은 정해져 있지 않았다. 제3의 감각에 걸릴 때까지 무작정 부수며 이동했다.

그 빡세던 35층을 이렇게 깨다니……. 역시, 제3의 감각은 사기였다.

마지막 소환진을 찾았다.

위에 올라서자 빛이 뿜어져 나왔고-

덜컹!

멀리서 장치가 가동하는 소리가 들렸다. 이제 동굴 중앙으로만 이동하면 클리어.

그동안 지나갔던 길을 역으로 달렸다. 뿔하피를 챙겨 서은채가 있는 곳에 도달했다.

"진짜 누워 있었네?"

"힘이 없어요."

"이제 다 끝났어. 가자."

"엄청 시시한 층이네요."

맞다. 어느 순간부터 참 탑이 쉬웠다. 마치 「갓 컴퍼니」가 공략대로 스킬을 쥐여주는 느낌.

제3의 감각이 없었다면? 아마 이곳에서 아사했을 거다.

동굴 중앙은 가까운 곳에 있었다.

바닥에 드러나 있는 미궁 계단.

[축하합니다!]

[시련의 탑 35층을 클리어하셨습니다.]

[생존자 전원에게 특수한 보상이 지급됩니다.]

기분 좋은 메시지와 함께 시야가 암전됐다. 나도 서은채도 기대했다. 가서 주린 배를 채울 거란 생각에 설렜다.

곧 있으면 이동될 탑 밖. 치료도 받고, 일행들 35층도 다시 깨줘야겠지. 최고급 주거지에 나오는 식량으로 이틀 전 못했던 파티도 할 생각이었다.

그러나-

[삐빅-]

['종속된 탑의 저주' 효과로 다음 층으로 이동합니다.]

['종속된 탑의 저주':탑에서 벗어날 수 없다.]

"뭐?"

상황은 우리에게 그렇게 호의적이지 않았다.

"이, 이게 어떻게 된 거죠?"

서은채가 절망한 듯 쪼그려 앉았다. 나도 눈앞이 캄캄했다. 세상에, 더 마음에 들 거라는 선물이 이딴 저주였다니.

[시련의 탑 36층입니다.]

[임무 유형 - 1층 토벌]

['메피스토의 미궁' 내 존재하는 모든 몬스터를 토벌하세요.]

시야 위에 떠 있는 메시지가 참 원망스럽다.

"……우리 탑에 갇힌 거예요?"

"그런 것 같다."

이는 참 심각한 문제다. 36층을 떠나서 앞으로도 쭉, 이 탑을 벗어날 수 없다면……. 이건, '비운' 할애비가 와도 못 깬다. 특히 40층 보스 '메피스토'(★★★★★).

놈을 혼자, 아니, 둘이서 깨라고? 절대 그럴 수 있는 놈이 아니다. 특히 서은채의 목숨을 보장하기도 힘들어진다.

'제기랄.'

골머리가 아팠다. 배가 고프니 생각하는 게 더 힘들었다. 속이 울렁거렸다.

'게다가 또 문제 되는 게.'

탑에는 '터' 설치를 못 한다. 식량은 둘째치고, 강화 및 6성작이 전혀 안 된다는 거다. 지금 있는 몬스터를 가지고 스킬 숙련도만 올려 가며 공략을 해야 한다는 것.

참 절망적인 상황이었다.

"그럼 이제 어쩌죠?"

서은채가 미간을 좁혔다.

"일단, 밥부터 해결하자."

"헛, 어떻게요?"

"미궁 토벌이잖아. 식량 될 거 뭐라도 잡아봐야지."

"……몬스터요?"

"몬스터든 뭐든."

"좋아요."

탑 내부에 꼭 몬스터만 있는 건 아니다. 그 환경 분위기에 맞게 있을 만한 생물들은 다 있었다. 아마, 미궁이라 기호 식량으로 삼을 만한 건 안 나올 테지만.

미궁을 천천히 이동했다. 대리석 타일로 이루어진 바닥과 양옆에 은은하게 타오르는 등불.

키이이이!

곧이어, 앞에 수 마리의 뱀들이 등장했다. '비단 살모사'(★★★★)들이었다.

크기는 각각 3m. 옆 벽, 천장, 그리고 아래로 꿈틀거리며 달려왔다.

'처음은 뱀고긴가?'

콰직!

창날이 살모사의 대가리를 꿰뚫었다. 서은채의 버프 효과 덕분인지 살모사들이 느려 보였다.

푸슉!

힘주어 창을 뽑자 녹색 피가 흘러나온다. 그 후, 바로 옆 벽으로 달려오는 녀석들을 잡는다.

푸숙! 서걱!

속전속결이다.

놈들도 딱히 주춤하지 않았다. 성향이 공격적인지 멍청한 건지 이빨을 들이밀며 단순하게 공격해 왔다.

"밟지 않게 조심해. 독이니까."

"넵!"

좁은 공간. 놈들은 본능적으로 서은채를 노리는 듯싶었지만, 날 뚫지 못하는 이상 절대 그녀를 건들 수 없다.

"빠, 빠르시네요."

놈들의 머리와 몸체가 전부 분리되는 데는, 채 1분이 걸리지 않았다.

"이거 괜찮아?"

"뱀고기요?"

"응."

"손질할 줄 아세요?"

"아니? 그냥 먹어보는 거지."

참 웃기다.

이곳에 떨어져서 몬스터를 다 먹어볼 생각을 하다니.

일단, 녹색 피가 묻어 있지 않은 적당한 놈 하나를 골랐다. 그다음 창을 휘둘러 적당한 크기로 잘라냈다. 3m에 달하는 뱀이다 보니 살이 두툼했다.

화르르륵!

요리는 대충 했다. 배고픔이 최고의 조미료라고 간도 하지 않았다. 대충 뼈와 가죽만 발라내고 뿔하피에게 부탁해 구워냈다.

꼴깍!

서은채의 침 넘어가는 소리가 들렸다.

모락모락 피어나는 연기와 냄새.

"향은 나쁘지 않은데?"

"머, 먹을까요?"

"잠깐 맛 좀 볼게."

'무명'(無名)에겐 미안하지만, 창으로 쿡 찔러 꼬치를 만들었다. 그리고 한입 베어 물었다. 비계 없는 살코기의 부드러운 육질이 혀를 감쌌다. 음…… 이건, 마치 장어를 먹는 느낌이었다.

"이거 나름 괜찮은데?"

"저, 정말요?"

그러나 곧이어 메시지가 떴다.

[독에 중독되었습니다.]

"잠깐."

난 볼트로 고기 한 점을 찍어 올린 서은채를 만류했다.

"네? 왜요?"

"독이야."

"헐?"

과연 탑의 몬스터라는 걸까. 놈에게 물리거나 피를 밟은 것도 아닌데, 독에 걸려 버렸다.

"괘, 괜찮으세요?"

"응……. 아직은."

목이 따끔따끔했다. 식도가 점점 달궈지기 시작했다.

그런데 견딜 만했다. 내 몸이 튼튼한지, 독이 약한 건지 아니면 고통에 익숙해진 건지 모르겠지만 참을 만했다.

"잠시만요, 아저씨!"

"크음……."

"유지넬, 정화해 줘!"

옆에 소환된 천사족의 손에서 빛이 뿜어져 나왔다.

[정화 효과를 받습니다. 중독이 해제됩니다.]

걸린 게 무색하게 바로 정화되는 중독.

역시 유지넬……. 숙련도를 무지막지하게 쌓았나 보다.

"이제 괜찮아요?"

"응."

"휴, 다행이다."

그녀가 안도의 한숨을 내쉬었다.

문득, 좋은 생각이 떠올랐다.

"은채야."

"넵."

"그거, '정화' 쿨타임이 몇이더라?"

"30분이요. 클레어 '환기'까지 쓰면 15분까지 줄일 수 있어요."

'클레어'(★★★★★)의 환기. 단일대상 몬스터의 스킬 쿨다운을 줄여주는 스킬로, 어느 정도 숙련도를 쌓았나 보다. 15분이나 줄여주다니.

"좋은 생각이 났어."

"네?"

탑을 오르기 위해 꼭 필요한 네 가지 원소 저항이 있다.

화염 저항, 냉기 저항, 전기 저항, 독 저항.

캐릭터가 혹한의 환경이나 스킬을 견딜 수 있게 해주는 필수 능력치. 그중 나와 서은채는 화염 저항, 냉기 저항을 올린 상태다.

'지금이 기회야.'

독 저항을 올려볼 기회.

원래 독 저항은 61~70층, 그리고 악마족 '네르갈'(★★★★★★)을 상대할 때 꼭 필요한 능력치다. 내 스킬 '네르갈의 재판'에 나오는 그 '네르갈' 말이다.

'비록 만렙은 찍을 수 없겠지만.'

항상 미리미리 준비해 놓는 게 좋다. 생존에 성공한다면, 결국 최종 도착지는 100층이 될 테니까.

그렇게 우리는 포식을 시작했다. 안전을 위해 15분 간격으로 번갈아 가며 배를 채웠다. 먹고 정화하고, 먹고 정화하고…….

"아저씨."

"응."

"뱀고기가 이렇게 맛있을 줄은 꿈에도 몰랐어요."

독으로 인한 고통보다 배고픔으로 인한 고통이 더 컸을까. 나도 그녀도 아무렇지도 않게 고기를 섭취했다.

"그래그래, 많이 먹으렴."

"헤헤, 넵!"

그 많던 거대한 뱀. 놈들이 사라지는 데는 그렇게 오래 걸리지 않았다. '합체족'을 사용한 이후로 나도 그녀도 식사량이 일반인의 수준을 넘어섰다.

대충 배를 채운 이후엔, 기행을 시작했다. 놈들이 흘린 피를 몸에 바르기도 하고, 마시기도 했다. 확실히 고기를 먹을 때보단 더 심각했지만 견딜 만했다.

['독 저항'(Lv.1)을 습득합니다.]

저항이 생기고 나서는 한결 편해졌다. 처음에 힘들어했던 서은채도 이제는 편하게 수련을 했다.

물론, 독을 몸에 바르기 위해 서로 웃통을 깐 상태였다. 서은채는 가벼운 속옷 차림. 앞으로 이곳에서 얼마나 지낼지 모르는데 옷을 버릴 수는 없었으니까.

그럼에도 어색한 기류는 없었다. 세상이 멸망한 지가 언제인데, 남녀 속살에 민감하게 굴겠는가.

나도 그녀도 그런 것에는 무감각했다. 아니, 적어도 나는 그렇게 생각했다. 일단, 절대 서은채를 여자로 생각하지는 않으니까.

'그러고 보니, 웃기네.'

항상 저항 수련할 때는 다른 멤버가 아닌 '서은채'와 함께했었다. 포지션 조합 때문인지, 리치 때도, 플뤼톤 때도 그녀와 빈번하게 함께한다.

'궁합이 잘 맞아.'

그녀의 모든 스킬들이 나를 위한 스킬이다. 광역이 아닌, 단일대상 힐링과 버프이기에 더 그렇다.

시간은 계속 흘렀다. 주예린에게는 상황을 설명한 상태였다. 채팅창 고인물들도 대강 설명을 들었는지 대화에 끼지 않았다.

[모찌(Lv.45):그러니까 탑에 갇혔다고……?]

[비운(Lv.52):응, 저주에 걸렸어.]

[모찌(Lv.45):그럼 몇 층까지 올라야 하는데.]

[비운(Lv.52):모르지, 어쩌면 100층까지?]

50층에 레너드가 있다고 하니, 그러진 않을 거다. 물론, 이것 역시 추측이다.

[모찌(Lv.45):……미친.]

[비운(Lv.52):일단, 천천히 오르고 있어. 곧 움직임이 있겠지.]

[모찌(Lv.45):움직이다니……. 갓 컴퍼니?]

[비운(Lv.52):응.]

태연하게 답할 수 있는 이유. 그건 내가 버리는 패가 아닐 거라는 확신 때문이다. 그나마 탑을 정복할 가능성이 있는 사람은 나뿐일 테니까. '간섭력'이라는 걸 이용해서 어떻게든 해주겠지. 일단, 그렇게 생각하는 게 제일 속 편하다.

[모찌(Lv.45):그럼 우리는 어쩌지?]

[비운(Lv.52):네 판단으로 이끌어 봐. 탑 등반을 강요하진 않을게.]

[모찌(Lv.45):으음……. 부담스러운뎅 ㅠㅠ]

[비운(Lv.52):어차피 남은 일행들 다 네 팀원이잖아.]

[모찌(Lv.45):일단, 알겠어. 오빠. 조심하고.]

[비운(Lv.52):오케이.]

[모찌(Lv.45):계속 연락하자.]

대충 이런 내용이었다. 그 외 다른 내용이 오가긴 했지만 중요한 건 아니다.

시간은 계속 흘렀다. 피곤할 때는 수면을 취했고, 배고플 땐 식사를 했다. 그 외 시간은 항상 독 수련에 전념을 다 했다.

['독 저항'(Lv.2)을 습득합니다.]

레벨 2까지 오르는 데는 약 이틀 정도 걸린 듯싶었다. 아, 물론 날짜는 주예린이 세줬다. 레벨 2 이후부터는 웬만해선 중독에 걸리지 않았다. 그래서 생각해 낸 방안은 놈들의 독니를 피부에 꽂는 것.

그제야 중독이 됐다.

'아무래도 레벨3까지가 한계겠군.'

그 이상 레벨을 올리기 위해서는 더 강한 독이 필요했다. 그리고 내가 알기로 그런 독은 30층대에 존재하지 않는다.

다시 기행을 시작했다. 독이 부족할 때마다, 부족한 만큼 계속 채워 넣었다. 미궁에 '비단 살모사'(★★★★)들은 널리고 널렸으니까. 독 수련도 하고, 원래 임무인 미궁 토벌도 하고 일거양득이었다. 그렇게 또 3일 정도가 흘렀을까-

['독 저항'(Lv.3)을 습득합니다.]

마침내, 레벨3에 도달할 수 있었다.

"드, 드디어!"

"고생했다."

"아저씨두요."

목적은 달성했다. 연기로 훈제한 뱀고기 몇 개를 켈피 위에 얹은 우리는 다시 이동을 시작했다. 이제 사냥 타임이었다.

36층의 몬스터는 다양했다. 그리고 그중 가장 강력한 놈은 미궁 다음 층 입구 앞에 위치한 '백토룡'(★★★★★)이었다.

살모사보다 3배는 더 큰 크기. 페인트로 하얗게 칠해놓은 거대 지렁이의 모습.

"서은채."

"알겠어요!"

그녀가 버프를 걸었다.

"뿔하피."

[웅! 웅! 주인님!]

뿔하피의 '아테네' 버프도 받았다. 해당 스킬들은 중복이 아니기에 겹친 효과를 받을 수 있다.

슈슈슉!

먼저 뿔하피의 공격이 시작됐다. 백토룡의 몸체에 틀어박히는 깃털. 그러나 폭발 소리가 들려오진 않았다.

박힌 깃털이 스르르- 사라졌다.

[해당 몬스터는 스킬 면역입니다.]

"헐?"

[끼잉?]

서은채와 뿔하피가 놀랐다. 그러나 난 놀라지 않았다.

"역시."

놈을 잘 알고 있으니까.

녀석은 한때 「몬스터즈」 유저들을 멘붕에 빠트렸던 몬스터

중 하나다. 36층까지 올라온 팀이 거의 없긴 했지만, 대다수 파티가 이곳에서 무릎을 꿇었었다.

스킬이 통하지 않는다는 것. 즉, 스킬 없이 능력치로 밀어붙여야 하는데, 웬만한 스펙이 아니고서야 그게 가능할 리 없었다.

기사족이나 묘인족 등등. 기본 능력치가 뛰어난 몬스터들을 많이 가진 파티는 그나마 어거지로 깼지만, 그게 아닌 자들은 눈물을 머금고 부족한 부분을 채워야 했다. 그야말로 청천벽력.

물론 소수정에에게 해당하진 않았다. 내가 합체족을 쓰니까. 그냥 스킬 없이 창으로 후드려 패면 된다.

"이, 이제 어떡해요?"

"기다려 봐."

크롸라라!

놈이 한 차례 포효 후, 움직이기 시작했다.

두두두두!

발을 움직여 땅을 파고 밑으로 들어갔다.

'까다롭긴.'

땅이 흔들렸다. 놈이 움직이는 소리. 놈은 이처럼 땅 밑에 숨어 있다가 갑자기 솟아올라 기습 공격을 한다.

나는 땅을 짚은 채, 눈을 감았다. 그리고 놈의 움직임을 느꼈다. 함부로 올라오지 않고 웅크린 채 각을 보는 녀석.

"어, 어디로 간 거죠?"

서은채가 입을 열었다.

나는 대답 없이 집중했다. 그리고 곧 미세한 느낌을 감지했다.

"서은채."

"네?"

"저 위로 올라가 봐."

커다란 미궁 방. 약 10m 위 벽면에 달린 등불. 사람 하나가 매달릴 수 있을 크기다.

"저, 저길요?"

서은채가 고개를 갸웃했다.

나는 인상을 찌푸렸다. 백토룡이 노리는 게 서은채임을 직감했기 때문이다. 역시 탑의 몬스터들은 영리하다.

"빨리!"

"으잇?"

그녀에게 다가갔다. 그리고 번쩍 들어 안았다.

"합체족이니까, 저기 잘 매달리고 있을 수 있지?"

"자, 잠깐만요?"

"대화는 나중에, 온다."

퉁! 퉁!

두 번의 발길질. 허공에 가볍게 뜬 몸.

나는 서은채를 냅다 등불로 집어 던졌다.

"꺄아악!"

가볍게 날아가 등불을 잡는 그녀. 신사답게 올려주고 싶었지만 그럴 순 없었다. 낌새를 눈치챈 놈이 올라오고 있었기 때문이다. 상황이 급했다.

"저, 저는 문제 없어요!"

콰아아앙!

땅이 부서진 것은 그때였다. 먹이를 노리는 백토룡이 입을 벌린 채 튀어 올랐다.

서은채가 있는 방향이었다. 그녀의 안색이 퍼렇게 질렸다.

"무, 무슨?"

놈은 체구에 걸맞지 않게 빨랐다. 쩍 벌린 입에서는 침방울이 줄줄 튀었다. 나는 눈살을 찌푸렸다.

"더러운 새끼."

후웅!

나는 '무명'(無名)으로 놈의 턱 옆면을 강하게 후려쳤다. 허공에 떠 있는 상태로 쓰는 창술이었다.

콰아아앙!

손아귀에 느껴지는 둔탁한 느낌. 제대로 맞은 놈이 옆으로 튕겨 나갔다. 나 역시 반동으로 옆 벽면에 부딪혔다. 아릿한 통증이 느껴졌다.

"아저씨!"

[주인님!]

버프를 위해 소환된 뿔하피는 허공에서 구경 중이었다. 전투 참여는 굳이 시키지 않았다. 혼자 상대할 수 있기 때문이다.

쿠구구구!

옆으로 쓰러진 백토룡이 멍하니 고개를 흔든다. 아마 정신이 몽롱할 게다.

"걱정하지 말고 구경만 해."

발로 벽면을 찼다. 그 반동으로 그대로 놈에게 달려들어 창을 내질렀다.

콰직!

창이 놈의 안면 가죽을 뚫고 들어갔다. 고통에 몸부림치는 놈의 떨림이 느껴졌다.

키에에엑!

공격은 잘 통했다. 물론, 한 방에 죽진 않았지만.

쿠구구구!

놈이 혼비백산하며 땅속으로 들어가려 했다. 하지만 그렇게 둘 순 없었다. 괜히 두려움에 저 깊은 곳에 박혀 안 나오면 클리어하기 복잡해진다.

푸숙!

나는 놈의 등을 찔렀다. 그다음 힘주어 한 바퀴 돌려 살을 파냈다. 그리고 그 안에 쏙 들어갔다. 약 1초 만에 벌어진 일이었다.

키에엑!

놀라 울부짖으며 땅속으로 파고드는 놈. 그러나 난 언제나 놈과 함께다.

푸숙! 푸숙! 푸숙!

창을 계속 찔러 넣으며 몸속으로 더욱더 파고 들어갔다. 이미 옷은 다 해져 버린 상태. 놈의 몸은 흉기와 다름없었지만, 날 어떻게 할 수는 없었다. 놈 속에 있었으니까.

'생각보다 간단하군.'

과거 「몬스터즈」 때보다 훨씬 쉽게 처리했다. 옛날에는 놈이 뭐만 하면 땅에 숨어서 짜증 났었는데…….

나는 마지막으로 놈의 심장으로 보이는 곳에 창을 깊숙이 찔러 넣었다.

['백토룡'(★★★★★)을 처리합니다!]

[레벨이 올랐습니다! 모든 상태 이상을 회복합니다.]

레벨 53의 달성과 함께, 하얀 빛무리가 몸을 감쌌다. 그와 동시에-

[축하합니다!]

[시련의 탑 36층을 클리어하셨습니다.]

미궁 1층 토벌을 완료했다.

내 레벨 53. 서은채 레벨 42. 확실히 둘이서 탑 등반을 하니, 성장 속도가 빨랐다. 본래 7명이 나눠 먹던 경험치를 이젠 둘이서 먹기 때문이다.

'이 정도 속도면…… 금방 만렙 찍겠어.'

나는 속으로 중얼거렸다.

「몬스터즈」 캐릭터의 만렙은 80. 과거엔 만렙까지 가는데 약

4년 정도 걸렸다. 그런데 지금 이 정도 속도면 1년도 안 돼서 찍을 기세다.

'게다가 37층 역시…….'

7층 단위이므로 히든 피스가 존재한다. 그리고 그곳은 내 기억상 몬스터가 정~말 많이 나오는 곳. 과거엔 만렙이었어서 별 신경 쓰지 않았지만, 지금의 우리에겐 더할 나위 없이 좋은 곳이다.

'아, 좋은 것만은 아닌가?'

난이도가 꽤 하드하니까.

만약, 도전해서 살아남을 수만 있다면 서은채와 일행들과의 격차도 더욱 벌어질 거다.

"아저씨?"

"응."

"37층도 36층이랑 거의 비슷하네요. 미궁 모양도 그렇고 임무도 똑같고"

뒤에 있던 서은채가 말했다. 그녀는 석궁을 든 채로 경계하고 있었다. 빈서율만큼은 아니지만, 이제 제법 자세는 나온다.

"응, 40층까지 쭉 이런 식일 거야."

미궁은 계속 지하로 이어지고, 총 5층으로 구성되어 있다. 그리고 지하 5층에는 흉악한 악마 '메피스토'(★★★★★)가 존재한다.

"그나저나 신기하네요."

"뭐가?"

"탑이란 거 엄청 무섭다고 겁줬었잖아요. 웬만한 고인물들도 30층 이상 못 갔다고 들었는데."

"그랬었지."

"근데 그걸 둘이서만 깨고 있잖아요. 그것도 무려 37층인데……."

하긴, 신기하긴 했다. 탑을 둘이서 오르다니.

옛날, 「몬스터즈」 시절엔 상상도 못 했던 일을 지금은 손쉽게 하고 있다. 이는 「갓 컴퍼니」가 우리에게 말도 안 되게 퍼줬기에 가능한 일.

파즈즉!

그때였다. 허공에서 전류가 미약하게 터졌다.

[근처에 요정족 '운영자'가 소환됩니다.]

"오?"

양반은 아닌가 보다. 마침 「갓 컴퍼니」를 딱 떠올린 타이밍이었는데 등장하는 것 보니…….

"아린인가 보네요?"

"그렇겠지."

곧이어 우리는 익숙한 모습. 운영자 '아린'을 볼 수 있었다.

[안녕하십니까. '비운'님.]

요정이 정중하게 인사했다.

'안녕하냐고?'

나는 실소를 흘렸다. 뒤늦게 나타나서 한다는 말이 안녕하냐는 말이라니……. 사이버에게 그렇게 호되게 당했는데 안녕하겠냐?

"아니."

그래서 퉁명스럽게 대꾸했다.

[……네?]

당황하는 요정.

쩝, 그래. 얘한테 말해 뭣하냐.

"후, 그렇게 안녕하진 못한 거 같다고."

[아, 그게 참……. 유감스럽습니다.]

"어떻게 된 건지나 말해."

주변에 몬스터는 없다. 나와 서은채는 등불 아래 앉아 아린을 바라봤다. 그래도 내 생각보다는 빨리 움직여줬다.

[우선 감사의 인사 드립니다. 비운 님 덕분에 놈의 시선을 돌렸고 무사히 이벤트를 취소할 수 있었습니다.]

"마음에도 없는 감사는 됐고. 지금, 이 상황에 대한 해결책부터 내놔. 어떻게 할 거냐."

[그…… 게 사이버가 걸어둔 제약은 저희도 지금으로서 풀 도리가 없습니다.]

"……뭐?"

이게 무슨 엿 같은 발언이지? 그럼 진짜 100층까지 둘이서 깨야 한다고?

[아마 50층에 올라오셔서 대표님을 직접 만나셔야 할 겁니다. 그래야 해결 가능합니다.]

"그건 불가능해."

50층은 개뿔…… 40층도 못 깬다. '메피스토'는 지금껏 만났던 악마들과 차원이 다르니까. 게다가 앞으로의 여정에 빈서율이 없으면 무척 힘들어진다. 그녀의 행운이 필요했다. 지금도 쌓아둔 '몬스터 소환 이용권'을 쓰지 못하고 있지 않은가.

[아닙니다. 비운 님이라면 충분히…….]

"닥쳐."

[……네?]

"예전부터 나도 모르는 나를 니들이 뭔데 판단하고 확언하냐?"

문득, 옛날 처음으로 놈들에게 쪽지를 받았을 때가 떠올랐다. 그때부터 놈들은 나를 이상하게 과대평가했다. 결국, 해결하는 건 다 난데.

식은땀을 삐질 흘리는 요정.

곧이어 다시 말을 이었다.

[남은 '소수정예' 인원들도 50층까지 오르기로 했습니다. 비운 님 없이요. 이제는 정말 어쩔 수 없습니다.]

"뭐? 예린이가?"

그런 얘기는 없었는데.

아, 사냥하느라 채팅창을 안 봤구나.

[네, 그렇습니다. 하지만 걱정하지 마십시오. 저번에도 말했다시피, 벌어들인 모든 간섭력은 앞으로 '소수정예'를 위해 사용될 겁니다. 지금껏 여러분을 지켜봐 온 당사 측 판단으로는 충분히 50층에 도달할 수 있으리라 판단합니다.]

"아니, 그걸 떠나서 난 40층 공략을 몰라."

내가 알고 있는 공략은 꼭 캐릭터 5명 이상이 필요하다. 즉, 주예린은 팀 다섯 명을 데리고 어찌어찌 깰 수 있다지만, 나는…… 아니, 우리 두 명으로는 절대 불가능하다.

내가 예전에 말했었던, 한 명이라도 실수하면 모두가 죽어야 하는 극악의 난이도. 그중 하나가 바로 탑 40층의 '메피스토'였다.

[세계 랭킹 4위이자 압도적인 PVP 1위. 혼자 알고 있는 버그만 수십 개로 추정. 탑 93층을 고작 다섯 명에서 공략한 '소수정예'의 리더. 그런 비운 님이라면 충분히 방법을 찾아낼 것이라 믿어 의심치 않습니다.]

"지랄."

요정이 날개를 펄럭이며 말했다.

그 모습이 왠지 모르게 얄밉다. 아린이 다시 말을 이었다.

[대표님께서 전하라 하셨습니다.]

"뭐."

[50층. 딱 50층에만 오시면 적어도 궁금했던 것들 대부분 해소하실 수 있을 거라고 하셨습니다. 진실을 알 수 있을 거라고도 했습니다.]

"……."

그게 문제가 아니라…… 갈 수 있어야 말이지…….

[덧붙여 꼭 보고 싶다고도 말씀하셨죠. 그럼 믿겠습니다, 비운 님.]

아린이 지팡이를 휘둘렀다.

저건, 사라지려고 하는 모양새인데?

"뭐? 야! 잠깐!"

[그럼 이만 뿅!]

요정이 가루로 사라졌다.

저 개새끼가? 지 할 말만 하고 가?

서은채가 황당하다는 듯 '아린'이 위치해 있던 자리를 응시했다. 나도 어이가 없었다.

"어, 어쩔까요?"

"몰라, 내가 죽으면 지들이 손해지 뭐."

판단한 만큼 뭔가 대비해 놨을 거라 믿는다. 간섭력도 우리에게 투자한댔으니까.

크아앙!

몬스터가 포효를 내질렀다. 미궁 2층부터 등장하는 '미노타우로스'(★★★★)였다.

후웅!

가볍게 내달려 점프했다.

놈이 도끼를 사선으로 내려그었다. 육중한 체구에 걸맞지 않은 속력.

핑!

몸을 한 바퀴 돌려내 피해냈다. 그와 동시에 보이는 놈의 목. 재빨리 오른팔을 휘둘렀다. 허리도 함께 돌렸다.

서걱!
창에 가볍게 베어지는 목. 곧이어, 그 거구의 몸이 앞으로 쓰러졌다.
이미 놈의 패턴은 다 파악한 상태. 그렇기에 한 방에 처리가 가능한 거다.
"나이스! 멋있어요, 아저씨!"
"등불 꺼줘."
"넵!"
유지넬이 날아 날개로 벽에 걸려 있는 등불을 껐다. 바로 컴컴해지는 뒤쪽 공간. 그리고 다시 빛이 보이는 전방을 향해 걸었다.
사실 37층 히든 피스의 조건은 참으로 간단하다. 미궁 내 존재하는 모든 등불을 꺼, 빛을 없애주면 된다. 그저 토벌 임무를 수행하면서 불만 꺼주면 되는 거다. 어차피 미궁 내 모든 몬스터를 잡으려면 전 공간을 돌아다녀야 하니까.
"이게 참 좋네요."
"뭐가."
"36층 때는 몰랐는데 이렇게 불 끄면서 다니니까 얼마나 진행되어가는지 대충 알 것 같아요. 음……. 뭐, 대충 체크 포인트? 그런 느낌이요."
"그랬구나."
"아저씬 안 그래요?"
"난 눈 감고 다니느라……."
등불이 있으나 없으나 주변 몬스터들이 다 느껴진다.

"아…… 맞다. 아저씬 괴물이었지."

"집중해. 이제 거의 다 끝나간다."

"넵!"

미궁 가운데에는 등불이 없다. 그리고 '보스 미노타우로스'(★★★★★)가 어둠 속에 존재한다.

원래는 그 보스 끌어내 잡으면 37층 클리어다. 그러나 히든 피스를 시도하기 위해서는 놈을 잡으면 안 된다. 잡기 전에 모든 등불을 꺼야 한다. 그렇게 모든 빛이 사라지는 순간, 놈 역시 사라지고 본격적인 히든 임무가 시작된다.

우리는 계속 사냥하며 이동했고, 마침내 마지막 등불 하나를 남겨뒀다. 어느새 켈피의 등짐엔 미노타우로스 고기들로 가득했다. 대충 말린 육포 맛이 난다. 물론 바로 구워서 먹으면 살짝 질긴 소고기 맛이다.

"이제 마지막이네요?"

"은채야, 잠깐."

곧바로 소등하려는 그녀를 불렀다. 시작하기 전, 그녀에게 주의해야 할 점이 있기 때문이다.

"이번 히든 미션은 저번처럼 각자가 아냐. 단체 미션일 거야."

혼자 하는 게 아니다. 서은채와 함께한다. 그렇기에 나 혼자 독단적인 결정을 내릴 수 없다. 그녀의 동의를 구해야 한다.

"네, 그런데 그게 왜요?"

"난이도가 엄청나. 목숨 걸 각오해야 해."

몬스터가 정말 많이 나온다. 옛날 고스트에게 둘러싸였을 때를 생각하면 될 정도. 그만큼 어렵기도 정말 어렵다.

자칫하다간 몬스터들에게 휩쓸려 형체도 남기지 못한 채 찢어지고 뜯길 거다.

다만 보상은 확실히 달다. '히든 스페이스'의 보물상자는 둘째치더라도 막대한 경험치 덕분에 레벨업을 오지게 할 수도 있다.

"지금껏 항상 목숨은 걸어왔는데요?"

"그 지금까지와는 많이 다를 거야. 옛날엔 거의 99%의 확신을 두고 움직였다면, 이번 히든 피스는 생존 확률이 반반이야."

그녀가 멈칫했다. 그리고 돌아다봤다.

"그럼 진짜 위험한 거네요?"

"응."

"그렇게 위험한데 굳이 하시려는 이유는요?"

"너도 알잖아."

이곳에서 살아남기 위해선 강해져야 한다. 그리고 강해지기 위해선 도전을 해야 한다.

"40층이랑 이거랑 비교하면…… 뭐가 더 어려울까요?"

"당연히 40층이겠지만, 굳이 비교할 필요는 없어. 둘 다 지랄 맞게 어렵거든."

"만약 제가 안 간다고 하면요?"

"어쩔 수 없지. 바로 다음 층으로 갈 거야. 히든 피스는 괜찮아. 어차피 50층 이후에 저주 풀린 후, 다시 37층으로 들어오면 되니까."

물론, 40층을 깰 수 있을 때의 이야기다.

"아저씨는 도전하고 싶으신 거죠?"

굳이 대답하지 않았다. 그녀가 곧 말을 이었다.

"그럼 저도 함께 갈래요."

"왜?"

"말했잖아요. 아저씨는 제 생명의 은인이고 전 시키는 대로 다 할 수 있어요. 제 신경 쓰지 말고 원하는 거 하세요."

"목숨을 잃을 수도 있어."

"불 바로 끄면 되죠?"

히든 피스를 도전하겠다는 강력한 의지다. 나는 고개를 끄덕였다.

"한가지는 확실히 해두지."

"뭐요?"

"네가 나보다 먼저 죽을 일은 없을 거다."

"네? 그, 그게 뭐예요…… 갑자기."

묘하게 붉어지는 얼굴. 그녀가 급하게 마지막 등불을 소등했다.

['히든 피스' 발견 조건이 충족됩니다!]

[조건:지하 미궁 2층의 등불을 전부 소등.]

['히든 스페이스' 발견 조건이 해금됩니다!]

[조건:미궁 중앙에서 이틀간 몬스터 웨이브를 버틸 시 '히든 스페이스'로 이동.]

[Tip 탑의 특수층에는 도전자 여러분들을 위한 숨겨진 장소가

존재한답니다.]

떠오르는 메시지와 함께-

번쩍!

중앙에서 하얀빛과 조명이 켜졌다. 마침내, 세 번째 히든 피스가 시작되었다.

Chapter 4

[주의! 주의! 주의! 몬스터가 몰려오기 시작합니다.]

[남은 시간 48:00:00]

“시작됐다! 하얀빛 쪽으로 달려!”

“네? 넵!”

우리는 재빨리 중앙으로 이동했다.

‘히든 피스’의 실패 조건은 두 가지다.

전원 사망, 아니면 중앙에서 10초 이상 벗어날 경우.

그렇기에 자리를 중앙에 잡아야 한다.

중앙지역에 보이는 통로는 총 4개. 아마 약 5분 정도 지나면 4방향에서 몬스터가 끊임없이 쏟아질 거다. 난이도가 올라가는 건 그 때문이다. 고스트 때처럼 목을 잡고 싸울 수가 없으니까.

"뿔하피, 실베론이 각각 한 자리씩 맡아."

[응! 주인님!]

[알겠다, 주인.]

먼저, 배치부터 정했다. 소환수들에게 각각 한 자리씩 정해줬고 내가 통로 두 개를 맡았다.

"서은채."

"네."

"너는 원격 지원이야. 가운데서 사방을 다 확인해. 그리고 밀리는 곳에 집중사격해 줘."

"맡겨만 주세요."

"지속적으로 상황 보고도 하고. 위험하다 싶은 곳 있으면 바로 말해줘야 해. 한곳 뚫리면 그때부턴 진짜 답 없어져."

"넵, 식량은 어쩔까요?"

이틀이나 버텨야 하기에, 식량도 무시할 수 없다.

"전부 중앙에다 놓을 거야. 육포 몇 개는 품에 챙기고."

"넵!"

씩씩하게 답하는 그녀.

그렇게 짧은 시간 안에 모든 준비가 끝났다. 뿔하피와 실베론은 각자의 마법을 점검했으며, 서은채도 자신의 소환수를 꺼내 버프를 걸었다.

두두두두!

곧이어, 미약하게 공간이 흔들렸다. 저 멀리서 달려오는 수많은 몬스터들의 소리였다.

꼴깍!

서은채가 침을 삼켰다.

"……."

중앙 원형 홀. 가운데만 빛나는 조명. 그리고 등불이 없이 시커먼 네 개의 커다란 통로. 그곳에서 멀리 들려오는 괴음들이 귀를 자극했다.

"……갑자기 팍 긴장되는데요?"

"앞으로 이틀간 지옥이 열린다고 생각해도 좋아."

"각오는 했어요."

좋다. 이제는 진짜 각오해야 한다. 놈들의 성향은 공격적이니까.

아마 육편의 파도처럼, 아니, 쓰나미처럼 밀려 들어올 거다. 서로가 서로를 밟고 부딪쳐 박살이 나면서도 끝없이 비집고 들어올 거다.

오직. 우리를 죽이기 위해서.

"할 수 있어. 쫄지만 않으면 돼."

"그건 당연하죠."

"자, 준비해라. 왔다. 10초 전."

눈을 감지 않아도 느껴졌다. 얼마나 많은 놈들이 이쪽으로 달려오는지.

나는 창을 다시 고쳐잡았다.

"7초 전."

사실, 37층 히든 피스가 생존의 키다. 그나마 40층의 클리어 확률을 높여줄 열쇠.

나는 다시금 마음을 잡았다. 주먹에 힘이 빡 들어갔다. 여기 있는 모든 경험치를 습득하고 최대한 강해져야 한다. 그래야 이 빌어먹을 저주에서 살아남을 확률이 높아진다.

"4초 전."

이제 바로 눈앞에 있는 것 같은 소리가 들렸다. 거대한 괴성 소리와 울부짖음이 미궁 중앙을 쩡쩡하게 울렸다.

화르르륵!

뿔하피가 불을 준비했고.

파즈즈즉!

실베론이 전격 마법을 영창했다.

"1초 전, 가자!"

콰르르르!

곧이어 어둠 속에서 튀어나오는 괴물들. 나는 쏟아지는 몬스터들 사이로 몸을 집어 던졌다. 그리고 이어지는 전투의 흐름에 몸을 맡겼다.

콰직!

창이 몬스터의 아가리를 뚫고 지나간다.

'켄타우로스'(★★★★). 첫 웨이브 상대는 이놈들이었다.

반인반마의 괴물. 기동속도가 빠르고 하체 힘이 강하기에 상대하기 까다로운 녀석들이다.

[타올라랏!]

옆에서 뿔하피의 외침이 들려왔다.

화르르륵!

화염이 폭발했다. 통로 한가운데서 일어난 폭발이 주변을 모두 삼켜 버렸다. 고기 타는 냄새와 검은 연기가 통로를 가득 채웠다.

"유지넬! 바람!"

뒤에서 들려오는 서은채의 외침. 시커먼 연기들이 통로 안쪽으로 말려 들어갔다. 유지넬은 힐링뿐만 아니라 이런 잡일들도 도맡아 했다.

"클레어 버프! 바토리 방깎 넣어줘!"

"아저씨! 실베론 쪽에서 한 명 그쪽으로 가요!"

서은채는 중앙에서 계속 명령을 내렸다.

아마 그녀가 제일 정신 없을 거다. 석궁도 틈틈이 쏴줘야 했고 버프 타이밍을 계산해야 했으며, 폭넓게 전장을 파악해야 했다.

[제기랄! 미안하다, 주인! 놓쳤다!]

"괜찮아요! 제가 처리했으니까! 집중하세요!"

[……본체로 변신할 수만 있다면…….]

"안 돼요! 그러면 미궁 무너져요!"

그녀는 실베론과도 커뮤니케이션했다.

'거 인정사정없네.'

그다음 정신없는 건 나였다. 두 개의 통로에서 끊임없이 쏟아지는 몬스터들. 한 마리라도 놓치면 난장판이 되어버릴 거다. 순식간에 포위되고 그때부턴 각자 생존해야 하는 상황이 오겠지.

"읏."

마침 나도 한 마리를 놓쳤다.

슈우웅! 푸슉!

그러나 곧 날카로운 볼트가 지나간 녀석의 대가리를 꿰뚫었다. 역시 서은채.

그는 절대 이런 상황을 용납하지 않았다. 잊었는데, 그녀도 산전수전 다 겪은 베테랑이었다.

[크으윽!]

고통스러워 보이는 실베론의 음성. 나는 싸우며 잠깐 뒤를 살폈다. 실베론의 상처에서 피가 흘러내리고 있다.

많이 힘들어 보였다. 태생 5성이라 해도 탑 37층은 별수 없다. 그것도 보통 37층이 아니라 히든 피스다.

이건 어쩔 수 없는 부분이다. 실베론은 비교적 늦게 소환됐기에 다른 몹에 비해 숙련도나 경험이 많이 낮으니까.

[괜찮다, 주인! 아직 버틸 만해!]

실베론이 외쳤다. 물론, 곧바로 유지넬이 달려가 힐링을 했다.

"아저씨! 어떡하죠?"

"왜!"

"점점 균형이 깨지고 있어요! 이런 식으로 가다간 오래 못 버틸 것 같아요!"

서은채가 표정을 구기며 말했다.

'제기랄.'

힘들 줄은 알았지만, 생각보다 상황이 더 안 좋았다. 확실히 다섯 명이 깨던 미션을 둘이서 하려니 벅찼다. 아무리 내가 잘 컸다지만, 난 다시 한번 포지션의 중요성을 느꼈다.

'할아버지만 있었어도 이렇게 어렵진 않았을 텐데.'

놈들의 질주를 막아줄 탱커의 역할이 이렇게 중요하다.

'이젠 어쩔 수 없어.'

꼼수를 써보자.

"실베론! 뾜하피 쪽으로 빠져!"

[아, 아직 괜찮다! 주인!]

"잔말 말고 빨리!"

내 강한 명령에 실베론이 빠졌다. 나는 즉시 실베론이 있던 통로 사이에 전투 잠수함 'GC-202'를 소환했다. 여기서 버리긴 싫었는데 어쩔 수 없다.

콰가가각!

곧이어, 커다란 전투 잠수정이 미궁 통로 하나를 꽉 끼어 막았다.

"지니! 어뢰 설치! 그리고 방어체계!"

[알겠습니다. 마스터.]

미안하지만, 앞으로의 여정에 전투 잠수함은 쓸 일이 없다. 이곳에서 최대한 탱커 역할을 해주길 바래야 한다. 영원히 소멸하는 일이 있더라도.

콰가가강!

통로 건너편에서 폭음이 들렸다. 동시에 들어오는 막대한 경험치. 어뢰가 지상에서 터진 거다. 그와 동시에 함체를 강철로 감싸 방어하는 지니.

잠수함 방어체계. 약 1시간 동안 방어력을 극대화하는 스킬이다. 5성 몬스터의 공격에도 흠집 하나 나지 않았던 강철이다. 아마 스킬 사용시간 동안은 버텨줄 거다.

깡깡깡!

역시 쇳소리만 들려올 뿐, 잠수함은 미동조차 하지 않았다.

"실베론!"

[……주인.]

목소리에 힘이 없는 실버 드래곤.

"일단 휴식한 다음 나중에 참전한다."

[나는 괜찮…….]

"조용해! 이번 미션은 장기전이야. 계속 달라붙어 봐야 체력만 낭비하는 거다! 회복하고 나중에 뿔하피랑 교대할 거니까 일단 쉬어!"

[아, 알겠다. 주인.]

그렇게 전투는 지속됐다.

[크리티컬!]

['켄타우로스 전사'(★★★★)를 처리합니다!]

['켄타우로스 궁수'(★★★★)를 처리합니다!]

['켄타우로스 창술가'(★★★★)를 처리……]

시야 한쪽에는 정말 처치 메시지가 끊임없이 올라왔다. 누가 보면 매크로라도 돌리는 줄 알 거다. 경험치 역시 빠른 속도로 쌓여갔다. 쌓이는 사체들은 휘몰아치는 마법 속에 다 녹아 소멸했다.

나는 계속 보법을 밟았다. 정신없이 창을 휘두르고 베었다. 그렇게 약 두 시간이 흘렀다.

GC-202는 이미 소멸한 지 오래였다. 태생 5성짜리였지만, 「갓 컴퍼니」가 한정적으로 사용하라 준 거기에 아깝다는 생각은 들지 않았다.

[남은시간 32:00:00]

나는 남은 시간을 확인했다. 히든 임무를 시작한 지는 총 16시간. 그래도 나름 많이 버텨줬다.

나는 주변을 둘러봤다. 빨하피는 명불허전이었고, 실베론도 이젠 나름 적응했는지 잘 싸워줬다.

확실히 성장하고 있는 게 느껴졌다.

레벨은 둘째치고 스킬 숙련도가 정말 미친 듯이 올랐다.

'잘해주고 있네.'

크아아아아!

그때였다. 엄청난 괴성과 함께 공간이 흔들렸다.

'드디어 왔군.'

'보스 미노타우로스'(★★★★★). 본래 37층의 보스다. 다만, 히든 피스에서는 때가 되었을 때 총 네 마리가 동시에 나온다. 통로당 한 마리씩.

"이, 이건 또 뭐예요?"

서은채가 경악했다. 뿔하피와 실베론도 표정이 굳었다.

"이제부터 진짜 시작이야."

반인반우의 거대한 몸체를 지닌 괴물. 날이 시퍼렇게 선 도끼를 든 놈들이 사방에서 나타났다.

키아아! 크아아!

놈은 피아식별을 하지 않았다. 움직이며, 수많은 켄타우로스들을 밟아 찢었다.

파가가각!

뿔하피와 실베론이 마법을 사용했다. 그러나 놈들의 가죽엔 흠집 하나 나지 않았다. 그러다 보니, 서서히 뒤로 밀릴 수밖에 없었다.

"크, 큰일인데요?"

[주인님! 얘네 너무 튼튼해!]

[이거 골치 아픈 상대로군.]

그럴 수밖에. 본래 탑 한 층의 보스들이니까.

나는 이를 악물었다.

"전부 중앙으로 모여!"

"그, 그럼 통로가 뚫려요!"

"괜찮아. 최대한 가운데로 유인해!"

지금으로서 놈을 쉽게 잡을 수 있는 방법은…….

'섬창'(殲槍), '불지옥'. 이 두 개뿐이다.

그러나 '불지옥'은 최후의 수단이다. 왜냐. 피아식별을 하지 않기 때문이다. 서은채야 뿔하피로 지킬 수 있다지만, 실베론이

나 다른 몬스터들은 불지옥에 고스란히 노출될 수밖에 없다.

'그렇다면 남는 수단은 하나.'

섬창인데. 이건 또 단일대상 스킬이다. 최대한 각을 보다가 위험할 때 사용해야 한다.

'일단 싸워보자.'

벌써 놈들이 눈앞에까지 다가왔다. 뒤로 빠졌기에 밀려오는 켄타우로스들 역시 우리를 서서히 포위하고 있는 상태. 솔직히 불지옥으로 한 번에 쓸어버리고 싶은 생각이 들긴 든다.

"한 놈부터 다굴해! 내가 선빵 칠 테니까 거기다 방깎 걸어 주고!"

"같이 잡아야 하는군요!"

"혼자선 절대 못 잡아!"

놈은 방어력이 미친 듯이 뛰어난 몬스터. 그렇기에 '방어력 감소' 스킬은 필수다.

퉁!

바로 허공으로 튀어 올랐다. 그리고 시뻘건 눈빛으로 쳐다보는 놈의 안면에 창을 들이박았다.

깡!

울리는 쇳소리. 세상에, 피부에서 쇳소리가 나다니 얼마나 단단한 거야?

깡! 깡!

그래도 계속 휘둘렀다. 창은 튼튼했다. 아마 '무명'(無名)이 아니었다면 진즉에 박살 났겠지.

"크윽."
그런데 이상한 느낌이었다. 때리면 때릴수록 내가 아파지는 느낌. 관절이 저려 오고 충격이 내부를 흔들었다.
"방깎 건 거 맞아?"
"네! 걸었어요!"
"근데 왜 이래!"
"저, 저야 모르죠!"
제기랄, 아무래도 놈의 방어력이 도를 넘어선 것 같다. 곧 놈의 눈빛이 번뜩였다.
후웅!
도끼가 빠르게 날아왔다.
"피해!"
콰아앙!
땅이 갈라지고 파편이 튀었다. 마치 폭격이 떨어진 것 같은 느낌.
나는 그 상황에 곧바로 서은채를 안고 날았다. 뿔하피와 실베론, 유지넬 등등도 허공으로 날아올라 피했다.
공격은 한 번이 아니었다. 다른 '보스 미노타우로스'들도 마찬가지로 도끼를 휘둘러 댔다.
콰아앙! 콰아앙!
이미 중앙에 있는 비상식량들은 흙먼지 속에 파묻혔고 도끼의 궤적은 비처럼 틈 없이 떨어져 내렸다. 그야말로 답도 없는 상황.
"어, 어떡해요! 공격이 안 먹히는데! 그것도 네 마리나 있어요."

[주인, 이건 힘들어 보인다.]

나는 유려하게 날며 생각했다. 다들 상태가 많이 좋지 않았다. 저 소 새끼들뿐만 아니라 말 새끼들도 화살을 날리고 투창을 한다.

'어쩔 수 없군.'

일단 한 마리부터 떨구고 시작하자.

나는 섬창을 가동했다.

['섬창'(殲槍)을 가동합니다.]

"꺄악!"

오른 창에는 기운을 가득 담았고 왼팔로는 서은채의 허리를 감고 있었다. 놈들의 공격을 피하느라 움직임이 거칠어질 수밖에 없었다.

콰아앙! 콰아앙!

놈들이 도끼를 연속으로 내려쳤다. 사방으로 튀는 파편에 맞아 옷과 피부가 너덜너덜해졌지만, 간신히 치명타는 면했다.

그동안 비행 연습을 한 게 다행이었다. 도끼의 궤적만 파악하면 쉽게 피할 수 있으니까.

퉁! 퉁!

나는 허공을 더 날아 표적 머리 위에 도달했다. 동시에 아래로 창을 내리꽂았다.

쿠웅!

섬창 레벨5. 놈의 머리부터 발끝까지 관통했다.

[크리티컬!]
['보스 미노타우로스'(★★★★★)를 처리합니다!]

단박에 먼지로 사라지는 괴물. 그러나 아직 세 마리나 남았다.
"다들 좀만 버텨!"
"아저씨! 뒤에요!"
옆에 안겨 있는 서은채가 외쳤다. 그녀는 정신없는 와중에도 내 주변 상황을 다 파악해 주고 있었다.
퉁!
나는 급하게 허공 바닥을 차올랐다. 그러자 아슬아슬하게 스쳐 가는 놈의 도끼날.
"다음은 저놈이다! 순차적으로 잡아!"
"네! 방깎 걸게요!"
'클레어'의 환기를 통해 쿨타임을 감소시켰는지, '바토리'의 '방어력 감소' 스킬이 즉시 들어갔다.
"나이스!"
[나도 간다! 깃털 폭파!]
[뒤에서 지원하지.]
도끼를 한차례 휘두른 놈.
나는 곧바로 창으로 놈의 대가리를 찔렀다.
깡!

'……×발.'

역시, 단단한 피부. 제대로 대미지가 들어가지 않는다.

미노타우로스의 눈이 반달처럼 휘었다. 마치 비웃는 것 같았다.

콰가가강! 파즈즈즉!

소환수들의 공격에도 미동조차 하지 않는다.

'뭐, 이딴 괴물이.'

나는 급히 발을 뻗어 뒤로 빠졌다.

놈이 2차 공격을 준비했기 때문이다.

"아저씨! 다른 놈들도 다가와요!"

[이제 어떡해야 하나, 주인!]

[주인님! 얘 무서워!]

너도 무섭니? 나도 무서워.

"점점 몬스터들로 공간이 가득 차요!"

서은채가 외쳤다. 그녀의 말마따나, 이젠 피할 곳도 마땅치 않았다.

'일단 자리를 만들자.'

적당한 공간을 확인했다. 그 후, 켄타우로스들로 가득 찬 공간에 검은 오오라가 담긴 '무명'(無名)을 내질렀다.

콰아아앙!

터지는 스플래시 대미지. 쓰러지는 놈들의 사체 위로 가볍게 낙하했다. 뿔하피와 실베론, 유지넬 등등도 따라왔다.

'아직까지 피해는 전무해.'

나는 속으로 중얼거렸다. 그러나 딱히 답이 보이는 건 아니다. 방법이 하나 있다면, 일행들을 어떻게든 뿔하피 날개로 숨겨놓고 '불지옥'을 소환하는 건데…….

'소환하면 시원하긴 하겠네.'

근데 그건 진짜 최후의 수단이다. 고작 저 소 새끼들이 끝이 아니기 때문이다.

쿵! 쿵! 쿵!

세 마리가 다시 달려왔다. 고마운 건 달리면서 켄타우로스들을 죽여주고 있다는 거. 아, 그럼 경험치를 뺏기는 건가? 어쨌든…….

[아무래도 브레스를 써야 할 것 같다, 주인.]

실베론이 폴리모프 해제를 요청했다.

"아직, 기다려 봐!"

내가 몬스터 하나를 처리하며 말했다.

그러자 서은채가 다급하게 외쳤다.

"어쩌려고 그래요!"

"아직 카드가 하나 남았거든."

내가 희망을 걸어볼 만한 또 하나의 카드. 그건 바로 내 창 '무명'(無名)에 있다.

우우웅!

창이 진동했다. 상태창으로 확인한 결과 레벨 20까지 코앞이다. 그때까지만 버텨보면 된다.

'정 안 되면 그때 불지옥을 소환하는 거고.'

그러나 확신은 있다. '무명'(無名)은 직접적으로 「갓 컴퍼니」와 연관된 창. 분명, 이 히든 피스 사태를 해결해 줄 방안을 마련했을 거다.

"아저씨?"

"됐어, 마지막이야!"

다가오는 소들을 무시하고 말 한 마리의 목을 베었다. 창에서 화려한 오오라가 발산한 것은 그때였다.

"……?"

[띠링-]

['무명'(無名)(EX급)의 레벨이 20에 도달합니다.]

['무명'(無名)(EX급)이 한 단계 성장합니다.]

[새로운 능력이 부여됩니다.]

'됐어!'

심호흡한 후, 재빨리 정보를 확인했다.

'제발, 갓 컴퍼니 새끼들아.'

나한테 투자한다던 간섭력 좀 제대로 써봐라.

['무명'(無名)(EX급)]

눈으로 스캔한 정보.

추가된 사항은 단 하나였다.

몬스터의 모든 방어력을 무시합니다.

'방무댐?'

방어력 깎기가 아닌 방어력 무시. 단언컨대, 「몬스터즈」를 10년간 하면서 처음 보는 능력이었다.

본래 몬스터들에겐 고유의 방어력이 있다. 그리고 그 방어력을 퍼센트로 감소시키는 '방깎'이 0티어 사기 디버프다.

'그런데 방무라고?'

사기보다 더한 사기 능력이 나와 버렸다. 써본 적이 없기에 모르지만, 왠지 저 단단한 소 새끼들한테 통할 거 같았다.

"아저씨! 이제 어떡하냐고요!"

[놈들이 온다, 주인!]

당황하는 일행들을 보며 나는 웃었다.

그리고 노오란 기운을 창에 담았다.

['디스트럭션 쇼크웨이브'를 가동합니다.]

창에는 노란 기운만 있는 게 아니다. '무명'(無名) 자체에서 발하는 검푸른 기운도 있었다.

밝게 빛나는 창. 그 창에 담긴 기운을 나는 좌에서 우로 휘둘렀다. 부채꼴로 펼쳐지는 파멸의 광역기였다.

수우우욱!

온몸에서 빠져나가는 기운과 함께 휘몰아치는 창격!

곧이어- 콰가가가!

공간을 부수는 굉음이 울려 퍼졌다. 전방에서 켄타우로스들이 참혹하게 갈라졌다. 공간 안에 꽤나 쌓여 있었기에 엄청난 수량의 말들이 즉사했다.

[크리티컬!]

['켄타우로스 전사'(★★★★)를 처리……]

[레벨이 올랐습니다!]

[모든 상태 이상을 회복합니다.]

그리고 미친 듯이 솟구치는 메시지들.

"무, 무슨!"

서은채가 기함했다.

[주인님! 멋져!]

[역시 주인답군.]

소환수들도 표정이 풀렸다.

'역시 먹힌다.'

고작 켄타우로스 몇 마리 잡았다고 일행들이 놀란 게 아니다. 무적과도 같았던 소시키들. 그놈들이 내가 쏘아낸 기운에 뒤로 강하게 밀렸기 때문이다.

"이제 통하는 거예요?"

서은채의 물음에 난 씨익 웃었다.

"레너드……. 그래도 좀 생각은 있는 놈이네."

고통에 울부짖는 '보스 미노타우로스'들.

이제 놈들을 맛있는 소고기로 요리하는 일만 남았다.

파즉!

소의 대가리가 순두부처럼 으깨졌다.

[크리티컬!]

['보스 미노타우로스'(★★★★★)를 처리합니다!]

얼마 후 마지막 한 마리까지. 완벽히 처리했다.

"와, 갑자기 왜 이렇게 세진 거예요?"

"저놈들은 방어력만 무식하게 세거든."

"아?"

"그리고 내 창은 방어력을 무시하고."

"그, 그렇군요. 그럼 이제 잡을 건 다 잡은 건가요?"

주변을 둘러다 봤다. 빨하피와 실베론이 스킬을 난사하며 켄타우로스들을 몰아내고 있는 상태였다.

미노타우로스 네 마리를 잡았다 해서, 켄타우로스들이 나오지 않는 게 아니다. 아직도 통로에서는 징그럽게 밀려 들어오고 있었다.

"아니."

나는 고개를 저었다. 그리고 말을 이었다.

"아직, 멀었어."

아직 그놈이 나오지 않았다. 그리고 그놈은 방금 상대했던 소들보다 더 강력하고 무서울 거다.

상황은 빠르게 정리됐다. 공간 안에 있는 몬스터들을 밖으로 밀어냈고, 각자 통로를 지키며 사냥에 나섰다.

배고플 땐, 흙먼지로 뒤덮인 육포를 그냥 뜯어 먹었다. 이것저것 가릴 때가 아니었다.

“아저씨, 졸려요.”

시간이 계속 흘렀다. 나야 스킬 때문에 피로하지 않다지만, 서은채는 조금씩 힘겨워하는 게 느껴졌다.

그러나 차마 쉬라고는 못 했다. 매번 상황이 스펙타클하게 흘러갔기 때문이다.

“어쩔 수 없어. 좀만 힘내.”

“네에.”

합체족으로 인한 체력 상승 덕분에 이젠 2~3일 정도 못 잔다고 큰 문제가 생기진 않는다. 물론, 힘들기야 하겠지만.

몬스터는 점점 강력하고 끈질긴 놈으로 섞여 나왔다.

처음엔 ‘켄타우로스’(★★★★). 다음엔 ‘사티로스’(★★★★). 그다음엔 ‘켈크롭스’(★★★★)까지.

그래도 견딜 수 있는 이유는 분명했다. 난이도가 어려워지는 만큼, 일행들도 성장하고 있었기 때문.

[간드앗! 파이어 월!]

[체인 라이트닝!]

뿔하피와 실베론은 점점 고급 스킬들을 활용했다. 상태창을 확인하니 둘 다 벌써 숙련도 10을 넘겼다.

푸숙! 서걱!

나 역시 끊임없이 휘두르고 베고 찔렀다. 놈들의 비늘을 찢었으며, 급소를 그었다.

[레벨이 올랐습니다!]

[모든 상태 이상을 회복합니다.]

그동안 내 레벨은 56을 달성했고 서은채는 48을 달성했다. 주예린의 현재 레벨이 46이니, 벌써 서은채가 주예린을 넘어선 것이다.

[남은 시간 5:00:00]

그렇게 5시간이 남았을 때였다.

화르르르륵!

공간이 갑자기 시뻘게졌다. 후덥지근한 열기가 회오리처럼 넘실댔다. 사방에서 쏟아지던 몬스터들이 불에 타 녹기 시작했다.

"뭐, 뭐예요, 이건?"

일행들이 당황했다. 나와 뿔하피는 괜찮았지만, 몇몇 소환수들이 고통을 호소하기 시작했다.

"드디어 나왔군."

"뭐, 뭔데요?"

"히든 피스 최종 보스."

끼오오오오오!

멀리서 닭 홰치는 소리가 들렸다.

쿠구구구구!

사방을 막고 있던 미궁 벽들이 아래로 꺼졌다. 그리고 저 멀리 보이는 붉게 타오르는 닭.

'피닉스'(★★★★★). 죽어도 죽지 않는 새.

앞으로 남은 다섯 시간은 놈에게서 버텨내야 한다.

화(火) 속성 몬스터 '피닉스'는 그중에서도 최상위 티어에 속한다. 고작 '히든 피스'의 몹 따위가 탑의 악마인 '플뤼톤'과 비슷할 정도니 말 다 했지.

끼오오오오!

놈의 눈이 빨갛게 번뜩였다. 날갯짓을 할 때마다 화염이 몰아쳤다.

"뿔하피!"

[응! 주인님! 싸울까?]

"아니! 날개로 다 덮어!"

[응?]

"일행들 날개로 덮으라고!"

내가 지금껏 '불지옥'을 아꼈던 이유. 바로 놈을 상대하기 위해서다.

'눈에는 눈 이에는 이'. '화염의 정수'로 맞불을 놓을 생각이었다.

"다들 날개로 들어가! 유지넬, 클리어, 쉐핀, 바토리도!"

서은채가 외쳤다.

그녀가 가지고 있는 소환수들이 전부 크기가 작아 다행이었다. 실베론까지 해서 뿔하피의 화염 날개에 전부 쏙 들어갔다.

'잘 되겠지?'

걱정은 없었다. 첫 번째 이벤트 '집단 대항전'에서 확인했으니까. 뿔하피의 날개는 내 '불지옥'으로부터 일행들을 안전하게 보호해 줄 거다.

'그럼 가자.'

간만에 마음속으로 읊조렸다. 심장에 있는 불의 기운을 통제했다.

[아공간 '불지옥'이 활성화됩니다.]

화르르륵!

순간, 섬뜩한 기운이 공간 전체를 지배했다. 커다란 원형 문도 생겼다.

끼오오?

피닉스가 당황한 듯 멈춰 섰다. 그래, 어떠냐 불 맛이. 이게 바로 정수의 힘이다.

['불지옥' 내 테이밍 된 몬스터들이 출동을 준비합니다.]

['불지옥' 문을 여시겠습니까?]

[문은 10분 동안 열 수 있습니다.]

두근-

막대한 힘에 가슴이 뛰었다. 마치 이 세상에 존재하는 모든 화염의 기운이 내 통제 아래 놓인 기분이었다.

그러나 역시 '피닉스'는 '피닉스'일까. 그 기운에도 아무렇지도 않다는 듯, 울부짖으며 질주했다. 고작 탑 20층짜리 몬스터들로 뭘 어쩔 거냐고 말하는 듯했다.

그렇게-

피닉스 vs 불지옥. 불의 전투의 서막이 울렸다.

"가만히 기다리고 있어."

뾸하피의 품속에 안긴 일행들. 그 모습이 분위기에 어울리지 않게 뭔가 귀엽다.

"조, 조심하세요!"

서은채가 안에서 외쳤다. 이제 더 이상 잡 몬스터는 나오지 않았다. 하긴, 더 나와봐야 의미가 없었다. 나와봤자, 저 '피닉스'의 붉은 날개 아래 다 녹아버릴 테니까.

'화염의 군주'(EX급). 모든 화(火) 속성 몬스터를 통제할 수 있다는 스킬. 하지만 놈에게는 해당하지 않았다. 아마 서로의 격차가 너무 심해서 그런 걸 거다.

앞을 바라봤다. 뜨거운 화염의 폭풍 속에서 놈이 날 정확하게 노려보고 있었다. 갑작스러운 정수의 기운에 경계하고 있긴 하지만, 분명 그 적의는 거셌다.

'뭐, 어쩔 건데?'

계속 기운을 통제했다. 놈과 나 사이에 있는 지옥의 문.

그 문이 천천히 열리기 시작했다.

끼이이이!

소름 끼치는 소리가 들려왔다. 그와 동시에 봉인되어 있던 탑의 몬스터들이 튀어나왔다. 탑의 한 층을 풍미했던 보스들이었다.

"공격해라."

콰아아아! 화르르륵!

그렇게 전투가 시작됐다. 내 명령에 몬스터들이 덤벼들었고 피닉스도 거세게 저항했다.

1:5의 싸움. 나도 참전하고 싶었지만 할 수 없었다. 이 기운을 통제하는 것만으로도 벅찼으니까. 식은땀이 줄줄 흘렀다.

'10분의 시간.'

그 안에 최대한 피닉스에게 대미지를 입혀야 한다. 어차피 놈은 죽지 않는다. 그렇기에 최대한 피해를 줘야 5시간을 그나마 버텨낼 수 있다.

콰득!

곧이어 만티코어가 피닉스의 날개를 물어뜯었다.

콰르르르!

인페르노의 주먹과 발록의 채찍이 반대쪽 날개를 후려쳤다.

불과 불의 싸움. 공간을 뒤흔드는 충돌에 온몸이 저릿해 왔다. 사방 천지에 활활 타오르는 소리밖에 들리지 않았다.

"미, 미쳤네요."

[이런 전투는 생에 본 적이 없는듯하군.]

서은채와 실베론이 날개 속에서 감탄했다. 뾀하피는 가끔 튀는 불똥들을 컨트롤하며 일행들을 보호하는 데 집중하고 있었다.

끼오오오!

역시나 피닉스는 강력했다. 다섯 몬스터에게 밀리지 않고 반격했다. 날갯짓 한 번에 몬스터들이 수 미터씩 밀려났고 이어지는 고급 화염 스킬에 육체가 폭발했다.

마치 신화의 한 장면을 보는 느낌. 전설 속의 괴물들이 왕좌를 다투기 위해 싸우는 느낌이었다.

"크으."

내가 할 수 있는 건 단 하나였다. 기운을 최대한 정교하게 통제하는 것.

전투는 지속됐다. '피닉스'가 아무리 대단한 몬스터라지만, 정수의 기운과 다섯 몬스터의 합공 역시 대단했다.

'좋아, 힘이 빠지고 있어.'

활활 타오르는 불길이 점점 약해져 갔다. 나는 더욱 정신없이 몰아세웠다. 기운을 압축해 쏘기도 했고 몬스터들이 공격할 타이밍에 힘을 실어주기도 했다.

그리고 마침내!

['피닉스'(★★★★★)의 체력이 0이 됩니다.]

[알로 변합니다.]

[지속시간 00:03:00]

끼오오오!

단말마의 비명과 함께 새가 움츠러들었다. 날개와 머리 다리를 가운데로 둥글게 감싸더니 불로 이루어진 알이 되었다.

'저게 끝이 아니지.'

약 3분이 지나면 다시 완전한 피닉스로 부활한다. 그전에 최대한 피를 깎아둬야 한다.

"계속 공격해!"

크와아앙!

몬스터들은 공격을 멈추지 않았다. 그냥 어떻게든 딜을 넣으려고 미친 듯이 때리고 휘두르고 스킬을 넣었다. 그러나 커다란 알의 방어력은 상상 이상이었다.

그렇게 1분 정도가 흘렀을까-

['불지옥' 문이 닫힙니다.]

10분이 지났는지, 불지옥이 닫혀 버렸다.

"지금이야!"

곧바로 일행들에게 외쳤다.

[응! 주인님!]

뾸하피가 먼저 날아올랐다. 그리고 '호루스의 깃털 폭파'를 쏘아냈다.

콰가가강!

일행들도 나서서 공격에 집중했다. '불지옥'이 끝난 이상 더는 뿔하피의 보호를 받지 않아도 된다. 그래도 몇몇 몬스터를 제외하고는 다 '화염 저항' 레벨 4인 상태이니까.

나 역시 창을 들었다. 내 창은 '방어력 무시' 효과를 지녔기에 아마 쉽게 저런 거에 유효타를 날릴 수 있을 거다.

푸숙! 푸숙!

알에 들어가는 검은 창. 정통적인 '베르트랑 찌르기' 자세로 연달아 공격했다.

[광전사(狂戰士) 모드(Lv.4)를 활성화합니다.]

[제한 시간:10분]

조금이나마 딜을 더 넣기 위해 광전사 모드도 사용했다. 시야가 붉어졌고 속도가 더 빨라졌다. 창에 에너지가 더욱 실리기 시작했다.

"알의 화력이 점점 약해지고 있어요!"

"조금만 더 때려!"

아직 아니다. 불이 좀 더 약해져야 한다. 그렇다고 너무 많이 때려서도 안 된다. 그럼 사망 판정되고 다시 완전한 모습으로 부활하게 되니까.

그렇게 몇 번 찔러넣었을 때였다.

[지속시간 00:00:00]

['피닉스'(★★★★★)가 부활합니다.]

화르르륵!

알이 다시 새로 변했다. 죽지 않는 새의 위엄. 놈을 잡을 수 있는 방법은 없다. 「몬스터즈」 때도 꿋꿋이 싸워가며 다섯 시간을 버텨냈었다.

"다들 뒤로 빠져!"

"넵!"

그나마 다행인 건 화력이 약한 상태라는 것.

끼오오오!

놈이 열 받는다는 듯 포효했다. 열기가 느껴지진 않았지만, 아지랑이가 눈을 어지럽히는 것 보니 주변이 고온인 것 같았다.

화르르륵!

"꺄악, 클레어! 쉐핀! 안 돼!"

뒤에서 서은채의 비명이 들려왔다.

내가 외쳐 물었다.

"무슨 일이야!"

"흐흐흑! 클레어, 쉐핀, 안 돼! 이거 어떡해? 어떡해요? 흐흑."

곧이어, 들리는 그녀의 울부짖음. 급히 뒤를 쳐다보자, 두 요정족이 천천히 녹아 사라지고 있었다.

요정족은 목(木) 속성 몬스터. 이 열기를 견딜 수 있는 재간이 없었다. 잠깐의 노출로 소멸당한 것이다.

"제기랄! 정신 차리고 딜 준비해!"

"흐흐흑, 네."

아마, 교감을 많이 쌓았을 거다. 정든 건 이해하지만, 어쩔 수 없다. 지금은 생존이 걸린 문제. 슬픔에 빠져 있을 시간이 없었다.

쾅!

창과 놈의 발톱이 마주쳤다.

"커헉!"

아무리 약해졌다 해도 '피닉스'는 '피닉스'. 온몸이 부서질 것 같은 압력이 느껴졌다. 창을 잡고 있는 손이 부들부들 떨렸다.

화르륵!

놈이 나에게 날개를 휘둘렀다. 본능적으로 창을 들었지만, 괴물 같은 힘에 당해낼 수 없었다.

[주인님!]

[괜찮나, 주인!]

"아, 아저씨!"

튕겨 나가는 몸.

시야가 빙글빙글 회전했다. 뒤로 수 바퀴나 굴러서야 멈춰 섰다.

"크윽!"

다시 몸을 통제하고 중심을 잡았다. 하얀빛이 몸을 감쌌다. 뒤에서 유지넬이 힐링을 넣고 있었다.

[감히! 죽어랏!]

뿔하피가 뿔을 날렸다. 피닉스가 살짝 뒤로 밀렸다.

「창공의 지배자」 효과가 터져 추가 대미지가 들어간 덕분일 거다.

"너무 세게 공격하진 마!"

이제부터 놈을 잡으면 안 된다. 그냥 이런 식으로 시간을 질질 끌어야 한다.

[응! 주인님은 괜찮은 거지?]

"난 괜찮으니까, 집중해!"

솔직히 암담했다. 아직 15분 정도밖에 지나지 않았다는 사실이 더 그렇다.

나는 다시 달려 나갔다. 두들겨 맞더라도 내가 계속 시선을 끌어줘야 시간을 버틸 수 있다.

퉁!

그대로 허공에 떠올라 놈의 눈깔에 창을 내질렀다. 그러나 쉽게 맞아줄 놈이 아니다. 가볍게 뒤로 날아서 피했다. 나는 뒤를 돌아다보며 외쳤다.

"계속 공격해서 정신없게 해!"

1:1 상황이 되면 골치 아파진다. 계속 어그로를 분산시켜야 한다. 그래야 내가 부담이 덜 하다.

"이 상태로 계속 버티는 게 최선이야!"

특히, 나는 공격할 듯 말 듯한 상황을 계속 유지해야 한다. 내 창은 방무뎀이기에 놈을 너무 많이 때리면 다시 알로 변해버릴 거다. 그리고 그때는 불지옥의 힘이 없기에, 지금보다 더 강해진 상태로 부활하겠지.

화르르륵!

놈의 눈이 번뜩인 것은 그때였다. 순간, 섬뜩한 기운이 공간을 감쌌다.

'저…… 건.'

기억났다.

'피닉스'(★★★★★)의 궁극기. 플레임 노바.

단일 대상의 몸 내부에서 화염을 폭발시켜 딜링을 하는 놈이 가진 최강의 스킬이다. 대충 '섬창'(殲槍)과 비스름하다 보면 된다.

'그걸 벌써?'

나는 급히 뒤로 빠졌다. 놈의 시선이 향하는 곳은 바로 나.

'제기랄.'

심장이 콩닥거렸다. 일단, 저걸 맞으면 그냥 즉사다.

'화염 저항' 만렙이고 뭐고 없다.

'벌써 쓰긴 싫었는데.'

이젠 어쩔 수 없다. 놈이 날개를 큰 동작으로 젖혔다. 어마어마한 기운이 쏟아지기 시작했다.

'지금!'

그리고 놈이 휘두르려는 찰나-

['용맹무쌍'(勇猛無雙)을 가동합니다.]

5초 무적 스킬을 발동했다.

콰아아앙!

내부에서 무언가가 폭발했다. '플레임 노바'의 막대한 기운이 내부에서 들끓어 올랐다. 하지만 타격은 없었다. 용맹무쌍이 제대로 들어간 것이다.

두근- 두근-

심장이 뛴 것은 그때였다.

'응?'

그 기운에 심장에 자리 잡은 정수의 힘이 반응했다.

'뭐지?'

폭주하듯 들끓는 그 기운을 심장이 빨아들이기 시작했다.

'허, 세상에.'

'화염의 정수'가 '피닉스'의 궁극기를 흡수하고 있었다. 미친 듯이 폭주하는 그 기운을 심장이 그대로 먹어버렸다.

곧이어-

[띠링-]

['화염의 군주'(EX급) 스킬의 레벨이 1 상승합니다.]

['테이밍' 가능 몬스터의 수가 1 증가합니다.]

'……무슨?'

만류귀종 이후로 또 처음 보는 캐릭터 스킬의 레벨업. 그와 동시에 믿지 못할 메시지가 떴다.

['피닉스'(★★★★★)를 테이밍하시겠습니까?]

'미친.'

이걸 테이밍할 수 있다고? 절대 죽지 않는 무적의 몬스터를?

"한다!"

생각할 시간도 없었다. 바로 급하게 외쳤다. 저것만 테이밍할 수 있다면, 이번 '히든 피스'는 거저먹는 것과 다름없다.

끼오오오오!

곧이어 피닉스가 강하게 울부짖었다. 그리고 날카롭던 기세와 열기가 사라지고 온순하게 바닥에 내려앉았다.

"뭐, 뭐예요? 갑자기!"

서은채가 당황했다. 하지만, 나도 당황했다.

['피닉스'(★★★★★) 테이밍에 성공합니다.]

[아공간 '불지옥'에 몬스터가 추가됩니다. (6/6)]

시야에 이런 메시지가 떠 있었으니까.

'이건 미쳤다.'

피닉스가 불로 화해, 내 가슴속으로 사라지고 상황은 종료됐다.

"어떻게 된 거예요?"

"놈을 먹었어."

"네?"

"테이밍했다고."

"그, 그게 무슨."

"일단, 기다려 봐."

히든 피스부터 확인하자. 곧이어 '피닉스'가 사라졌고-

[남은 시간 0:00:00]

남아 있던 잔여 시간이 빠르게 움직여 0으로 맞춰졌다. 놈이 마지막 보스기에, 시스템이 더 이상 진행할 필요가 없다고 판단한 것이리라.

[축하합니다.]

['히든 피스' 조건을 모두 달성합니다.]

['히든 스페이스'가 열립니다.]

[장소를 변경합니다.]

곧이어 뜨는 종료 선언과 함께, 시야가 암전했다.

마침내, 달콤한 보상의 시간이 온 것이다.

'히든 스페이스' 내부. 항상 똑같은 모습의 보상 방.

"흐흐흑."

그곳에서 서은채가 꺽꺽거리며 울고 있었다. 그녀의 두 손에는 두 종류의 요정 날개가 꽉 쥐어져 있었다.

'쉐핀'(★★★★★). '클레어'(★★★★★).

서은채와 초기부터 함께해 온 요정족들이 이번 층에서 허무하게 죽어버렸다. 고작 '피닉스'의 열기에 노출돼서 말이다.

열심히 키워온 것에 비하면 보잘것없는 소멸.

"흐어어엉."

서럽게 우는 그녀를 나는 그저 쳐다보고 있을 수밖에 없었다. 굳이 어쭙잖은 말로 위로하지 않았다.

나 역시 소환수들을 잃으면 저럴 거 같았으니까.

'뿔하피, 실베론, 켈피…….'

「몬스터즈」를 좋아했던 사람들이라면 다 그렇다. 자신의 몬스터에 과한 애정을 품고 있다. 게임에서도 그런데, 이렇게 실감 나는 현실 속에서 키운 몬스터가 죽는다면…….

[……주인님.]

내 기분을 느꼈는지 뿔하피가 옆으로 와 슬며시 안겼다. 따로 말을 하지 않았지만 뿔하피의 의지가 느껴졌다.

'나는 절대 죽지 않을게.'

이렇게 말하는 듯했다.

그래, 그래. 네가 죽는다면 나도 엄청 슬플 거야.

첫 번째 메인 퀘스트부터 함께했던 몬스터. 강한 건 둘째치고, 이 세계에서 뿔하피는 나에게 큰 의미였다.

함께 성장했고 서로 의지해 왔던 존재. 뭔가 소환수 이상으로 정이 가는 존재.

"……."

나는 시선을 옮겼다. 아직도 어깨를 들썩이는 서은채.

내가 해줄 것은 없다. 그저 기다려 주는 것.

그녀에게 다가갔다. 그리고 조용히 등을 토닥여 줬다. 진심으로 그녀를 위로했다.

시간이 얼마나 흘렀을까. 아직 두 개의 보상 상자는 열리지 않은 상태. 그녀도 이제 안정이 됐는지 정신을 차렸다. 눈이 시뻘겋게 퉁퉁 부어 있었지만, 더 이상 눈물은 흘리지 않았다.

그녀도 아는 거다. 계속 이렇게 슬퍼만 할 수는 없다는 것을.

"죄송해요, 아저씨."

"아니, 이해한다."

"……기다려 줘서 고마워요."

그녀가 요정 날개를 내밀었다. 장례를 치러달라 요청하는 거다.

화장은 뿔하피가 시행했다. 활활-타오르는 날개를 바라보며 한참 묵념을 하는 서은채. 곧이어, 그녀가 다가왔다.

"그나저나 이제 큰일이네요."

"왜?"

"아저씨한테 걸어줄 버프가 완전히 사라졌어요. 몬스터 자리 두 개도 비구요. 어떡하지? 저번에 얻었던 최상급이라도 까야 할까요?"

이제 완전히 정신을 차렸는지, 꼼꼼하게 상황 파악을 하는 그녀.

'기특하네.'

예상보다 상심이 짧았다. 아니, 억지로 가슴속에 묻어둔 걸 거다.

"아저씨?"

"응. 그래. 잠시만."

팔짱을 끼고 눈을 감았다. 나도 그녀와 같은 고민 중이었다. 이번에 잠수함을 사용하느라, 빈 몬스터 칸이 많이 남았기 때문.

서은채가 4/6. 내가 5/7. 둘 다 두 마리의 몬스터를 충당해야 했다. 지금 인벤토리에 쌓여 있는 '최상급 몬스터 소환 이용권'은 각각 12개씩.

'……다만 안타까운 건.'

뽑기 여신 빈서율의 힘을 빌리지 못한다는 것.

"일단, 내가 까는 건 절대 안 돼."

내 행운은 스킬에 몰빵이다.

"그건 절대적으로 인정해요."

"응?"

"운빨 없으시잖아요."

"쩝……. 뭐, 그렇지."

이제 일행들도 다 아는 비운의 '상징'이 바로 나다. 괜스레 씁쓸하네.

"그럼 제가 까야 할 텐데……."

그녀가 깐다 해도 겨우 24개다. 쓸 만한 몬스터가 나올 확률은 극악에 가깝다.

"바로 갈까요?"

"아니, 일단 보상부터 열어보자."

"아, 맞다, 보상!"

"일단, 저기서 나오는 게 뭔지 파악해야 해. 그래야 정확한 계획이 나와."

황금빛으로 빛나는 보물상자. 「갓 컴퍼니」가 무언가 준비했을 게 분명하다. 생각이 있다면 말이다.

"넵, 그럼 저거부터 까요."

우리는 보물 상자 앞으로 이동했다. 이번엔 두 보물 상자의 빛 강도가 똑같다. 함께하는 단체 퀘스트라 그럴 것이다.

'기대해 봐도 되겠지?'

본래 37층의 히든 피스는 홀에서 몰려오는 몬스터 웨이브로부터 이틀을 버티는 임무다. '피닉스'는 죽일 방법이 없기에, 버티는 것만으로도 극악의 난이도다.

하지만 우리는 버티지 않았다. 오히려 최종 보스를 때려 잡아버렸다. 정확하겐 잡은 게 아니라 테이밍한 거지만, 어쨌든……. 지금껏 히든 피스는 성과에 따라 보상의 가치가 더 높아졌으니, 기대해 봐도 될 거다.

'열자.'

철컥! 철컥!

나와 서은채가 상자를 동시에 열었다.

번쩍! 공간을 가득 채우는 황금빛.

[히든 피스를 개봉하셨습니다.]

[두근 두근!]

[Error! Error! Error!]

[무작위 보상 지급이 해제됩니다.]

[띠링-「갓 컴퍼니」가 개입합니다.]

[보상을 '고정'합니다.]

'역시.'

첫 번째 히든 피스랑 똑같은 메시지가 흘러나왔다. 무작위였던 보상을 '고정'한다는 메시지. 즉, 확률이 아닌 「갓 컴퍼니」가 지정한 보상을 주겠다는 의미다.

슈우욱!

잠깐의 시간이 흘렀고, 퍼졌던 빛이 다시 상자로 갈무리됐다.

[띠링-]

[합체족 '키네틱'(★★★★★)을 획득합니다.]

[Tip 이 게임의 근원은 어디일까요?]

그와 동시에, 손바닥에 보랏빛 구슬이 생긴다.

'헐?'

깜짝 놀랐다.

합체족을 준다고? 그것도 태생 5성? 아니, 그것보다 이 게임에 태생 5성 합체족이 있었어? 적어도 「몬스터즈」 플레이 기간 동안은 본 적이 없다.

"아, 아저씨."

놀란 서은채의 목소리가 들려온 것은 그때였다.

"왜."

"태, 태생 5성 요정족이에요! 태생 5성!"

"잉? 너도?"

힐끗 보니, 그녀의 옆에 화려한 날개를 가지고 있는 귀여운 요정이 보였다. 재밌는 건, 그 모습이 쉐핀과 클레어를 반쯤 빼다 박았다는 것.

'설마…….'

모니터링하고 있다가 즉석에서 추가한 건가?

"아, 아저씨도요?"

"응, 난 합체족."

"와……."

놀라운 일이었다. 「갓 컴퍼니」가 무리를 했는지, 태생 5성을 두 마리나 풀어버렸다.

'아니, 무리는 아니겠구나.'

우리가 어떤 꼴을 당했는데. '사이버'가 우리에게 한 짓에 비하면, 이 정도 보상은 아무것도 아니다. 게다가 둘이서 탑을 깨려면 태생 5성 가지고는 턱도 없다.

"일단, 확인부터 하자."

"아, 알겠어요."

중요한 건 등급이 아니다. 이 보상으로 40층을 어떻게 넘길 수 있는가. 즉, 녀석들이 가지고 있는 스킬이 뭐인지가 가장 중요하다.

'우선 합체족부터.'

나는 바로 정보를 띄웠다.

[몬스터:'키네틱'(★★★★★)]

[종족:합체족]

[레벨:1 (Exp 0/200)]

[보유 스킬:4/5]

-합체(Lv.1):합체 시 힘5, 민첩5, 체력5 증가.

-환기(Lv.Max):지정 스킬의 쿨다운을 즉시 초기화한다.(제한:하루에 1번)

-반사(Lv.Max):상대의 단일 대상 스킬을 100% 그대로 돌려준다.(제한:하루에 1번)

-패턴 해제(Lv.Max):상대의 복잡한 패턴 버프를 무조건 제거한다.(제한:하루에 1번)

"컥?"

사레가 들렸다. 깜짝 놀랐기 때문이다.

'주어진 스킬은 총 3개.'

그런데 그게 말도 안 되는 사기급 스킬들이다. 게다가 더 놀라운 점은 숙련도가 만렙이라는 것. 숙련도의 레벨은 20이 만렙이고, 거기까지 도달하는 데는 아무리 빨라도 3~5년이 소모된다. 숙련도 1인 S급 스킬보다, 숙련도 만렙인 B급 스킬이 더 좋은 걸 감안하면, 이건 정말 엄청난 혜택이다.

'게다가 스킬 내용이…….'

정말 입이 떡 벌어지는 스킬들이었다.

내가 예상하는 바가 맞다면……. 상황이 조금 나아진다.

40층 보스 '메피스토'(★★★★★). 놈을 상대로 적어도 예전처럼 답도 없는 상황은 아니라는 말이다.

'놈의 패턴을 무력화시킬 수만 있다면.'

해볼 만했다.

그뿐만이 아니다. 앞으로의 여정 역시 무척 쉬워질 거다. 탑 고층부터는 웬만하면 패턴제 몬스터이기 때문이다.

"이거, 단단히 벼르고 별렀구먼?"

감탄이 흘러나왔다. '사이버' ×돼보라는 「갓 컴퍼니」의 강력한 의지가 느껴졌기 때문이다. 열심히 구성해 놓은 패턴을 무력화시키는 스킬이라니……. 그야말로 놈에게 빅엿을 날린 꼴이다.

'그래, 이 정도는 줘야지.'

그래야 비벼볼 만하지.

아마 그동안 놈한테 당한 만큼, 그대로 보상으로 돌아온 걸 거다.

"왜요?"

"응?"

"벼르고 별렀다면서요. 뭐, 좋은 스킬이라도 나오셨어요?"

"응, 아주. 이제 좀 해볼 만하겠어."

"후- 제 것도 완전 대박이에요. 아까 했던 걱정이 단박에 사라질 정도예요."

"그래?"

나는 '심연의 눈동자'로 요정족을 스캔했다.

[몬스터:'요정왕 오베론'(★★★★★)]

[종족:요정족]

[레벨:1 (Exp 0/200)]

[보유 스킬:5/5]

-실드(Lv.1):단일 대상에게 강력한 보호막을 씌운다.(제한:15분에 1번)

-숲의 지배자(Lv.1):숲의 정령들을 다룬다. 존재하는 모든 목(木)속성 마법을 다룰 수 있다.

-숲의 축복(Lv.1):2시간 동안 축복 대상의 공격속도와 이동속도가 200%씩 증가한다.(제한:30분에 1번)

-패턴 해제(Lv.Max):상대의 복잡한 패턴 버프를 무조건 제거한다.(제한:하루에 1번)

-운영자 연결(Lv.1):10분간, '운영자' 아린을 소환한다.(제한:일주일에 1번)

'그리고 패턴 해제가 여기에도 있네?'

나쁘지 않다. 이런 류 스킬은 쿨다운 하루짜리라 많을수록 좋으니까.

'……그리고 운영자 연결?'

이런 걸 스킬로 만들었다고?

운영자 '아린'이 우리 앞에 나타나는 것도 막대한 간섭력을 소비하는 거라 들었다. 그렇기에, 이번에 스킬화해서 우리가 원할 때 부를 수 있게 해뒀나 보다.

이것 역시 나쁘지 않다. 그동안, 제때 안 와서 답답할 때가 많았었으니까.

"아저씨."

"응?"

"얘 생긴 거 봤어요?"

서은채가 손아귀에 있는 작은 요정을 내밀었다. 웃고 있었지만, 표정이 뭔가 모르게 서글펐다.

"그래, 닮았네. 그 녀석들이랑."

"네, 마치 죽은 애들이 돌아온 느낌이에요."

"잘 교감 쌓아 봐. 아직 초창기니까 전투에 참여시키진 말고. 처음엔 숙련도 위주로 쌓으렴."

"알겠어요. 얘는 절대 죽이지 않을 거예요."

그녀가 요정을 소중히 안았다. 이제는 더 아껴서 키울 거라는 그녀의 다짐이었다.

"아, 맞다, 아저씨!"

그런 그녀가 다시 고개를 든 건 그때였다.

"응?"

"이거 말고도 보상 하나가 더 나왔어요."

"그래? 뭔데?"

난 합체족 하나가 끝이었는데, 뭘 또 챙겨줬다고?

"이거요. 티켓 같이 생겼는데, '용사 채팅창 참여권'이라고 쓰여 있어요. 찢으면 된다는데……."

"뭐?"

내 눈이 휘둥그레졌다.

'용사 채팅창.'

「몬스터즈」 10주년에 플레이했던 유저들을 대상으로, 「갓 컴퍼니」가 지급했던 선물. 그것의 효용성은 상상 이상이었다.

우리가 탑을 등반할 수 있었던 이유. 사실상, 그 채팅창이 없었으면 절대 불가능했을 거다.

'전략엔 소통이 기본이니까.'

아마, 이제 142명의 고인물이 아닌 자들은, 특수한 스킬이 없는 이상 절대 탑에 오르지 못할 거다. 이곳엔 핸드폰도 무전도 없기 때문이다.

과거 「몬스터즈」 플레이 당시. 2D 화면으로 봤을 때도 어려웠던 난이도다. 거기에, 예전 공략 당시에도 '보이스 톡'은 필수였었다.

근데 지금은 실제로 몸을 움직여야 한다. 시야가 제한되는 사항에서, 소통도 안 된다. 제대로 된 전략이 나올 리 없었다.

'그걸 가능하게 해주는 게, 바로…….'

용사 채팅창이다.

서은채가 티켓을 찢었다. 그러자 내 시야에 메시지가 떴다.

[용사 채팅창 (139/142)]

‘오?’

정원 142명이었던 채팅창. 3명이 줄은 게 형들이라면, 그동안 고인물들은 단 한 명도 죽지 않았다는 말이 된다.

그때였다.

[새로운 용사가 입장합니다.]

[캐릭터 ‘서은채’가 채팅방에 참여합니다.]

[용사 채팅창 (140/143)]

“엇?”

서은채도 확인했는지 눈을 동그랗게 떴다. 곧이어, 그녀를 반기는 수많은 채팅들이 올라왔다.

[병아리콩(Lv.36):응?]

[아리아리동동(Lv.35):뭐임?]

[문스터(Lv.42):ㅆㅂ?]

[조류족성애자(Lv.35):뭡?]

[몬스터콜렉터(Lv.37):엥?]

[모찌(Lv.46):??? 은채?]

[서은채(Lv.48):이렇게 하는 거 맞나요?]

서은채는 「몬스터즈」를 즐긴 적이 없다. 그렇기에 닉네임이 아닌, 이름 그대로 적혀 나왔다.

[아리아리동동(Lv.35):컥, 레벨이??]

[문스터(Lv.42):레벨 뭐냐. ㅆㅂ.]

[조류족성애자(Lv.35):허어…….]

[카드값줘체리(Lv.39):근데……. 누구시지?]

[병아리콩(Lv.36):와, 서은채. 모찌 언니보다 2나 더 높아.]

아, 참고로 '병아리콩' 이유주와 서은채는 같은 나이대의 친구다. 잦은 파티와 모임으로 둘은 이미 말을 놓은 상태.

"와, 여태 이런 거로 소통하고 계신 거였어요?"

채팅창을 바라보던 서은채가 감탄했다.

"웅, 말했잖아."

"이 정도로 자세하게 나오는지는 몰랐어요."

"익숙해져라. 나중엔 전투 중에도 자연스럽게 채팅할 수 있어야 해."

그러라고 준 걸 거다. 전투 간 의사소통.

확실히 아직, 손가락 채팅이 어설펐다.

뭐, 금방 익숙해진다.

"오오, 알겠습니다!"

그녀가 신기한 듯 대답했다. 우리는 다시 시선을 채팅창으로 돌렸고, '조류족성애자' 정태경의 채팅이 올라오고 있었다.

[조류족성애자(Lv.35):과연, 소수정예 멤버답다. 어찌 된 건지 모르

겠지만, 채팅창에 오신 걸 환영합니다. 서은채 님.]

[카드값줘체리(Lv.39):?? 소수정예 멤버라고?]

[조류족성애자(Lv.35):ㅇㅇ 힐러 및 버퍼 담당임. 아직 채팅창에 없는 멤버들도 많음.]

[카드값줘체리(Lv.39):;;; 그럼 고인물도 아닐 텐데, 어떻게?]

[조류족성애자(Lv.35):고인물은 아니지만, 고인물보다 레벨 높잖어.]

[아리아리동동(Lv.35):소수정예 멤버면 고인물보다 윗 티어지.]

[병아리콩(Lv.36):어쨌든, 서은채 ㅎㅇㅎㅇ.]

[몬스터콜렉터(Lv.37):반갑습니다, 귓수님!]

[모찌(Lv.46):어찌 된 거야? 설명 좀 해줘.]

…….

쭉- 올라오는 채팅창. 서은채가 정신없이 눈알을 굴렸다.

"사람이 엄청 많네요?"

"몇 번 보다 보면, 보이는 애들만 말해."

"그래도…… 이런 고인물 카르텔이라니……."

"카르텔은 무슨……."

나는 피식 웃었다.

"그러니까……. '모찌' 아이디가 예린 언니고, '비운' 아이디가 아저씨 맞죠?"

"응."

"막 설명해 달라는데, 말해줘도 돼요?"

"어, 이제 상관없어."

이미 주예린이 채팅창 멤버들에게 대강의 설명을 한 상태다. '사이버' 그리고 '갓 컴퍼니', 운영자 '아린'의 존재, 형들의 상태 등등.

'굳이 숨길 필요 없으니까.'

어차피 고인물들은 '사이버'의 적. 오히려 '사이버'의 위험성을 알려야 한다. 그래야 형들과 같은 피해자가 더 나오지 않을 거다.

[서은채(Lv.48):반갑습니다, 고인물님들. 탑 37층 둘이서 깼더니 업적으로 입장권 받았어요. 앞으로 잘 부탁드릴게요.]

'히든 피스'에 대해서는 굳이 말하지 않았다. 밝혀져도 상관없긴 한데, 구구절절 설명하기 귀찮았기 때문이다. 설명한다 해도 찾아갈 수 있을지도 미지수고.

'아, 37층 보상…….'

보상은 '최상급 몬스터 소환 이용권' 10장이 추가로 인벤토리에 들어와 있었다.

[몬스터콜렉터(Lv.37):탑을 둘이서? 미친 실화냐?]

[문스터(Lv.42):오졌네…… ㅆㅂ.]

[아리아리동동(Lv.35):37층을 둘이서 깼다고? 그리고 그런 업적도 있었어?]

[담배하나피까츄(Lv.38):그게 되긴 되는구나…….]

[아리아리동동(Lv.35):내가 말했지. 소수정예는 정상적인 상식으로

이해하면 안 된다고.]

[담배하나피까츄(Lv.38):ㅇㅈ.]

[병아리콩(Lv.36):하악, 비운 오빠랑 단둘이 탑 등반이라니……. 넘모 부럽잖아.]

[문스터(Lv.42):;;; 미친년이냐? 그게 부러울 일임? ㅆㅂ.]

[병아리콩(Lv.36):너, 말 예쁘게 안 할래?]

…….

올라오는 반응들. 잠깐 지켜보다 내가 물었다.

[비운(Lv.56):근데 모찌. 어떻게 된 거냐? 결국, 탑 오르기로 한 거냐?]

'아, 레벨.'

레벨 56 표시를 잠깐 잊었다. 이거, 또 한바탕 난리 나겠는데.

[아리아리동동(Lv.35):56;;;]

[문스터(Lv.42):……ㅆㅂ.]

[담배하나피까츄(Lv.38):저분은 게임 혼자 하시는 듯.]

[아리아리동동(Lv.35):이게 게임은 아니지.]

[담배하나피까츄(Lv.38):어쨌든 넘사벽이야.]

…….

예상대로였다. 확실히 내가 봐도 높긴 높았다. 레벨 50부터 경험치 요구량이 폭발적으로 증가하는 것을 감안하면 더 그렇다.

"이거, 정상적인 채팅이 가능하긴 해요?"

서은채가 물었다. 뭔 말만 하면, 폭발적으로 올라오는 글에 제대로 된 대화가 안 된다. 이게 채팅창의 단점이라면 단점. 나는 답했다.

"좀만, 기다려 봐. 곧 조용해질 거야."

"진짜요?"

잠깐의 기다림-

[모찌(Lv.46):얘들아.]

[담배하나피까츄(Lv.38):넵!]

[폭행몬스터즈(Lv.39):넵, 누님!]

[모찌(Lv.46):조용히 좀 해봐. 얘기 좀 하게.]

[병아리콩(Lv.36):다들 쉿!]

[몬스터콜렉터(Lv.37):ㅇㅋㅇㅋ 다들 지켜보자.]

예상대로, 주예린이 나섰다. 채팅방 고인물들은 그녀의 말을 유난히 잘 따른다. 옛날에 왜 그런지 물은 적 있는데, 나와 대화가 끝난 후 항상 질의응답 타임을 가진단다. 탑에 대한 공략을 풀기도 하고.

그녀만의 조련 방식. 하나하나의 정보가 소중한 이곳에서 주예린은 이들에게 감히 거스를 수 없는 존재가 된 것이다. 밉보여서 좋을 게 없으니까.

[모찌(Lv.46):오빠.]

[비운(Lv.56):응, 말해.]

[모찌(Lv.46):'아린'이 제대로 된 지원 받으려면, 우리도 50층까지 올라야 한대. 그래서 오르기로 했어.]

느낌상, 일행들도 '히든 피스'를 깬다면, 채팅방 입장권을 받을 거다. 깰 수 있다면 말이지…….

[비운(Lv.56):지원이라…….]

아, 그러고 보니 옛날에 고인물들 중 누군가가 불만을 토로한 적이 있었다. 「갓 컴퍼니」가 너무 '소수정예'만 편애하는 거 아니냐고. 하지만, 주예린이 '꼬우면 너희도 탑 오르던가. 깨는 방법을 모른다고? 공략 물어봐. 다 알려줄게.'라는 말로 일침을 가한 적 있다.

「갓 컴퍼니」가 바보는 아니다. 뭔가 본인들에게 이득이 될 거라 판단되는 사람들에게만 투자를 한다. 그리고 그 끝에는 '사이버'의 소멸이 있겠지.

그 끔찍한 놈. 놈을 상대로 목숨을 걸고 싸울 의지가 있는 자. 분명, 「갓 컴퍼니」는 그런 자들에게 투자를 아끼지 않을 거다. 그게 꼭 '소수정예'가 아닐지라도.

[모찌(Lv.46):걱정하지 마. 한층 한층 완벽하게 대비해가면서 천천히 오를 거니까.]

[비운(Lv.56):그래도 쉽지 않을 텐데. 잘할 수 있겠어?]

[모찌(Lv.46):우린 다섯이잖아, 둘이서 오르는 오빠네보단 쉽지 않을까?]

과연, 그럴까? 쩝, 「갓 컴퍼니」 측에도 생각이 있으니 오르라 했겠지. 그쪽에도 '아린'이 여러 번 찾아온다고 하는 거 보니, 분명히 신경 쓰고 있는 건 맞다.

'당연히 신경 써야지.'

내 일행들인데.

생각이 있다면 저들에게 허튼짓은 하지 않을 거다. 나와 좋은 관계를 유지하고 싶을 테니까.

[비운(Lv.56):50층까지 오르면 저주 풀 수 있대.]

[모찌(Lv.46):응, 들었어.]

내가 가야 할 층은 50층. 가장 이상적인 건, 일행들과 내가 동시에 50층에 도착하는 건데, 솔직히 될까 모르겠다.

[비운(Lv.56):기다리면 버스 태워줄 수 있는데.]

[모찌(Lv.46):버스…….]

[비운(Lv.56):왜.]

[모찌(Lv.46):버스도 좋긴 한데. 그럼 지원을 못 받을 거야.]

[비운(Lv.56):흐음…….]

[모찌(Lv.46):괜찮아. 일단 하는 데까진 해보고 있을게. 나 이래 봬도 93층 경험자야. 믿고 맡겨 봐.]

자신만만하게 말하는 주예린. 옛날과는 뭔가 다른 모습이다.

[비운(Lv.56):그래. 뭐, 어련히 알아서 잘하겠지.]

[모찌(Lv.46):ㅇㅇ, 오빠는 오빠 생존에 집중해. 그걸로도 정신없잖아.]

주예린과는 여러 대화를 나눴다. 민감한 이야기들은 '아린'을 통해 전달하기로 했고, 일행들과의 안부도 중계했다.

빈서율과 서지호가 그렇게 걱정하고 있다고 했을 땐, 서은채도 대화에 참여했다.

그렇게 시간이 흐른 후-

"후우, 정신없었네요."

우리는 채팅창을 껐다.

보상을 받고 이동된 새로운 장소. 탑 38층. 이곳에서의 생존 방안도 세워야 했기 때문이다.

[시련의 탑 38층입니다.]

허공에 떠 있는 메시지. 38층 역시 똑같았다. 미궁에 있는 모든 몬스터들을 처리하면 된다는 임무.

"히든 피스보다는 쉽겠죠?"

"어, 40층 전까지지는 그냥저냥 할 만할 거야."

"근데…… 아저씨."

"응."

서은채가 눈을 몇 번 끔뻑였다. 눈그늘이 져 있는 게 굉장히 피곤해 보였다.

타닥! 타닥!

지금은 미궁 한구석에 모닥불을 피고 앉아 있는 상태.

불을 만드는 법은 간단하다. '요정왕 오베론'의 목(木)속성 마법으로 땔감을 충당하고, 뿔하피의 화염 마법으로 불을 지피면 된다.

"너무 졸린데…… 등반은 나중에 해도 되죠?"

"물론이지. 우선은 좀 쉬어라. 이틀 동안 잠도 못 잤잖아."

"죄송해요."

"죄송은…… 자라. 얘기는 나중에 하자."

"넹."

서은채는 금방 잠들었다. 유지넬의 날개를 이불 삼아 깊게 곯아떨어진 그녀. 나는 쪼그려 앉아 생각에 잠겼다.

'우선 뽑기.'

마음속으로 결정을 내렸다. 앞으로 나오는 '소환 이용권'은 모두 서은채가 뽑기로.

'어쩔 수 없어.'

저주에서 풀리려면, 50층까지 올라야 한다. 말이 50층이지, 얼마나 걸릴지 모르는 일이다. 그동안 보상들을 모으며, 빈서율과 만나기만을 기다릴 수는 없었다.

서은채도 나도 아직 한 마리씩 부족한 상태. 레벨이 더 오르면, 또 칸이 더 풀리게 되겠지.

'쓰다 버리더라도 뽑는다.'

만약, 뽑을 거면 지금 뽑는 게 좋다. 40층 준비에 앞서 38, 39층에서 소환수 숙련도를 최대한 올려둬야 하기 때문. 굳이 좋은 게 안 나와도 상관없다.

'노가다 앞에 장사 없지.'

원래 모든 게임이 그렇다. 뭐든 해결할 수 있는 마법의 단어, 노가다. '요정왕 오베론'도 새로 얻은 '합체족'도 그리고 앞으로 뽑기에서 나올 몬스터들도 어느 정도 도움이 될 정도로는 성장시켜줘야 한다.

시간이 흐르고- 그녀가 일어났다.

"아웅!"

기지개를 피는 그녀.

그거 조금 잤다고 바로 개운한가 보다.

이게 바로 합체족의 효능이다.

일반인들과 다른 체력 상승의 효과.

서은채가 날 바라봤다.

"헐, 안 주무셨어요?"

"경계는 서야지. 자, 받아라."

나는 '최상급 소환 이용권' 22개를 그녀에게 건넸다. 35층 5개, 36층 7개, 37층 10개 해서 각각 22개였다.

"바로 뽑아요?"

"그래, 어디 한번 뽑아보자."

"헤헤, 잘 됐다."

"잘 됐다고?"

"네, 저 왠지 오늘 느낌이 좋거든요. 가슴도 두근두근 뛰고."

"음? 갑자기?"

"아뇨, 갑자기는 아니에요."

"그럼?"

"방금 황금돼지 꿈을 꿨거든요."

그녀가 입맛을 다시며 카드를 꺼내 들었다.

"완전 초창기 빼고는 직접 뽑아보는 건 처음이네요."

"부담 갖지 말고 뽑아."

"넵! 일단, 한 장! 제물로 던져 보겠습니다!"

허공에 떠 있는 최상급 44장.

서은채가 먼저 한 장을 조심스럽게 활성화했다.

[두근두근!]

[소환소가 활성화됩니다!]

번쩍-

[근처에 합체족 '세이코'(★★★)가 소환됩니다.]

"음?"

"잉?"

나는 눈을 한 번 깜빡였다.

잘못 본 줄 알았기 때문이다.

"……합체족?"

합체족이 이렇게 잘 나오는 몬스터였던가. 솔직히 기대 안 했는데, 첫 방부터 좋은 게 나와 버렸다.

"헐, 이건 아저씨 건가요?"

캐릭터 스킬「합체족 마스터리」. 그것의 존재에 대해서는 일행들에게 밝힌 바 있다.

"응. 잘했어, 은채야."

"헤헤."

"한 건 했네?"

"제가 돼지꿈 꿨다고 그랬죠?"

나는 합체족을 건네받으며, 정보를 확인했다.

[몬스터:'세이코'(★★★)]

[종족:합체족]

[레벨:1 (Exp 0/100)]

[보유 스킬:2/3]

-합체(Lv.1):합체 시 힘 5, 민첩 5, 체력 5 증가.

-소환(Lv.5):'숙련자용 강철 창' 소환 가능.

스킬은 기본 세팅이었지만, 그래도 좋았다. 어차피 이제 내 컨셉은 확실하다. 몬스터를 이용하기보단, 내가 더욱 성장하는 것. 그러기 위해서는 남은 모든 자리에 합체족을 세팅하는 게 최선이다.

'스킬은 천천히 장착하면 되는 거고.'

쇠뿔도 단김에 빼라고 바로 등록 후, 장착했다. 이로써 한계 몬스터 7마리를 전부 채웠다.

조류족 '화염의 뿔하피'(★★★★★★).

용족 '드래곤 로드 실베론'(★★★★★★).

유령족 '유령마 켈피'(★★★★★).

합체족 '섬멸의 엔트로피'(★★★★★).

합체족 '마라나타'(★★★★★).

합체족 '키네틱'(★★★★★).

합체족 '세이코'(★★★).

'합체족이 총 4개'. 합체족을 여러 개 사용한다는 것. 이는 엄청난 이점이다. 한 캐릭터가 여러 스킬을 가지고 있을 수 있다는 것도 장점이지만, 더욱 좋은 건 '합체족' 특유의 '합체' 스킬에 있다. 바로 능력치의 증가.

'합체족'이 없는 캐릭터 만렙(Lv.80)의 능력치가 몇 정도일까?

보통 「힘, 민첩, 체력 89」다. 기본 능력치 10에, 레벨업 보너스 79. 여기서 각종 탑에서 주는 소모형 아이템이나 캐릭터 스킬들을 더했을 때, 각각 간신히 100을 넘는 정도가 「몬스터즈」 능력치의 한계다.

'하지만, 내 능력치는?'

힘 149, 민첩 153, 체력 158.

화염 저항 Max, 냉기 저항 4, 제3의 감각 MAX, 독 저항 3.

이미 만렙의 한계를 벗어났다. 옛날 「몬스터즈」 10년 차 '비운' 캐릭터의 능력치보다 더 높은 상태.

이제 시련의 탑이 아닌, 보통 야외 몬스터들에겐 맞아도 간지러운 수준일 거다. 아니, 맞기나 할까 모르겠다.

민첩 능력치로 웬만한 공격은 다 피할 테니까.

나는 미궁 벽에 손을 가져다 댔다.

손아귀에 넘치는 힘을 테스트해 보고 싶었기 때문이다. 그리고 주먹을 가볍게 쥐어봤다.

콰드득!

간단하게 부서지는 돌 부스러기.

그렇게 힘을 주지도 않았다. 그런데도 그냥 모래를 건드는 느낌이었다.

"가, 갑자기 왜요?"

서은채의 눈이 휘둥그레졌다.

"그냥, 확인해 보고 싶은 게 있어서."

"흐, 아저씨랑 악수 같은 거라도 했다간 바로 손 아작 나겠네요."

"컨트롤할 수 있어."

"……괴물."

"뭐해? 더 안 뽑고."

"아, 그냥 사색에 잠기신 것 같으셔서 기다렸어요."

"난, 신경 쓰지 말고 계속 뽑아."

"넵! 이제 바로바로 갈게요"

뽑기는 계속됐다.

5초에 한 번씩, 쏟아지는 3성들.

역시나, 다 고만고만한 녀석들이었다.

그렇게 약 20여 개의 뽑기를 진행할 때였다.

[신비한 기운이 공간 전체를 감쌉니다.]

[강력한 힘이 한 곳에 집중합니다.]

[빰빠밤!]

"엉?"

가만히 지켜보던 나는 눈을 번쩍 떴다. 몰아치는 번개 이펙트. 4성 또는 5성이 나올 때 등장하는 효과였다.

파즈즈즉!

곧이어, 번개가 수그러들었고-

[근처에 마녀족 '태초의 마녀 키르케'(★★★★★)가 소환됩니다.]

믿을 수 없는 메시지가 떴다.

"꺄악!"

"……5성이라고?"

"와- 이거 실화에요? 저 잘못 본 거 아니죠?"

경악스러운 결과. 그 뽑기에 특화된 빈서율조차 한 번밖에 뽑지 못했던 5성이 등장해 버렸다.

"미친……."

이거 뭐, 확률 조작이라도 한 건가?

나도 서은채도 입을 떡-벌리고 '키르케'의 등장을 쳐다봤다.

[아아아아…….]

오싹하면서도 매혹적인 목소리. 뾰족한 모자를 쓴 흑발 여성이 등장했다. 그것도 허공에 떠 있는 빗자루 위에 앉아서.

"확실히 전형적인 마녀의 모습이네."

"……이, 일단 정보 좀 볼까요?"

우리는 정보를 확인했다.

[몬스터:'태초의 마녀 키르케'(★★★★★)]

[종족:마녀족]

[레벨:1 (Exp 0/200)]

[보유 스킬:5/5]

-탑승(Lv.1):캐릭터나 몬스터 총 두 개체를 빗자루 위에 태울 수 있다.

-암(暗)의 공포(Lv.1):마녀의 기원. 존재하는 모든 암(暗)속성 마법을 다룰 수 있다.

-밤의 저주(Lv.1):일정 범위 내, 4성 이하 모든 몬스터들의 시야를 5초간 차단한다.(제한:30분에 1번)

-정신 약탈(Lv.1):1분간, 단일 대상 몬스터의 통제권을 가져온다.(제한:1시간에 1번)

-끈적한 어둠(Lv.1):일정 범위 내, 모든 몬스터의 공격속도를 20% 늦춘다.(제한:1시간에 1번)

"허어."

감탄이 나오는 스킬 세팅이다.

"왜요? 좋은 거예요?"

"그럼, 물론이지. 광역 스킬이 두 개나 붙었는데."

"오오, 광역기면……. 태생 5성 이상에만 나오는 거 맞죠?"

"응, 시야 제한도 어찌 보면 군중 제어기에 속하고 공속 낮추는 건 광역 디버프고. 쓸 만하겠어."

"정신 약탈도 잘만 사용하면 좋을 것 같은데요?"

좋다마다. 사용해 봐야 알겠지만, 이 정도 구성이면 앞으로의 여정에 있어 생존 확률이 조금은 더 올라갈 거다.

"자, 이건 네가 등록해라."

"제, 제가요?"

"그래, 잊었어? 디버프는 네 몫이잖아."

"그, 그래도……."

"네가 뽑은 거야. 게다가 난 등록할 자리도 없다."

나는 전투에만 집중하고 서은채가 각종 버프와 디버프 힐링을 도맡아 해야 한다. 그게 편하다.

"알겠어요. 잘 키워볼게요."

클레어와 쉐핀이 소멸했지만, 그 즉시 새로운 태생 5성 두 마리가 찾아왔다. 이건…… 좋아해야 하는 건지, 슬퍼해야 하는 건지 모르겠다.

남은 최상급은 19개. 서은채는 등록 후, 마저 뽑았다.

아쉽게도 그 이상의 번개는 없었다. 전부 다 3성.

그녀에게 몬스터를 받아 인벤토리에 넣었다. 나중에 다시 탑을 나갈 일이 있다면 소중한 재료로 쓰일 거다.

"다 끝났네요."

"이 정도면 최고야. 기대 이상."

"헤헤."

"앞으로 돼지꿈 꾸면 말해라. 모았다가 그때 뽑게."

상상 이상이었다. 「갓 컴퍼니」가 계획한 건지, 서은채의 운이 좋았던 건지는 몰라도 어쨌든 결과가 좋으면 된 거다.

"그럼 이제 뭐 할까요……?"

"뭐하긴. 숙련도 올려야지."

지금부터, 탑 40층. 그곳에 도전할 준비를 해야 한다.

Chapter 5

공략 준비는 착착 진행되었다. 준비라 해봐야 별거 없다. 미궁에 사는 수많은 몬스터들을 학살하며, 경험치와 숙련도를 올리는 것.

키이이이!

'보석 살모사'(★★★★) 한 마리가 실베론에게 잡혀 있었다.

"괜찮으세요?"

[괜찮다, 인간.]

실베론의 스킬, 「튼튼한 육체」의 숙련도도 벌써 8에 달했다. 이 정도 몬스터 한 마리 붙잡고 있는 건 일도 아니었다.

"그럼 계속 부탁 좀 할게요."

서은채가 하는 일은 노가다였다. '태초의 마녀 키르케'와 '요정왕 오베론'의 스킬 노가다.

그녀는 쿨이 도는 즉시 스킬을 써댔다. 하지만 이곳은 그 악명높은 탑이다. 숙련도 1짜리 스킬이 통할 리 만무했다.

그래도 괜찮다. 쓰기만 하면 실패해도 숙련도는 오르니까. 괜히 사냥하는 것보다는 이런 방식이 더 나았다. 또 몬스터를 잃을 수는 없다.

"쿨 돌 때는 교감도 쌓아둬."

"넵, 물론이죠."

"당분간은 무조건 숙련도만 생각해."

"네."

일단, 서은채는 이랬고.

나는 주기적으로 미궁을 돌며 솔플을 시작했다. 얻은 합체족의 스킬들을 하나하나 점검했고, 기존 합체족들의 숙련도도 쌓았다.

솔직히 말하자면- 탑 38층은 혼자서도 할 만했다. 나 하나만 따지자면, 과거 '비운' 캐릭터보다 강하니까. 능력치도 능력치였지만, 가진 스킬들이 넘사벽이었다. 거기에 '무명'(無名)의 방무템까지.

'……미쳤네, 진짜.'

압권인 건 그거였다. '키네틱'의 「환기」 스킬을 통한, 연속 두 번 '섬창'(殲槍) 사용.

'이걸 맞고 살아남는 놈이 있을까?'

40층 보스 '메피스토'(★★★★★) 라면, 버틸 수도 있으려나? 솔직히 모르겠다.

그렇게 시간은 흘렀다. 오랜 생활이 계속됐다.

사냥, 그리고 훈련, 운동, 수면의 반복.

"으, 목말라요."

"기다려 봐. 줄게."

몸을 씻을 때나 갈증이 날 때는 '켈피'로 해결했다. 자연스레 허공에 생성되는 물. 스킬 「물의 가호」의 힘이었다.

'이것 때문에 버릴 수가 없다니까.'

은신도 은신이지만, 효용성이 너무 좋았다. 피로 더럽혀진 옷들도 간단하게 세척이 가능했다.

식사는 뱀고기로 해결했다. 솔직히 이제 역했다. 빨리 깨고 나가서 빈서율이 해주는 요리가 먹고 싶었다.

며칠 뒤.

가벼운 사냥을 끝내고, 정해둔 본거지로 왔다. 오늘치 사냥은 끝냈으니, 이제 운동할 차례다.

"아저씨!"

서은채가 다가온 것은 그때였다.

"응?"

"저 이제, 나름 숙련도 좀 오른 거 같아요. 운동도 꾸준히 해서 오늘 능력치도 1 올렸어요."

"잘했어."

"아저씨는요?"

"뭘?"

"미궁 정리하시는 건 잘 돼요?"

"어, 보스 한 마리만 남겨놨어."

"와, 벌써요?"

탑 38층 끝에도 보스가 있다. 그리고 놈을 굳이 잡지는 않았다. 어차피 본거지를 잡은 거, 숙련도가 다 해결되면 한꺼번에 돌파할 생각이었다.

"우리 이곳에 온 지 며칠이나 지났지?"

"모르겠어요. 예린 언니한테 물어서 7일까지는 셌는데, 그 이후는……."

미궁엔 낮과 밤이 없으니, 그게 참 헷갈린다.

"됐어, 그게 뭐 중요하냐. 다음 층에 갈 준비가 됐는지가 중요하지."

"그건 그렇죠."

"그래서 준비는 됐어?"

예전에 이런 말을 한 적이 있다. 40층에 도전할 만한 수준이 되면 말하라고.

"넵, 저번보다는 훨씬 나을 거예요."

"그럼 슬슬 움직이자."

"4, 40층으로 바로요?"

40층은 무슨. 아직 38층도 안 깬 상태다.

"아니, 그전에 확인해 볼 게 있어."

'키네틱'과 '요정왕 오베론'의 「패턴 해제」 스킬. 마침, 38층 보스에게 실험해 보면 딱이다. 놈은 패턴형 보스니까.

패턴형 보스. 숨겨진 특정 조건을 달성해야 잡을 수 있는 몬스터를 말한다. 시련의 탑 8층 '에인션트 골렘'(★★★★)의 보호막이나, 점박이 건물의 '연옥 슬라임'(★★)이 그러하다.

"확인할 거요?"

"어, 40층 가기 전에 패턴 해제 스킬부터 확인해야지."

「패턴 해제」(Lv.Max). 상대의 복잡한 패턴 버프를 무조건 제거하는 스킬이다.

"아, 메피스토도 패턴제랬죠? 다섯 명 이상이 꼭 필요한 패턴이랬나?"

"그랬지."

"와, 이거 완전히 노린 거네요?"

"뭐가?"

"딱 봐도 둘이서 40층 깨라고 준 거잖아요. 어쩐지 숙련도도 Max더라니."

"그치."

"그럼, 그 38층 보스도 패턴제예요?

"응. 놈은 그래도 간단한 패턴이야."

무턱대고 40층에 도전할 수는 없다. 38층은 딱히 '패턴 해제' 스킬 없이도 공략 가능한 상대. 안전한 상황에서 실험부터 하고 넘어가야 한다.

아무리 「갓 컴퍼니」가 노리고 선물한 스킬이라 해도, 우리 목숨이 달린 일이니까. 짚고 넘어갈 건 짚고 넘어가야지.

"하, 정말……. 매 순간이 싸움의 연속이네요."

"별수 없잖아."

"이러다 과로사하게 생겼어요. 힝."

하긴, 이곳에 떨어지고 나서 제대로 쉰 적이 없긴 하지.

나는 빙긋 웃었다.

찡찡대는 것 같아도 말만 저렇다. 이곳에 떨어진 이후, 서은채는 항상 쉴 새 없이 움직였으니까. 나야 사냥하면서 피로도가 회복된다고 해도, 그녀는 잠까지 줄여가며 숙련도를 쌓았다. 운동도 열심히 했다.

"쌓인 스트레스는 저주 풀리고 나서 실컷 풀자."

"……무슨, 일주일 휴가라도 줄 거예요?"

"물론, 원한다면."

일주일뿐이겠냐. 더 쉬어도 된다. 생존할 수만 있다면 말이다.

"맛있는 음식도 먹고 술도 먹게 해주는 거죠?"

"그래그래, 하고 싶은 거 다 하게 해줄 테니까 조금만 더 힘내라. 일단 살아야 그런 것도 하는 거지."

"네엡! 힘이 나네요."

서은채가 활기차게 대답했다.

우리는 채비를 하고 미궁 중앙으로 출발했다.

'……패턴 해제라.'

이동하면서 나는 생각에 잠겼다. 「갓 컴퍼니」가 우리에게 저 스킬들을 준 이유. 그 속이 빤히 보였다.

최대한 빨리 50층으로 와 달라는 이야기다. 일단은 그 기대에 부응해 주기로 했다. 나 역시 이 지긋지긋한 곳을 빨리 나가고 싶었으니까.

"아저씨."

"응?"

"근데 38층 보스는 무슨 패턴이에요?"

"아."

설명을 안 했었구나.

나는 이동하며 그녀에게 설명했다.

시련의 탑 38층의 보스. '강령술사'(★★★★★). 놈은 10분마다 수백 마리의 강령들을 소환하는데, 강령들이 딜링하는 만큼 잃었던 체력을 회복한다. 게다가 모든 강령들을 잡기 전까지, 놈은 무적과 다름없는 실드를 두른다.

즉, 소환되는 강령들만 한꺼번에 잡을 수 있다면 꿀인데…….

'말이야 쉽지.'

패턴은 간단하지만, 사실 무척이나 까다로운 놈이다.

'쩝, 그때 고생했던 거 생각하면…….'

「몬스터즈」 시절. 스플래시 데미지나, 광역기로 강령들 대다수를 잡아놔도 꼭 몇 마리가 구석에 숨어서 우리를 괴롭혔었다. 그런데 이제 그놈을 더 쉽게 잡아 볼 생각이다. '패턴 해제' 스킬로 말이다.

[키아아아!]

미궁 중앙에 다가오니, 소름 끼치는 소리가 울려 퍼졌다. 그러나 딱히 긴장은 안 됐다. 긴장하기엔, 우리가 너무 많이 강해져 있었다.

'그래도 너무 풀어지진 말자.'

너무 풀어지다간, 단번에 목 날아갈 수 있는 곳이 바로 탑이다.

"준비됐어?"

"네!"

"그럼 바로 간다."

"조심하세요!"

서은채의 버프를 받은 후, 나는 내달렸다.

[키아아아!]

눈앞에 보이는 흉측한 몬스터. 커다란 지팡이에 시커먼 로브를 쓰고 있는 긴 수염의 언데드가 보였다.

번쩍!

빛이 터져 나온 것은 그때였다.

[근처에 디바인 필드(Lv.10)가 펼쳐집니다.]

[필드 내 존재하는 모든 언데드족, 악마족, 마녀족, 흡혈족의 능력치가 저하됩니다.]

하얀 투명막이 공간 전체를 감쌌다. 모든 악을 정화한다는 '유지넬'의 디바인 필드였다.

[키이이!]

살짝 기분 나쁜 듯 포효하는 보스. 과연, 탑의 보스라는 걸까. 디바인 필드 따위엔 별 타격 없다는 모습이었다.

'자, 소환해라.'

나는 굳이 선공하지 않았다. 목적이 분명했기 때문이다. 강령 소환 패턴을 무시하고 놈을 잡을 수 있을지에 대한 실험.

"타핫!"

놈의 공격을 피하며 계속 주변을 돌았다.

슈욱! 슈우욱!

독침들이 날아왔다. 놈의 원거리 공격이었다.

'느리네.'

쏟아지는 공격을 나는 가볍게 피해냈다. 창으로 쳐낼 수 있는 건 쳐냈다. '무명'(無名)은 부러지지 않는 창.

어떠한 공격이라도 힘만 있으면 받아낼 수 있다.

[키아아아!]

곧이어, 놈이 지팡이를 들었다. 그리고 스펠을 영창했다.

'드디어.'

놈의 궁극기. 강령 소환이 시작됐다.

콰가가가!

놈의 몸에서 수백 마리의 '검은 강령'(★★★)들이 쏟아져 나왔다. 그와 동시에 생기는 초록색 실드. 원래는 저 강령들을 잡기 전까진 놈에게 피해를 줄 수 없다.

그러나-

"패턴 해제!"

나는 곧바로 스킬을 활성화했다.

[삐빅-]

['패턴 해제' 스킬을 '강령술사'(★★★★★)에게 사용하시겠습니까?]

오, 이런 식인가?

나는 시선으로 y를 선택했다.

['패턴 해제'를 가동합니다.]

['강령술사'(★★★★★)의 패턴 버프가 해제됩니다.]

스스슥-

놈에게 둘러 있던 녹색 실드가 사라졌다. 분명히, 강령들이 공격해 오고 있음에도 말이다.

'이거 대박인데?'

실험은 성공적이었다. 이제 이 스킬만 있다면, 버프형 패턴제 몬스터들과는 동등하게 힘 대 힘으로 싸울 수 있을 거다.

키아아아!

수많은 강령들이 공간을 지배하기 시작했다. 그러나 움직임이 너무 느렸다. 하품이 나올 정도였다.

파각!

간단하게 창을 휘둘렀다. '무명'(無名)에 담긴 스플래시 데미지와 방무뎀이 한 번에 터져 나왔다.

키이이이!

단숨에 무더기로 사라지는 강령들. 나는 다른 강령들을 무시하고 '강령술사'에게 달려 나갔다.

['용맹무쌍'(勇猛無雙)을 가동합니다.]

성가신 강령들을 피하기 위해, 5초 무적을 가동했다. 달리는 도중 강령들이 달라붙었지만, 전혀 피해가 오지 않았다.

[광전사(狂戰士) 모드(Lv.5)를 활성화합니다.]

한 번에 끝내기 위해 '광전사'도 발동했다. 시야가 붉어졌다. 가슴이 뛰었다. 빨리 눈앞에 있는 흉측한 괴물을 갈기갈기 찢어버리고 싶었다.

['섬창'(殲槍)을 가동합니다.]

바로 기운을 담았다. 내가 가진 기술 중 단일 대상으로 최고의 데미지를 자랑하는 '섬창'(殲槍).

'꼭 한 방에 안 죽여도 돼.'

어차피 '환기' 스킬을 통해 한 번 더 사용할 수 있다.

[키아아아?]

어떤 대상이든 소멸시킬 것 같은 막대한 에너지. 그 에너지에 놈이 당황했다.

"뒈져라."

그러나 이미 늦었다. 놈의 움직임보다 내 창의 스피드가 훨씬 빨랐으니까.

쿠웅!

언제 들어도 호쾌한 소리가 울렸다. 창끝에 정확히 걸린 놈의 소리는 더 이상 들리지 않았다. 들을 수 있을 리 없었다. 단 한방에 먼지로 소멸해 버렸으니까.

[크리티컬!]
['강령술사'(★★★★★)를 처리합니다!]
[레벨이 올랐습니다!]
[모든 상태 이상을 회복합니다.]

레벨 57의 달성. 미궁 한 층을 둘이서 휩쓴 결과는 엄청났다. 보니까 서은채도 50으로 올라 버렸다. 아마 그녀가 나 다음으로 가장 고렙일 거다.

"잉?"

뒤따라 달려오던 서은채가 놀랐다.

"왜?"

"버, 벌써 끝난 거예요?"

"어, 간단하네."

예상하긴 했지만, 참 싱거운 전투였다.

"와…… 무슨 보스를……. 실험은요?"

"성공적이야."

"크, 굿이네요."

창을 거두고 흐트러진 옷매무시를 가다듬었다. 그러자 곧이어, 탑 클리어 메시지가 떴다.

[띠링-]

[축하합니다!]

[시련의 탑 38층을 클리어하셨습니다.]

클리어 시간이 507시간? 세상에, 우리가 이곳에서 숙련도를 올린 시간이 약 3주나 됐었다.

[시련의 탑 39층입니다.]

4층 토벌도 어렵지 않았다. 3층보다 난이도야 올라갔겠지만, 그래도 거기서 거기였다.

콰아아아!

마녀족 '키르케'의 빗자루에서 펼쳐지는 '밤의 저주'와 '끈적한 어둠.' 미궁 속 몬스터들의 시야가 차단되고 공속이 느려진다.

[요정족 '오베론'(★★★★★)의 축복을 받습니다.]

그 즉시, '오베론'의 축복이 들어온다. 옛날엔 쉐핀이었는데 뭔가 씁쓸하다.

뭐, 어쨌든-

"가자! 뿔하피, 실베론!"

[응! 주인님!]

[알겠다, 주인!]

그와 동시에 펼쳐지는 일방적인 학살.

나는 재빠르게 움직이며 급소에 창을 찔러넣었고, 뿔하피와 실베론도 각자의 스킬을 사용해서 잡아나갔다. 그렇게 사냥하다 보니, 반나절도 안 돼서 미궁 중앙에 도착했다.

"와. 이 버스, 승차감 좋네요."

"승차는 무슨. 같이 운전하는 거지."

"보스는 어쩔 거예요?"

"하루만 쉬었다 가자."

아직 섬창 한 번을 더 쓸 수 있고, '오베론'의 패턴 해제 스킬도 있기에 잡으려면 잡을 수 있다.

'어차피 38층 보스나 39층 보스나 도토리 키재기니까.'

하지만, 안전을 위해서는 확실히 쿨타임을 채워놓고 가는 게 좋다. 어차피 하루, 시간은 짧다.

"아저씨."

"응?"

"39층 보스는 어떤 놈이에요?"

"아, 별거 아닌 놈이야."

'네크로포스'(★★★★★). 강령술사랑 비슷하게 생긴 놈인데 얘는 패턴이 좀 더 복잡하다. 그러나 이젠 굳이 패턴에 얽매이지 않아도 돼서 상관은 없다.

"쉬자, 좀 쉬고 싶다며."

"아……. 요기가 아니라 나가서 쉬자는 거였는데."

"이 기회에 체력도 좀 비축해놔. 아직 50층까지 가려면 멀었으니까."

"알겠어요."

그렇게 보스 옆방에서 모닥불을 피웠다. 시간이 흘렀고 다음 날이 찾아왔다.

"뒈져라!"

쿠웅!

공략은 없었다. 그리고 이번도 없었다. 그냥 이전과 같은 방식으로 패턴을 풀고 '섬창'을 휘갈겼다.

['네크로포스'(★★★★★)를 처리합니다!]

깔끔하게 끝나는 보스. 그리고 떠오르는 메시지.

[띠링-]
[축하합니다!]
[시련의 탑 39층을 클리어하셨습니다.]

철컹!

그와 동시에, '메피스토 미궁'의 마지막. 미궁 지하 5층이자, '시련의 탑' 40층의 문이 열렸다.

40층의 악마 '메피스토'(★★★★★). 그리고 그가 사는 미궁 지하 5층.

단언컨대, 이곳은 「몬스터즈」시절 고인물들 최대의 벽이자 무덤이라 할 수 있는 곳이었다. 이곳에서 정말 수많은 고인물들이 게임을 접었었다.

그 당시, 한 고인물의 게시글만 봐도 알 수 있다.

[제목:이 엿 같은 게임. (40층 후기)]

ㅎㅇ.

게임 출시부터 해온 7년 차 고인물 답답해서 글 싸지른다. 이 게임 까는 글이니까 보기 불편한 사람은 뒤로 가기 눌러라.

ㅅㅂ. 갓 컴퍼니 이 발색기들아. 도대체 생각들은 하고 게임 만드는 거냐? 탑 40층이고 단원들이랑 지금 240 몇 번째인가 도전 중인데, 진짜 답이 안 나온다.

혹시 모르는 사람 있을까 공략 대충이나마 풀게. 듣고 판단해 봐. 40층 들어가면 홀 가운데 '메피스토'라는 악마가 있어. 이 색기가 40층 보스야. 다들 탑 10층마다 ㅈㄴ센 악마 있는 거 알지? 얘도 그중에 한 명이야.

그리고 걔 주변에는 엄청 큰 제단 다섯 개가 있거든? 거기서 악마족들이 미친 듯이 쏟아져 나와. 정말 미친 듯이 많이.

처음엔 각 잡고 싸워 볼랬지.

만렙 100명이 들어갔으니까, 해볼 만하다 생각했거든. 근데 웃긴 건, 버프가 안 먹혀. 디버프도 안 통해. 무슨 장막 같은 게 공간을 감싸고 있는데, 그게 버프, 디버프 스킬 사용을 제한하는 거 같아.

뭐, 거기까진 이해해. 페널티를 줄 수도 있겠지.

근데 악마들 상대하는 동안 '메피스토'가 제단 이곳저곳 돌아다니면서 같이 공격한단 말야? 근데 보스한테 딜을 넣을 수가 없어. 물리 면역에 마법 면역이거든.

미친. 말이 되냐? 물리 면역에 스킬 면역이면 그냥 무적이잖아.

그래, 딱 감이 오지? 40층도 패턴제였어.

근데 그 패턴이 진짜 말도 안 되는 조건이야. 제단 다섯 개를 '캐릭터'로 '동시에' 점령하고 있어야 해. 그게 끝이 아니라, 거기서 일정 시간 버텨야 패턴이 풀리는 거 같아. 한 곳이라도 제단 위에 '캐릭터'가 없으면 시간은 다시 초기화.

그래도 도전해 보기로 했어. 100명이니까 20명씩 나눠서 제단에 들어갔지.

어쨌든 100번? 그 정도 만에 10분 버티기에 성공했던 거 같아. 그러니까 그 장막 같은 것만 사라지더라? 알아보니까 버프, 디버프 스킬 제한 조건만 해제된 거야. 메피스토 색기는 아직도 무적 그대로였고.

뭐겠어. 더 버티라는 거지. ㅆㅂ.

근데 그게 말이 쉽지. 그 이상 버티기엔 거의 불가능에 가까워. 이미 10분 버틸 동안, 거의 80%는 다 뒈져 있는 상태였거든.

또 '메피스토'가 적당히 해야지. 무적인 몸으로 거의 진심을 다해 공격하는데 어떻게 버티냐? 내가 봤을 때, 이건 깨라고 만들어놓은 게 아니야. 걍 유저들 엿 먹으라고 만들어놓은 거임 ㅇㅇ.

ㅅㅂ. 하, 요즘 진짜 겜 하는 맛이 안 난다. 월급 다 박아서 과금하면

뭐하냐? 운영자가 소통을 안 하는데. 버그 고칠 생각도 안 해. 업데이트도 안 해. 번 돈은 다 어디로 가는지도 모르겠고. 5성 확률 개 극혐인 거 참고 게임해 왔는데 요즘은 내가 이 게임을 왜 붙잡고 있나 싶다.

개 같은 게임이랬지? 아니, 그건 우리 개느님에 대한 모욕이다. 이건 쓰레기, 아니, 방사능 폐기물보다 못한 사회악 게임이야. 혹시 뉴비들 이 글 보면, 절대 이 게임 시작하지 마라. 충고한다. 나도 조만간 접을 듯.

ㄴ왜 아직 안 접누??

ㄴ와~ 고인물이 스트레스받아서 흑화했다.

ㄴ접지 마라. 이번에 40층 도전하는 그 집단인가 본데, 이미 40층 간 거만으로도 능력자다.

ㄴ이거 그냥 40층 간 거 자랑하는 기만글임.

ㄴㅋㅋ ×망겜에 과금 왜 함?

ㄴ잘 가라. 여기까지 버틴 거면 잘 버틴 거지.

ㄴㅇㅈ.

ㄴㅇㅇ 포기하지마, 안 그래도 유저 없어. 쓸쓸함.

ㄴ너 병아리콩이냐?

ㄴ?? 그게 누군데.

이런 식으로 슬슬 떠나갔던 고인물들. 몇몇 이들이 40층에 대해 '공략 불가 판정'까지 내렸던 기억이 있다.

'근데, 우린 다섯 명이서 깼었지.'

탑에 대한 공략은 풀지 말자는 '매우큰사람' 형의 의견으로 커뮤니티엔 밝히진 않았지만, 어쨌든 우리는 해냈었다.
물론, 엄청난 노력과 연구가 뒷받침되었기에 가능한 일이었다.
'1,000번 넘게 도전했었나?'
아마 그 정도 될 거다. 이 게임이 뭐라고 그렇게 열심히 했는지는 솔직히 나도 모르겠다.
나는 속으로 패턴을 정리했다. 10분 버티면 버프, 디버프 스킬 제한 해제. 20분 버티면 물리 면역 해제. 30분 버티면 스킬 면역 해제.
'이게 바로 40층의 패턴.'
하지만, 이제는 쓸모 없는 지식이다. 우리에겐 '패턴 해제' 스킬이 있으니까. 그냥 들어가자마자 패턴을 풀어버리고 1:1로 싸우면 될 일이다.

[시련의 탑 40층입니다.]
[임무 유형 - 퇴치]
[시련의 악마 '메피스토'(★★★★★)를 처치하세요.]

39층을 클리어하고 곧장 40층으로 이동했다. 정비할 시간도 없이 이동된 40층.
서은채가 입을 열었다.
"바로 가실 거예요? 아, 쿨타임 아직 안 찼구나."
"어, 또 하루 쉬고 바로 갈 거야."
"좋아요."

이미 그녀에게 40층에 대한 대강의 설명은 마친 상태다.

"37층 히든 피스보다 어려울 수 있어."

"패턴을 해제 해도요?"

"패턴을 떠나서 놈은 그냥 기본적으로 강해."

30층 악마 '크로셀'과 마찬가지로, 놈은 육체파 몬스터다. '크로셀'이 수준 높은 검사라면, 놈은 주먹을 쓰는 격투가. 게다가 체력, 힘, 민첩 등등에서 나보다 훨씬 월등할 거다.

"그래도 아저씬 섬창 두 번이 있잖아요."

"그건 그렇지."

하지만, '섬창' 두 방에 안 죽는 몬스터가 있을까? 그건 정말 상상도 안 된다. 솔직히, '메피스토'도 '섬창'에 뒈질 확률이 높지만, 그래도 함부로 판단하기에는 아직 이르다.

"그럼 좀 쉴까요?"

"하루 동안 준비 좀 해."

"넵."

우리는 최종 정비를 했다. 하루가 지났고 보스방 앞에 섰다.

나는 마지막으로 브리핑했다.

"일단, 살고 싶다면 잘 들어."

"네?"

"놈은 무조건 너부터 노릴 거야. 그러니까 들어가면 내 버프보단 무조건 네 생존방안부터 찾아."

"아, 알겠어요."

"내가 어떻게든 1:1로 시선을 끌어볼 테니까."

"그 쏟아진다는 악마들은 어떻게 처리할까요?"

"수량만 많지, 지금 우리 수준엔 별거 아닌 놈들이야. 디버프 걸어놓으면 내가 싸우면서 정리할게. 여유가 되면 잡고."

"넵. 알겠습니당!"

"아, 노파심에서 하는 말인데."

"네?"

"혹시, 내가 위기에 처해 있다고 또 바보 같은 짓 하지 마라."

"아……."

플뤼톤 때도, 이번에 탑의 저주에 걸리게 된 것도……. 항상 서은채는 내가 위기 상황일 때 이성적인 판단을 잘 못 하는 경향이 있다.

"노력해 볼게요."

"전투 중에는 항상 냉정해야 해. 잊지 마."

나는 창을 꺼내 들었다.

준비는 이 정도면 됐다. 이제 직접 부딪혀야 할 차례. 여기서 더 뻐팅긴다고 생존 확률이 도드라지게 높아지는 건 아니니까.

"그럼 들어가자."

"바로요?"

"그래."

40층의 구조 역시, 다른 보스층과 비슷했다. 메피스토의 조각이 장식되어 있는 커다란 문. 저 문을 열면 전투의 시작이다.

꿀꺽-

서은채의 침 삼키는 소리가 들렸다. 발전된 청각은 그녀의 빨라진 심장박동 소리까지 들리게 했다. 긴장하고 있는 거다.

숨을 깊게 쉬었다. 나 역시 긴장됐다. 아마, 레너드를 만나기까지에 있어서, 지금 40층이 최대의 고비가 될 거다.

아니, 47층 히든 피스도 있나? 어쨌든, 이제 집중하자.

끼이익!

살짝 밀자 가볍게 문이 밀렸다. 그러자 보이는 거대한 홀 내부의 모습. 다섯 개의 커다란 제단이 중앙을 두르고 있었다.

퀴퀴한 냄새와 축축한 습기. 공간 전체에서 죽음의 냄새가 폴폴 풍겼다.

나는 홀 중앙으로 눈길을 돌렸다.

[……웬 놈이냐.]

그리고 곧 놈과 눈을 마주쳤다.

두 개의 뿔을 가진 인간형 몬스터. 무성한 털과 커다란 박쥐 날개. 흉측한 '메피스토'(★★★★★)의 모습이었다.

'드디어 시작이군.'

창을 늘어뜨린 채 놈에게 다가갔다.

키이이이! 크에에에!

그러자 다섯 개의 제단에서 검은 연기가 피어올랐다. 그와 동시에 우르르 달려드는 악마들. 끔찍한 소리와 함께 덤비는 놈들을 보니 마치 좀비 떼가 연상된다.

"서은채!"

"……네? 네!"

"쫄지 마라! 그냥 훈련이라 생각해!"

퉁!

순간적으로 허공을 박차 날았다. 나는 저 악마들을 상대하고 있을 시간이 없다. 곧바로 메피스토와 1:1 담판을 짓는 게 제일 승산이 높다. 뒤에서는 서은채가 '키르케'의 빗자루를 타고 따라오고 있었다. 뿔하피와 실베론의 엄호를 받으며.

[……크크. 멍청한 놈들이로군.]

놈이 돌진하는 나를 바라봤다. 입꼬리가 비릿하게 올라가는 게, 비웃고 있는 게 분명했다. 패턴으로 인한 무적을 믿고 있는 거겠지.

'마음껏 웃어둬라.'

나 역시 마주 웃어줬다. 놈은 다가오는 나를 상대하기 위해 날개를 활짝 폈다. 그리고 주먹을 앞으로 내밀며 자세를 잡았다.

'속전속결로 끝낸다.'

일단, 패턴 때문에 서은채의 버프나 '광전사 모드'를 사용할 수가 없다. 그러니까 먼저 패턴부터 풀어보자.

"패턴 해제!"

['패턴 해제' 스킬을 '메피스토'(★★★★★)에게 사용하시겠습니까?]

'역시.'

숙련도 Max답게, 시련의 악마에게도 통한다.

"사용!"

[‘메피스토’(★★★★★)의 패턴 버프가 해제됩니다.]

“됐어! 서은채!”
“알겠어요! 오베론 버프!”
뒤에서 서은채가 목청껏 외쳤다.

[요정족 ‘오베론’(★★★★★)의 축복을 받습니다.]

그와 동시에, 광전사 모드도 활성화했다.

[광전사(狂戰士) 모드(Lv.5)를 활성화합니다.]

순간적으로 확 느려지는 세상. 그리고 차오르는 막대한 힘. 붉어진 시야. 역시 패턴이 풀렸기에 버프가 걸린다.
[크아아! 이게…… 무슨 잡…… 기술이냐!]
놈이 당황해 괴성을 질렀다. 그러나 도망가지는 않았다. 주춤하지도 않았다.
자신하고 있는 거다. 패턴 보호막 따위 없어도 나 같은 건 상대할 수 있다는 자신감.
‘깨부숴 주지.’

[‘섬창’(殲槍)을 가동합니다.]

한 호흡 쉬며, 창에 기운을 담았다. 방무뎀이기에 방깍 디버프는 필요 없다.

뒤를 잠깐 쳐다봤다.

크이이이!

뒤에서는 소환된 악마들이 곤충 떼처럼 몰려들고 있었다.

질릴 정도로 많은 놈들. 몇 마리는 서로의 압력을 못 이겨 달려들다, 자기들끼리 터져 나가 피떡이 될 정도였다.

뿔하피와 실베론이 싸우고 있었지만, 오래 버티진 못할 거 같았다.

"아저씨!"

"왜!"

"점점 더 많아져요!"

서은채의 말이 끝나기 무섭게 홀이 흔들렸다. 수많은 악마들의 무게를 지탱하지 못하고 땅에 금이 가고 있었다.

그래, 더 이상 시간 끌 수는 없다. 앞에는 내 창에 맞응수라도 하겠다는 듯 자세를 잡는 '메피스토'가 보였다.

[뭐하나, 인간. 덤비지 않고.]

근데 묘하게 놈의 반응이 이상하다. 뭔가 공격을 유인하는 것 같은 묘한 느낌. 나를 지그시 바라보는 눈빛이 한층 여유롭다.

'뭐지?'

내가 알기로는 '반사'나 '공격 무효화' 같은 사기 스킬이 놈에겐 없다. 놈은 스킬보다 패턴과 육체로 밀어붙이는 스타일이니까.

'그냥 가보자.'

그러나 이미 스킬을 쓴 상태. 그냥 사용하나 취소하나 쿨타임이 생기는 건 똑같다.

"하앗!"

[크크크크.]

나는 비웃는 놈을 향해 창을 힘껏 내질렀다. 정석적인 '베르트랑 찌르기' 그리고 터져 나가는 '섬창'의 에너지.

콰아아아앙!

공간을 찢어버릴 것 같은 소리와 함께 메시지 두 개가 떴다.

[해당 대상은 물리 면역입니다.]

[해당 대상은 스킬 면역입니다.]

"뭐라?"

'섬창'(殲槍)이 먹히지 않았다. 마치 내가 '용맹무쌍'을 쓰는 것처럼 아무런 타격이 없었다.

[크크크……. 멍청한 인간.]

놈의 눈이 반달처럼 휘었다. 그와 동시에, 빠른 속도로 달려들었다. 목표는 나. 다행히 서은채는 아니었다.

'……이게 무슨?'

나는 당황했다. 공격과 스킬이 통하지 않는다면 싸움이 성립되지 않는다. 그냥 속절없이 당할 수밖에 없다.

"하앗!"

일단, 허공에 떠올라 놈의 주먹질을 피했다. 그 후, 뒤통수를 밟아 차 거리를 벌렸다. 제법 날카로운 기세였지만, 그래도 피할 만했다.

'도대체 왜?'

이해할 수가 없다. 분명, 패턴 해제를 했는데…….

메시지로도 확인했고, 버프도 걸렸으니 확실하다. 그렇다면……?

'아, 설마?'

문득, 한 가지 가정이 떠올랐다. 「갓 컴퍼니」가 굳이 '패턴 해제' 스킬을 두 개나 준 이유.

"서은채!"

"네? 네!"

"지금 당장 놈한테 패턴 해제 걸어!"

"아, 알겠습니다!"

숙련도의 부재인지 뭔지 몰라도, '메피스토'의 3단계의 패턴 중 하나만 제거된 게 분명했다. 그렇게 생각하면 앞뒤가 맞아떨어진다.

"오베론!"

서은채가 외쳤다. 허공 위에 오베론이 소환됐다.

그리고 즉시 '패턴 해제'를 걸었다.

['패턴 해제'를 가동합니다.]

['메피스토'(★★★★★)의 패턴 버프가 해제됩니다.]

다시 한번 뜨는 메시지. 확실한 건, 공격해 봐야 알겠지만 역시, 내 가설이 맞는 것 같았다. 욕지거리가 절로 나왔다.

'제길, 주려면 좀 제대로 된 걸 주던가.'

아니면, 적어도 주의사항은 알려줬어야지. 하여간 예전부터 느꼈던 건데, 일 처리 하나 똑 부러지게 못 한다.

"돼, 됐어요?"

"몰라! 공격해 봐야 해!"

마침, 놈이 다시 질주해 오고 있었다. 광전사 효과 때문인지 놈의 눈빛이 시뻘겋게 보였다.

'이건 카운터 각이다.'

후우웅!

굉장한 속도로 다가오는 놈. 자세를 낮춘 나는 놈이 뻗는 주먹을 옆으로 슬쩍 옆으로 피하며 창으로 옆구리를 베어냈다.

'베르트랑 스피어'의 응용 기술. 그리고 자연스레 깨달은 '만류귀종'의 묘리였다.

까앙!

그러나 놈의 피부는 단단했다. 곧바로 방향을 튼 놈이 연달아 주먹을 뻗어왔다.

"흐읍!"

쾅! 콰가가강!

속사포로 펼쳐지는 연격. 그 속도감과 힘에 호흡이 턱 막혀

왔다.

'……그래도 다행인 건.'

'물리 면역'이 뜨지 않는다는 점. 비록 가죽은 뚫지 못했지만, 놈에게도 분명 딜이 들어갔다.

'그럼 이제 내가 해야 할 일은…….'

나는 놈의 주먹을 창으로 급급하게 막아내며 생각에 잠겼다. 현재 놈에게 남은 패턴 버프는 '스킬 면역'.

'원래는 다 벗기고 섬창을 꼽아야 하는데.'

그게 불가능했다. 이미 섬창을 사용해 버렸고, 스킬「환기」로 섬창을 충당한다고 할지라도 놈은 계속 '스킬 면역' 상태일 테니까.

'그냥 패턴을 마저 벗기는 게 최선이야.'

스킬「환기」를 '패턴 해제'에 쓴 후, 마지막 한 꺼풀마저 벗어낸 후, 싸운다. 그게 지금 내가 할 수 있는 최선의 방법이었다.

['환기'를 '패턴 해제'에 사용하시겠습니까?]

['패턴 해제'의 쿨타임이 사라집니다.]

환기를 사용했고-

"다시 패턴 해제!"

['메피스토'(★★★★★)의 패턴 버프가 해제됩니다.]

다시 패턴 해제를 넣었다.

"됐어!"

마침내 모든 꺼풀을 다 벗어낸 '메피스토'.

[크아아아! 잔재주를 부리는구나!]

놈이 울부짖으며 내 명치 부분 급소를 강하게 쳤다. 지금껏 잘 막았지만, 이번 것은 스킬을 사용하느라 미처 막지 못했다.

"커헉!"

속이 울렁거렸다. 강한 충격에 뒤로 물러났다.

동시에, 주변을 둘러봤다. 상황이 많이 좋지 않았다. 뿔하피와 실베론도 점점 밀려가는 추세에, 나도 놈을 혼자 상대하기 살짝 벅찼다.

키라라라-

실베론은 본체로 돌아가 '브레스'까지 쓰고 있었다. 그런데도 악마의 수는 끔찍하게 많았다.

'일단, 한 차례 걷어내자.'

그렇지 않으면 더 힘들어진다. 나는 창에 노란 기운을 담았다. 고통은 참아냈다. 머릿속에 차오르는 분노 때문인지 참을 수 있었다.

['디스트럭션 쇼크웨이브'를 가동합니다.]

"뿔하피! 실베론! 서은채!"

"네! 아저씨!"

"이쪽으로 붙어!"

[웅! 주인님!]

"메피스토를 견제해!"

[크으으, 그러지!]

일행들을 불러모았다. 그들은 이동하면서도 전투했다. 화염 마법과 전격 마법으로 '메피스토'를 지속적으로 견제했다.

키이이이!

악마들이 더 거세게 몰려들었다. 개미 떼가 사람만 하면 저럴까. 시커먼 놈들이 끝없이 몰려드는 게 참으로도 공포스럽다.

'간다.'

창을 휘둘렀다. 이전과는 다르게 360도로 돌려 버렸다.

약한 놈들을 처리할 때는 이게 최고다.

슈우우웅! 콰가가가가!

홀 전체를 집어삼킬 듯한 노란 웨이브가 사방으로 퍼져 나갔다. 황금빛 기운에 손쉽게 스러져 나가는 작은 악마들.

[레벨이 올랐습니다!]

메시지들이 미친 듯이 솟구쳤다. 레벨도 올랐다.

"와우!"

서은채가 감탄했다.

"아직 감탄하긴 일러!"

"알고 있어요!"

제단에선 아직 끊임없이 악마들이 나온다. 그리고 '메피스토' 역시 건재하다. 마음 같아서는, 이곳에서 무한 경험치를 먹고 싶지만 그럴 여유가 되지 않는다. 저놈을 어떻게든 빨리 처리해야만 했다.

"지금부터 합공이다!"

"디버프 들어갈게요!"

[깃털 폭파!]

나는 창을 한 바퀴 돌리고는 놈에게 다시 달려들었다. 놈 역시 도망치지 않고 응수했다. 상관하지 않았다. 어떤 상대든 무술로 제대로 붙으면 지지 않을 자신감이 있었다.

콰가가강!

수많은 합이 오갔다. 놈은 확실히 대단했다. 각종 디버프와 화염, 뇌격 공격에도 아무렇지도 않은 듯 나를 상대했다.

'크로셀과는 격이 달라.'

기본적으로 체력이 너무 높았다. 정말 어지간히도 튼튼했다. 아마 '무명'(無名)에 새겨진 '방어력 무시' 능력이 없었다면 더욱 힘들었을 거다.

"아저씨!"

"왜!"

"아까부터 계속 디버프가 안 먹혀요!"

무려 시련의 악마다. 숙련도 Max가 아닌 이상 절대 통하지 않을 거다.

"디버프는 필요 없어! 너는 뿔하피, 실베론 힐링에만 집중해!"

"넵! 아저씨는요?"

"난 아직 괜찮아!"

전투는 지속됐다. 놈이 서은채를 노리려 하면, 끊임없이 따라가 공격을 가했고- 놈 역시 내가 쉴 틈을 주지 않고 움직였다.

그야말로 체력싸움. 누군가 지쳐 빈틈을 조금이라도 보이는 순간, 끝장날 살벌한 싸움이었다.

뿔하피와 실베론은 더 정신없을 거다. 메피스토를 견제하면서 악마들까지 몰아내야 했으니.

"아, 아저씨! 다시 악마들이 쌓이기 시작해요!"

어느새 누적된 검은 악마들. 순간, 들불처럼 일어난 공포가 일행들의 마음속을 잠식했다.

끝이 없는 악마들의 파도 속에 결국 휩쓸릴 것 같은 예감이 들었기 때문이다.

서은채가 외쳤다.

"이건 진짜! 답도 없어요!"

이제 놈들을 걷어낼 스킬도 없다. 방법은 단 하나. 최대한 빠르게 '메피스토'를 처리하는 것. 나는 놈에게 창을 찔러넣으며 외쳤다.

"지금부터 메피스토한테만 집중해!"

"악마들은 어찌하고요!"

"내버려 둬!"

이제 결단을 내려야 한다. 지금 '메피스토'를 끝내지 못하면, 미션 실패. 그냥 다 같이 죽는 거다.

[크르르르…….]

놈 역시 지쳤는지 더 이상 대화를 하지 않았다. 목에서 끓는 소리만 낼 뿐이었다.

'이제 해볼 만해.'

그에 비해 나는 활력이 충만하다. 「아누비스 손길」 효과로 피로도가 쌓이지 않고 있었기 때문이다. 물론 광전사 효과가 풀린 지 오래라, 극적인 효과는 보지 못했지만.

[이 끈질긴 놈…….]

어느새 놈의 입가에 웃음이 사라졌다. 침을 질질 흘렸고 호흡도 가팔랐다.

"왜, 또 크크크 거려 보시지?"

[크르르…….]

"크르르 말고 크크크. 새꺄."

[닥쳐라, 이놈!]

놈이 포효와 함께 날아왔다.

화르르륵! 파즈즈즉!

그러나 날개에 집중되는 마법들에 제대로 날지를 못했다. 날개 몇 군데는 이미 찢기고 그슬려 있었다. 나도 그랬지만 놈 역시 상처와 피투성이였다.

[크아아아! 빌어먹을 인간들이!]

"시끄러, 새꺄. 너도 악마로 겐세이 넣잖아. 쌤쌤이야."

후우웅!

놈에게 다가가 창을 휘둘렀다. 몸을 뒤로 젖혀 피함과 동시에 뒤돌려차기가 날아왔다.

"다 보여."

상체를 숙여 피함과 동시에, 놈의 하체를 향해 다시 한번 창을 휘둘렀다. 본래 같았으면 날아서 피했을 걸, 점프로 피한다.

'지금이다!'

자유롭게 날지 못하는 놈들은 허공에 떴을 때, 빈틈이 보인다. 방향을 틀지 못하기 때문이다. 지금은 기회. 기회가 왔을 때 잡아야 한다. 원래 고수들의 싸움은 한 방이 중요한 법.

"타핫!"

본능적으로 발을 다시 옮겨 디뎠다. 그리고 지금 상황에서 가장 효율적으로 놈을 조질 수 있는 자세를 취했다.

[……크으?]

떠 있는 놈의 안색이 다급해졌다. 내가 뭘 하려는 지 깨달은 거다.

"뭐, 시꺄."

비어 있는 놈의 심장. 그곳을 향해 창을 신속히 찔렀다.

그냥 피부에 찌르면 튕겨 나간다.

벌어져 있는 상처 사이. 그곳을 향해 정확히 찔러내야 한다.

푸슉!

그리고 정확도는 나쁘지 않았다. 처음으로 성공한 제대로 된 공격이었다.

[크아아아아아!]

놈이 괴성을 질렀다. 몸을 마구 뒤틀었다. 분노라기보다는 고통 속에서 발광하는 모습이었다. 놈의 저런 모습을 보니, 지금까지의 고통이 살짝 보상받는 느낌이었다.

푸숙! 푸숙! 푸숙!

기회를 잡았을 때 놓치지 말아야 한다. 나는 창을 계속 움직여 상처 사이로 마구 찔러 넣었다. 몸부림침에도 멈추지 않았다.오직 내가 할 일은 찔러 넣기라는 일념으로 미친 듯이 공격했다.

[끄억! 끄어억! 끄억!]

곧이어 놈의 힘이 빠지는 게 느껴졌다. 꼴은 심각했다. 온몸이 상처로 낭자했고 근육은 찢어졌으며, 피범벅이었다.

그래도 계속 공격했다. 아직 메시지가 뜨지 않았기 때문이다.

"아, 아저씨!"

서은채의 목소리가 들렸다.

"그, 그만하세요! 끝난 것 같아요!"

"어?"

주변을 돌아보니 악마들이 전부 소멸해 있었다.

"언제?"

"방금 갑자기 다 사라졌어요!"

다시 아래를 내려다봤다. 미동이 없는 악마 '메피스토'.

'끝난 건가?'

생각할 때였다.

['메피스토'(★★★★★)를 처리합니다!]

또 한 번의 레벨업과 함께 상처들이 사라졌다.

"진짜 끝났구나."

"휴- 살았어요, 우리."

"크흐흐."

웃음이 나왔다. 온몸에 힘이 빠졌다. 마침내 해낸 것이다. 불가능할 것으로 생각했던 '메피스토'를 혼자서 잡아냈다.

"아저씨."

"그래."

"궁금한 게 있는데요."

"뭐?"

"사람 맞으시죠?"

"또 뭔 소리냐."

나는 엎어져 홀 천장을 바라봤다. 잠깐 이렇게 쉬고 싶었다. 그녀 역시 내 옆으로 와 누웠다. 뿔하피도 실베론도 다가왔다.

"저런 괴물이랑 1:1로 싸워서 이기는 사람이라니……. 그냥 대단해서요. 같은 사람이 맞나 싶기도 하고."

"……실없긴."

나는 피식 웃었다. 뭐가 됐든 좋았다. 생존 확률 50% 미만을 뚫고 살아남았으니까. 그거로 된 거다.

[축하합니다!]

[시련의 탑 40층을 클리어하셨습니다.]

[생존자 전원에게 특수한 보상이 지급됩니다.]

"또 열쇠 조각이네요."

탑 10층마다 하나씩 나오는 열쇠의 조각. 이 열쇠가 완성될 날도 머지않았다. 나는 랜덤 박스를 그녀에게 넘겼다.

"바로 까자."

"제가요?"

"응, 돼지꿈의 효능이 끝나지 않았길 빌어보는 거야."

"쿵……. 부담 주는 거예요?"

"아니, 그런 건 아니고."

사실 뭐가 나오든 상관은 없다. 그래 봐야 '메피스토'급 아이템일 뿐이니까. EX급이 아닌 이상, 이제 아이템 따위에 의존할 필요성을 느끼지 않는다.

"넵, 그럼 갈게요."

서은채가 숨을 고르더니, 상자를 활성화했다. 그 모습이 자못 경건해 보인다.

귀엽단 말이지.

[두근두근! 엄청난 기운이 상자에 집중됩니다.]

[악마족 '메피스토'(★★★★★)의 기운이 느껴집니다.]

곧이어, 번쩍!

빛이 터져 나왔다.

'과연.'

[축하드립니다! S급 아이템 '메피스토의 석궁'이 등장합니다!]

"엥? 또 석궁이에요!"

서은채가 놀랐다. 그럴 만도 했다. 30층 보스 '크로셀'도 석궁을 줬으니까. 그 석궁은 현재 빈서율이 잘 쓰고 있을 거다.

"연달아 나오는 석궁이라니, 이건 대놓고 지원이네."

"갓 컴퍼니 짓이겠죠?"

"그럴 거다. 가져가서 써라."

"넵. 감사합니다."

서은채도 알았다. 석궁의 등장이 본인을 겨냥한 것임을.

악마들의 랜덤 박스에는 대부분 무기나 장신구들이 나온다. 그리고 서은채는 그동안 상점에서 파는 낡은 수련용 석궁을 사용했었다. EX등급 창 '무명'(無名)을 지닌 나보다는 그녀에게 힘을 실어주는 게 나을 거라 판단한 걸 거다.

'뭐, 상관없지.'

누굴 밀어주든 생존 확률만 오르면 된다. 액세서리 하나 끼는 거보다, 서은채의 원거리 지원을 받는 게 더 큰 도움이 될 때도 있을 테니까.

"……일단은."

난 석궁을 확인하며 좋아하는 서은채를 돌아다봤다.

"넵, 아저씨!"

"좀 쉬자. 피곤하다."

치열한 혈투로 인해 정신적으로 지쳤다. 온몸에 기력이 없는 노곤한 느낌.

갑자기 두통이 일었고 수마가 쏟아졌다. 그러고 보니, 잠을 자지 않은 지도 꽤나 시간이 흐른 것 같았다.

"헉, 죄송해요. 제가 약해서 괜히 더 힘드셨던 거죠?"

"약하긴, 같이 싸워서 깬 거지. 그런 거 아니다."

"힐링이라도 해드릴까요?"

"괜찮아. 레벨업 덕분에 육체는 멀쩡해."

"그, 그럼 조금 주무세요. 제가 경계 설게요."

경계는 무슨.

나는 누워서 잠깐 쉬었다.

"너도 그냥 좀 쉬어. 그간 고생 많았잖아."

"그럼 경계는요?"

"괜찮으니까 쉬어라. 어차피 41층은 도입부는 괜찮아. 안전해."

곧이어, 40층의 미궁이 점점 사라져갔다. 시야가 어두워지면서 전체가 암전됐다.

'필드의 소멸.'

원래는 이다음 탑 밖으로 튀어 나가야 정상이다. 하지만 저주의 효과로 인해, 다시 빌어먹을 메시지가 뜬다.

[시련의 탑 41층입니다.]

[임무 유형 - 섬멸]

[동굴 내 존재하는 모든 몬스터를 제거하세요!]

'제기랄.'

이제는 지겨운 메시지. 일단은 그냥 눈을 감고 좀 쉬기로 했다.

잠깐의 수면.

눈을 뜨니 동굴 내부가 보였다. 서은채는 일어난 채로 새로 얻은 석궁 조준 연습을 하고 있었다.

'도대체 얼마나 잔 거지?'

내 기척을 들었는지 그녀가 다가왔다.

"일어나셨어요?"

"그래. 좀 쉬라니까."

"빨리 강해져야죠. 헤헤. 바뀐 석궁에 적응도 좀 해야 하고. 아, 이젠 좀 괜찮으서요?"

그녀의 답에 나는 빙긋 웃었다. 조금 잤다고 몸에 활력이 돌고, 두통이 완전히 가셨다. 바로 다시 전투해도 될 정도의 컨디션이었다.

"응, 괜찮다. 별일은 없었고?"

"넵, 아! 모찌 언니한테 연락 왔었어요."

"그래?"

"그냥 별일은 아니고 살아는 있냐, 몇 층까지 깼냐, 이런 것들이요."

"그래서? 뭐라 말했는데."

"40층 깨고 41층에서 쉬고 있다 말했죠. 다들 놀라던데요? 언니도 엄청 놀랐던 거 같아요."

하긴, 그랬겠지. '패턴 해제'라는 희대의 사기 스킬이 없었다면, 절대 불가능했을 임무였으니까.

"아, 그리고 제 레벨에도 다들 놀랐어요."

"……레벨?"

나는 정보를 확인했다. 내 레벨 59. 서은채 레벨 54.

이제 만렙까지 정말 얼마 남지 않았다.

"네, 예린 언니가 아직 레벨이 48이거든요."

"놀랄 거 없어."

"왜요?"

"이제 더 오를 테니까. 41층부터 원래 폭렙 구간이거든."

「몬스터즈」 시절에는 탑 등반 자체를 만렙부터 했었지만, 그때도 생각하긴 했었다. 41층부터는 유난히 몬스터가 많이 나오고 경험치도 많이 줬었다. 그리고 어떤 장치를 건드리면…….

"폭렙이요?"

"이제부터 50층까지 레벨업에만 집중한다."

채비를 갖췄다. 그리고 동굴 밖으로 걸어 나섰다. 이제부터 폭렙을 할 생각이었다.

시련의 탑 41층. 필드 타입은 동굴. 임무는 섬멸.

그르르르- 크르릉-

동굴 길 끝자락. 그 밑에는 절벽이 있었고- 아래 넓은 공터에는 수많은 늑대족들이 모여서 하울링하고 있었다.

대략 3,000마리 정도? 엄청난 수량임에는 분명했다.

"익숙한 지형이네요."

"그럴 거야."

이곳 필드는 시련의 탑 1층과 거의 동일하다. '고스트 중대장'(★★) 무리들을 잡았던 그 필드.

"저것들을 다 잡아야 한다구요?"

"아니."

"그럼요?"

"더 잡아야지. 저건 빙산의 일각일 뿐이야."

사실 「몬스터즈」 당시엔 저 늑대들만 잡았다. 실은 그것만으로도 벅찼다. 체력도 준수하고 일단은 딜이 무척이나 강했으니까.

'이곳까지 못 올라와서 다행이지.'

놈들에겐 비행 스킬이 없다. 그렇기에 이 절벽 위를 기어 올라올 수 없다. 아마 지금 저 늑대들에게 둘러싸인다면, 아무리 나라 해도 버텨내기 힘들 거다.

급격하게 올라간 난이도. 저 늑대 한 놈, 한 놈에게 엄청난 기운들이 느껴졌다. 아마 탑 30층대의 보스들과 비빌 만할 거다.

"헐, 저게 빙산의 일각이라구요? 저렇게 많은데?"

서은채가 초조한 듯 말했다.

나는 늑대들을 바라보며 떠올렸다.

'77층의 설계도.'

시선을 내렸다. 늑대 무리 사이, 커다란 홀 중앙에는 구덩이가 하나 파여 있었다. 설계도에 따르면 깊이가 수백 미터에 달하는데 내려가는 게 현실적으로 불가능할 정도다. 구덩이 측면에 위험천만한 수천 가지의 장애물들이 대기하고 있기 때문이다.

'하지만 내려갈 수만 있다면.'

한 기관 장치에 도달할 수 있다. 바로 몬스터 증폭 장치. 그 장치를 활성화하는 순간, 저 수많은 늑대들이 약 수십 배로 불어날 거다.

"기다려 봐. 더 늘어날 테니까."

"……늘어난다구요?"

"어, 기관을 작동시킬 거거든."

직접 내려갈 수는 없다. 그건 「몬스터즈」 시절 소수정예 멤버가 돌아온다 해도 힘들 거다. 하지만, 지금 나에겐 기발한 방법이 있다.

"왜요?"

"40층 이후부터는 몬스터 한 마리, 한 마리가 까다로울 거야. 그리고 이렇게 좋은 지형적 이점을 가지고 싸울 수 있는 장소는 41층뿐이고. 이곳에서 최대한 뽑아먹어야 해."

"……지형적 이점."

"놈들을 잡는 건 간단하다. 그냥 여기서 원거리 스킬만 날려대면 끝. 우린 아무 피해도 없어."

「몬스터즈」 당시에도 그랬다. 비록, 그런데도 깨는 데 시간이 오래 걸렸었다. 그만큼 놈들은 튼튼했다.

"하긴, 그렇긴 하겠네요. 못 올라오니까."

"응."

"왜, 이런 식으로 만들어놨을까요?"

"나야 모르지. 음……. 의도는 다르지 않았을까?"

"하긴, 알 필요는 없죠."

"그래, 지형을 이해하고 기관 장치를 뚫을 수만 있다면, 그리고 놈들을 뚫을 원거리 스킬만 있다면, 막대한 경험치를 얻어낼 수 있을 거야. 물론 설계도의 내용을 안다는 전제하에서."

나는 전투를 준비했다. 그리고 물었다.

"자, 폭렙할 준비는 됐나?"

"폭렙이면……. 어디까지요?"

"음……. 만렙까지는 불가능하더라도……."

레벨 40 이상부터는 요구 경험치량이 급증한다. 토 나올 정도다. 거의 기존 레벨의 배수로 올라가니까. 그렇기에 이런 장치들을 하나하나 챙겨줘야 한다.

"그래도 꽤나 짭짤할 거야. 다들 놀랄 정도."

"헤에."

서은채의 표정이 기대감으로 가득 찼다. 나 역시 설렜다. 설계도의 존재를 모르는 채팅방 고인물들이 놀랄 생각을 하니 특히 더 그랬다. 이런, 점점 변태가 되어가는 기분이다.

['불지옥' 내 테이밍 된 몬스터들이 출동을 준비합니다.]

['불지옥' 문을 여시겠습니까?]

[문은 10분 동안 열 수 있습니다.]

"크으."

심장에 자리 잡은 정수가 날뛰었다. 내가 가지고 있는 최고의 원거리 광역기. '불지옥'을 활성화했다.

끼이이이!

소름 끼치는 소리와 함께 문이 열렸다. 그와 동시에 튀어나오는 여섯 마리의 몬스터들.

그렇다. 기관을 작동시킬 수 있는 나만의 방법은…… 바로 이번에 얻은 '피닉스'(★★★★★)에 있었다.

'오직 나만이 가능한 방법.'

바로 저 구덩이에 피닉스를 던져넣는 거다. 말도 안 되는 장애물들이 공격하겠지만, 피닉스는 무적. 알의 형태로 낭떠러지 바닥까지 '살아서' 내려가겠지. 그 후, 기관 버튼을 누르기만 하면 끝. 아주 간단한 방법이다.

끼오오오!

피닉스가 내 오더를 이해했다는 듯 포효했다. 그러고는 구덩이 쪽으로 질주했다. 정수의 기운과 남은 몬스터들 역시 아래 늑대들을 덮쳤다.

콰가가강! 키아아아!

확실히 늑대들이 강하긴 했다. 그 막강하던 '불지옥'에도 끈질기게 견뎌내며 맞대응했다. 그 엄청난 기운에도 꿋꿋이 버틸 만큼 튼튼했다.

'역시 안 통하나.'

아마, 놈들을 다 잡아내려면 꽤 많은 시간이 걸릴 거다. 그래도 상관없었다. 지속해서 딜을 넣다 보면 언젠간 다 소중한 경험치로 돌아올 테니.

"피닉스가 무사히 들어갔어요!"

서은채도 석궁을 쏘며 딜을 지원했다. '메피스토 석궁'의 기능인지 그녀가 쏘아낸 볼트가 연달아 날아가 폭발했다.

"응, 느끼고 있다."

피닉스의 움직임이 느껴졌다. 장애물이 엄청났는지 벌써 알이 된 상태.

'대단하긴 하네.'

나와 서은채가 온 힘을 다해 딜을 넣어서야 겨우 알로 변했던 존재가 피닉스다. 그런데 채 1분도 지나지 않아 알로 변했다. 확실히 41층부터는 체감난이도가 남달라졌다.

끼오오오!

구덩이 밑에서 고통스러운 피닉스의 울음이 메아리쳐 울려왔다. 알로 변했다가 다시 부활했다가 알로 변하기를 반복할 찰나

[시련의 탑 41층 특수 기관이 작동합니다.]

마침내, 피닉스가 밑바닥에 도착했다. 약 8분 정도 걸린 것 같았다. 다행이었다. '불지옥'의 지속시간은 10분이었으니까.

[근처에 '동굴 늑대'(★★★★★)가 소환됩니다.]

[근처에 '동굴 늑대'(★★★★★)가 소환됩니다.]

[근처에 '크림슨 늑대'(★★★★★)가 소환됩니다.]

[근처에 '전설 늑대'(★★★★★)가 소환……]

몬스터들이 수없이 증가하기 시작했다. 엄청 넓은 공간임에도 틈이 부족해 서로 끼일 정도로 증폭됐다. 마치 모 게임의 유즈맵 '저글링 블러드'를 보는 느낌이었다.

"맛있겠네."

"네?"

"다 경험치잖아."

이제 우리가 할 일은 간단하다. 저 수많은 몬스터를 쓸어 담기만 하면 되는 것.

"시작하자."

"넵!"

그게 얼마나 걸릴지는 모르겠지만 말이다.

폭렙! 그 얼마나 설레는 말인가.

단기간에 레벨을 많이 올리는 행위. 레벨이 존재하는 RPG 종류의 게임을 한다면, '폭렙'이라는 단어가 게임의 대부분일 만큼 중요하다.

'이 사냥터 효율 어때요?'

'폭렙할 수 있는 최고의 구성이 뭐죠?'

'이 게임은 경험치 두 배 이벤트 안 하나?'

커뮤니티 질문방 단골 멘트들이다. 그리고 「몬스터즈」에서 최고의 폭렙 전문 사냥터로, 단언컨대 탑 41층 하나를 꼽을 수 있다. 물론, 올 수 있는 사람은 극소수겠지만 말이다.

내가 알고 있는 최고의 사냥터인 이곳.

그 이유엔 딱 세 가지가 있다.

첫째, 고등급 몬스터가 많다. 둘째, 그 몬스터가 한 곳에 몰려 있다. 셋째, 사냥 방법이 쉽고 간단하다.

'그냥도 이런데…… 무려 수십 배나 증가했으니.'

거기에 설계도 지식을 사용해 몬스터를 무려 수십 배나 증폭시켜 뒀다.

그야말로 노다지.

군침을 삼킬 수밖에 없었다.

콰가가가! 쿠가가강!

절벽 아래 홀에 폭음이 울려 퍼졌다. 나는 그쪽 아래로 시선을 옮겼다. 수많은 늑대들이 우리의 공격을 받아내고 있었다.

서은채의 볼트. 뾸하피의 깃털과 뾸날리기. 실베론의 뇌전 마법과 브레스. 오베론의 목(木)속성 마법. 키르케의 암(暗)속성 저주. 그리고 내 '디스트럭션 쇼크웨이브'와 '불지옥'까지. 원거리 스킬들이 생각보다 많았다.

[주인, 브레스 쿨타임이 또 돌았다.]

마침, 본체로 변신한 실베론이 말한다.

"그래? 이제부터 묻지 말고 갈겨."

[알겠다. 뭔지 모르지만 신나는군.]

키라라라!

전격의 회오리가 절벽 아래에 몰아친다.

크르르르!

컹컹!

늑대들도 대단했다. 그렇게 맞아도 끝까지 버텨냈다. 마치 체력과 방어력에만 올인한 탱커가 있다면 이런 느낌일 거다.

'잉? 탱커는 곰족 아닌가?'

뭐, 어쨌든.

지속된 공격으로 적잖게 죽였다. 그런데도 끝이 없었다. 정말 우글거린다는 말이 딱 적합한 느낌이었다.

"진짜 끝이 안 보이네요."

서은채가 씁쓸하게 웃었다.

"그래서 싫어?"

"아뇨, 그럴 리가요. 헷헷, 제 입가 안 보이세요?"

그러고 보니, 입꼬리가 살짝 올라가 있었다.

"맨날 사냥이 이랬으면 좋겠어요. 레벨도 레벨이지만 숙련도 증가가 장난이 아니에요."

"그것도 그렇지."

한 마리, 한 마리가 5성짜리 보스급이다. 스킬 적중만 시켜도 숙련도가 말이 안 나오게 오른다.

다시 시야를 전방으로 했다. 그 와중에도 메시지가 끝없이 올라가고 있었다.

수 없이 쌓이는 경험치들. 아직, 1/10도 죽이지 않은 것 같은데 벌써 레벨도 3이나 올랐다.

'내 레벨 62, 서은채 레벨 58.'

만렙이 다가올수록 레벨 격차가 좁아진다. 이는 어쩔 수 없었다. 고렙일수록 증가하는 경험치 요구량 때문이다.

"너무 좋아하지 마라. 레벨은 그냥 레벨일 뿐이야. 원래 이 게임은 만렙부터 시작인 게임이었으니까."

"넵! 명심할게요!"

사냥은 계속됐다. 하루가 지나고 이틀이 지났다. 빈 공간에는 뭉쳐 있던 다른 늑대들이 채웠다.

식사는 늑대고기. 뿔하피가 집어온 놈으로다가 요리했다. 뭐, 뱀고기보다는 먹을 만했다.

"으, 제 취향은 아니네요. 근육 때문에 너무 질겨요."

서은채는 그렇게 생각하는 것 같지 않았지만……. 어쨌든, 사냥은 단순했다. 그저 훈련하듯이 스킬 사용을 반복했다.

"이제 좀 수가 줄어가는 게 보이네요."

늑대와 늑대 사이의 텀이 점점 넓어져 갔다.

"안타깝군."

폭렙의 끝이 보이고 있었다.

"버튼은 한 번 더 활성화 안 되는 거예요? 더 잡고 싶은데."

"응, 내가 알기론 딱 한 번이야."

"탑에 다시 들어와서 경험치 먹는 것도 안 된다 했었죠?"

"클리어하지 않는다면 될 건데, 뭐 그때는 다 만렙이었어서 굳이."

"아……."

클리어하는 순간, 다시는 해당 층에서 경험치를 못 먹지만 클리어하지 않고 죽으면 먹을 수가 있었다. 하지만 탑의 공식 룰은 '만렙 이상부터 도전'이었기에, 그런 방식을 사용하는 사람은 없었다. 그리고 어차피 지금은 탑에 들어오는 순간, 죽음 혹은 클리어 둘 중 하나일 뿐이지 않은가.

'생각할 거리도 안 되지.'

그렇게 시간이 흐르고 또 흘렀다.

끼이잉-

남은 늑대는 한 마리. 동료를 잃은 놈의 모습이 한층 더 초라해 보인다.

푸숙!

곧이어 그마저도 뿔하피의 뿔에 관통당해 즉사했다.

[축하합니다!]

[시련의 탑 41층을 클리어하셨습니다.]

'드디어 끝났군.'

뭔가 아쉬우면서도 후련했다. 더 잡고 싶으면서도 지겨운 그런 느낌. 그렇게 우린 42층으로 이동했다.

[시련의 탑 42층입니다.]

[임무 유형 - 섬멸]

[신전 내 존재하는 '시련의 우로보로스'(★★★★★)를 제거하세요!]

새로 나타난 필드는 거대 신전 속. 떨어진 필드에서 우리가 가장 먼저 한 행동은 그동안 올렸던 레벨과 숙련도 파악이었다.

"이번에 얻은 몬스터들 숙련도가 벌써 8을 넘겼어요."

"잘했네."

"기존 것들은 다 10 넘겼구요."

그녀가 활기차게 말했다.

내 소환수 역시 대부분 10을 넘겼다. 뿔하피의 '뿔날리기'의 숙련도는 벌써 15. Max 레벨이 20인 것을 감안하면 엄청난 성장 속도다.

"후, 강화소만 들르면 딱인데."

얄밉게 '건호! 건호오오!'거리는 쉐넌이 보고 싶은 날이 올 줄이야. 빨리 남은 몬스터들도 6성을 찍어줘야 할 텐데…….

그게 가장 아쉽다.

"레벨은 벌써 64네요. 몬스터 칸도 더 늘었어요."

서은채도 엄청나게 레벨을 올렸다. 내 레벨은 67. 이제 그녀와의 차이도 3이다. 만족할 만한 성과였다.

"이제 숙련도도 쌓았고 47층까지 쭉 달리면 되겠어."

"스킬 박스도 까야죠."

"그래야지."

각자 스킬 상자를 까려 할 때였다.

[모찌(Lv.48):오빠?]

[모찌(Lv.48):오빠 있음?]

[모찌(Lv.48):은채야?]

왼쪽 시야 한구석에 익숙한 아이디가 보였다. 저주에 걸린 이후, 채팅창은 항상 구석에 켜두고 있다. 다른 아이디가 올라올 땐, 잘 안 읽는다. 그거 다 읽으면 한도 끝도 없으니까.

그러다 보니, 딱 '모찌'라는 단어에만 내 시야가 반응을 한다. 그냥 몇 주 켜놓다 보면 저절로 그렇게 된다.

[비운(Lv.67):ㅇㅇ?]

[서은채(Lv.64):네, 언니!]

서은채도 보고 있었나 보다. 내 답과 연이어 채팅하는 그녀. 역시, 연출을 안단 말이지.

[모찌(Lv.48):뭐야, 레벨들이 왜 이래?;;]

먼저 주예린이 놀랐다. 그 후, 채팅창 멤버들이 반응했다.

[병아리콩(Lv.38):미친…….]

[폭행몬스터즈(Lv.40):ㄷㄷ]

[조류족성애자(Lv.38):역시, 형님이십니다.]

[담배하나피까츄(Lv.40):?? 저게 말이 되는 수치임? 불과 몇 주 전만 해도……. 50대 아니었나?]

[아리아리동동(Lv.37):뭐냐! 무슨 버그냐! 이건!]

[모찌(Lv.48):아, 설마 오빠……?]

역시, 주예린. 41층을 기억하고 있었다.

설계도도 함께 봤으니 분명 알 거다.

[모찌(Lv.48):그 말도 안 되는 장치 발동한 거야? 어떻게? 그건 불가능하다고 판단했었잖아.]

[아리아리동동(Lv.37):장치? 그 장치가 뭔데! 우리도 알려달라!]

[병아리콩(Lv.38):222 알려달라!]

[몬스터콜렉터(Lv.39):알려달라!]

[모찌(Lv.48):조용히 좀 해봐. 너넨 알려줘도 못하니까.]

[조류족성애자(Lv.38):끼잉.]

[아리아리동동(Lv.37):……너무해.]

귀여운 채팅창 반응들. 나는 웃어넘겼다.

[비운(Lv.67):그렇게 됐다. 그나저나 왜 무슨 일이야.]

[모찌(Lv.48):아, 맞다! 밖엔 새로운 이벤트가 시작됐어!]

[비운(Lv.67):이벤트?]

[모찌(Lv.48):오빤 모를 거야. 원래 탑 안에 있을 땐 메시지 안 오잖아.]

그러고 보니, 저번에도 그랬던 것 같다.

[비운(Lv.67):무슨 이벤트인데?]

[모찌(Lv.48):그게 뭐냐면…….]

나는 서은채와 앉아 그녀의 설명을 듣기 시작했다.

Chapter 6

약 한 달 전. '사이버'와의 조우.

문득, 주예린은 그 순간이 떠올랐다.

'끔찍하고 소름 끼치는 존재.'

그 이상으로 표현할 방법이 없었다. 그만큼 엄청난 압력이었다. '비운' 오빠, 그러니까 담건호는 놈에게 창을 날릴 정도로 그 압력에 자유로운 것 같았지만, 그녀는 아니었다. 온몸이 묶여 움직일 수조차 없었다.

그렇게 담건호와 서은채를 눈앞에서 떠나보낼 수밖에 없었다. 처음엔 죽은 줄 알았다. 그래서 펑펑 울었다.

가슴이 아픈 건 둘째치고, 두려웠다. 그 없이 이곳에서 생존할 수 있을까. 저 끔찍한 존재가 주는 공포에서 벗어날 수 있을까.

다른 걱정도 했다. 혹시 다른 오빠들처럼, 그도 '사이버'에게 조종당하는 건 아닌가. 그럼 죽음보다 더 끔찍할 것 같았다.

그 순간 깨달았다. 담건호라는 남자. 그에게 그동안 알게 모르게, 아니, 확실하게 의지하고 있었던 거다.

일행들도 그녀와 별반 다르지 않았다. 빈서율도 울었고, 서지호도 울었다.

"한번 같이 찾아보세."

"채팅창이라는 시스템이 있다 들었는데, 그들에게 조언을 구해보는 게 어떻소?"

시간이 흐른 후- 할아버지와 양종현이 먼저 나섰다. 주예린도 그것을 위안 삼아 빠르게 정신을 차렸다. 아니, 정신을 차려야만 했다. 소수정예 집단의 부단장이니까.

그가 없어도 앞으로 이 집단을 이끌어야 하는 사람이니까.

"당분간 훈련은 포기할게요. 혹시 다른 지역에 떨어져 있을 수도 있으니까 팀을 나눠 샅샅이 뒤져보세요. 저는 계속 채팅창 주시하면서 주변 고인물들에게 도움을 청할게요."

"알았네."

"알겠어요, 언니."

일행들의 대답에 힘이 없었다. 말은 하지 않았지만, 다들 멘탈이 나가 있었다. 그만큼 그의 부재는 컸다.

그렇게 이틀의 시간이 지났다. 정신없는 나날 속, 채팅창을 통해 온 하나의 연락.

[비운(Lv.52):모찌 있냐?]

그 순간이 얼마나 반가웠는지 모른다. 저 태연한 반응에 목이 멕히고 심장이 아려와 눈물이 절로 났다. 뭔가 불구덩이 속에서 누군가 손을 내밀어준 그런 느낌이었다.

탑 35층에 있다는 연락. 왜 거기에 들어갔는진 모르겠지만, 일단 살아 있다는 것에 안도했다.

시간이 흘렀다. 그동안 많은 것이 변화했다. 일단, 그가 탑의 저주에 걸렸다는 걸 알아냈고, '운영자 아린'도 만났다. 그가 없는 탑 등반을 준비했고, 탑 서쪽으로 찾아오는 고인물들을 케어했다.

[비운(Lv.52):네 판단으로 이끌어 봐. 탑 등반을 강요하진 않을게.]

힘을 주는 말이었다. '신뢰'가 없으면 할 수 없는 말.

주예린은 그 기대에 충족하고 싶었다.

그래서 노력했다. 훈련량을 늘렸으며, 일행들과 탑 공략을 상의했다. 그와 서은채가 살아 있다는 답을 들은 일행들도 적극적으로 나섰다.

"사실 리더가 압도적이어서 그렇지 우리도 하면 충분히 할 수 있다고 생각하오."

"만날 도움만 받을 순 없지 않은가. 같이 탑에 오르세."

"저도 할 수 있어요, 누나."

다들 깨달은 것 같았다.

'사이버'(★★★★★★★). 그 끔찍한 놈과의 전쟁에서 그에게 도움이 되기 위해서는, 의지만 하고 있어서는 안 되겠구나. 더 적극적으로 싸워 힘을 쟁취해 내야겠구나.

"당사는 여러분이 하시는 만큼, 투자를 아끼지 않을 겁니다."

운영자 '아린'의 말이었다. 노력한 만큼 강해진다. 그리고 담건호는 그만큼 노력했던 남자였다.

"우리도 할 수 있어요."

일행들을 다독였다. 사실 전력이 약하진 않았다.

딜러 '빈서율'. 정찰 '서지호'. 탱커 '지병수'. 디버퍼이자 힐러 '양종현'.

과연 그는 이런 상황까지 그렸던 걸까. 밸런스도 나쁘지 않았다. 그렇게 다섯 인원의 탑 등반이 시작됐다.

탑 35층. 미궁 입구 찾기. 클리어 방법은 비교적 간단하다. 총 3개의 소환진을 찾아 동시에 밟고 있으면 미궁 중앙의 봉인이 풀린다.

"또 동굴이구먼? 이놈의 탑은 유난히 동굴이 많단 말여."

할아버지가 투덜거렸다. 주예린이 고개를 끄덕였다.

"그것도 엄청 넓죠. 천천히 진행할 거예요. 우선 서지호."

"넵."

"장애물 탐지, 제거 좀 부탁해. 그리고 서율이."

"네, 언니."

"너는 제3의 감각으로 주변을 살펴봐. 특이한 거 발견하면 바로 보고하고. 할아버지는 탱커들 좀 앞에 세워주세요. 혹시 지뢰나 함정들을 밟을 수도 있어요. 종현 씨는 탱커 힐링 좀 맡아주시고요."

"그리하지."

"알겠네. 그나저나 조용하구먼. 이곳은 몬스터가 없나?"

"네, 여긴 오직 장애물뿐이에요."

주예린이 깔끔하게 오더했다.

어차피 이들은 그녀의 팀. 항상 합동훈련을 했기에, 어려운 점은 없었다.

'37층 히든 피스는 패스한다.'

주예린은 움직이면서 앞으로의 계획을 찬찬히 정리했다.

오빠라면 도전했을 테지만, 그녀는 본인의 분수를 알았다.

이곳은 게임이 아닌 현실. 가능성이 없는 수에 도전하는 취향은 아녔다.

'저주가 50층까지면……'

우리도 최대한 50층까지 올라야 한다. 차근차근 숙련도를 쌓아가며 클리어한다면, 불가능한 것만은 아닐 거다. 지금 멤버가 꿀리는 것은 절대 아니니까.

각종 S급 스킬들. 전 인원의 합체족화. 상황은 「몬스터즈」 당시 소수정예 멤버들보다 오히려 나았다. 비록 그때보다 레벨과 등급은 낮았지만, 스킬들은 나름 꿀리지 않았다.

"비운 님은 현재 놈의 저주에 걸린 상태입니다. 50층까지 올라야 그 저주를 풀 수 있습니다. 비운 님 없이 50층까지 오를 수 있으면 올라보세요. 그렇게만 해주신다면, 지원은 확실히 해드리겠습니다."

거기다 이전에 만났던 아린의 말. 「갓 컴퍼니」의 지원도 확실히 약속받았었다.

'그럼 해볼 만하지. 아니, 무조건 할 수 있어.'

주예린은 이래 봬도 93층까지 경험해 봤던 고인물. 거기에 일행들 역시 산전수전 다 겪은 베테랑들이다.

'오빠에게 짐만 될 수는 없으니까.'

35층 동굴은 생각보다 넓었다. 일행들은 훈련과 탐색을 동시에 병행했고, 많은 시간이 흘렀다.

급하게 진행하지 않았다. 항상 안전이 최우선이었다. 그러다 보니, 약 2주 정도 지났을 때에야 마지막 소환진을 찾아냈다.

물론, 그 와중에 많은 일이 있었다. 서은채가 '용사 채팅창'에 입성했고 고작 둘이서 37층 '히든 피스'까지 깼다는 소식도 접했다.

'역시 오빠는…….'

참 대단한 사람이었다. 그녀에게 아무리 능력이 주어진다 해도 절대 둘이서는 그 끔찍한 미션에 도전하진 못할 거란 생각이 들었다.

"후, 드디어 깼네요."

빈서율이 상큼하게 웃었다. 무언가 후련한 느낌.

"다들 고생하셨습니다."

"고생했네."

35층의 클리어였다.

"건호 씨는 아직 무사한 거죠?"

"은채 누나는요? 무사해요?"

빈서율과 서지호는 이렇듯 간혹가다 그들의 안부를 물어왔다.

"물론이지. 우리보다 클리어 속도도 더 빨라."

"……분발해야겠네요."

그래, 분발해야지. 우린 다섯 명이니까.

우리는 약 1주의 준비 기간을 거친 후, 다음 층에 도전했다. 바로 도전해도 문제없었지만, 그래도 정비는 해야 했다.

누적된 피로도 해소하고 식량도 보충했다.

그렇게 들어간 탑 36층. 그곳은 35층에 비해서 비교적 쉬웠다. '메피스토의 미궁' 지하 1층 정리하기. '비단 살모사'(★★★★)들을 잡는 거였는데, 어렵지 않았다.

푸숙! 푸수수숙!

빈서율과 서지호, 할아버지, 릴 드 포아의 볼트가 놈들의 대가리를 꿰뚫었다.

콰직! 콰직!

주예린, 양종현, 아델 드 베르트랑의 창 역시 쉬지 않았다.

공격받을 걱정은 없었다.

어그로(S급). 적들의 공격을 맞아주는 최고의 탱커 스킬. 할아버지의 '라이'(★★★★★)가 이 스킬을 통해, 전방에서 튼튼하게 버텨주고 있었으니까.

아마 놈들 전체를 잡는 데 3일 정도 걸렸을 거다.

문제는 보스 '백토룡'(★★★★★)이었다. 커다란 하얀 지렁이…… 놈은 스킬 면역이라 오직 물리 공격만으로 잡아야 했다. 무척이나 까다로웠다. 스킬 면역인 주제에 땅속으로 파고들어 게릴라전까지 펼치는 놈이었으니까.

'하지만.'

주예린은 준비를 철저히 했다. 각자의 기감으로 놈이 튀어나오는 위치를 정확히 파악했고 할아버지의 '세계수 위그드라실'(★★★★★★)의 힘을 빌려 놈의 공격을 회피했다.

그런데도 놈의 가죽을 뚫어내는 데 꼬박 하루가 걸렸다.

미궁 1층 토벌을 완료하고 나왔다.

문제는 그때부터였다.

['이벤트' 공지가 도착했습니다.]

주예린은 놀랐다. 간만에 탑 밖으로 나온 그들에게 새로운 이벤트 메시지가 등장했기 때문이다.

[정체불명의 존재가 '깜짝 이벤트'를 개최합니다!]

[이번 이벤트의 이름은…… 과연!]

[두구두구두구! 빠밤!]

[아주 흥미로운 이벤트군요! 그 이름 하여, '서버 통합 경쟁전!']

[각 서버당 인원이 현저히 줄었습니다. 그에 따라 서버를 한곳으로 합치기로 했습니다. 이 이벤트는 국가 대항전입니다.]

[짜잔!]

[당신의 집단을 공성전 필드로 초대합니다! 소속된 서버 인원과 함께 성을 점령하세요! 가장 많은 성을 점령한 서버 순으로 순위를 매깁니다. 이벤트 종료 후, 생존자들은 1~3위 서버로 자동 이동됩니다.]

[전투 시, 사망한 몬스터 및 캐릭터 부활 가능]

[전투 시, 기권 가능]

[참여 서버:1~242]

[준비 기간:1달]

[참여 신청:각 집단 요정]

"……이건."

처음 보는 이벤트였다.

"서버를 합친다는 게 뭔 말일까요?"

빈서율이 물었다. 주예린도 혼란스러웠다.

"흠, 인원에 비해 땅이 너무 넓으니까, 한곳에 몰아넣겠다는 것 같은데."

"허얼, 대한민국 말고도 다른 국가들도 다 당했었나 보군요."

"그랬나 봐. 242개국이라니…… 이거 생각보다 스케일이 더 큰데?"

"그럼 우린 어쩌죠?"

"흐음, 생각 좀 더 해보자."

다시 42층 탑 내부. 서은채와 난 주예린과 대화를 나누고 있었다.

[비운(Lv.67):흐음, 서버 통합이라…….]

그녀에게 이벤트 내용은 대강 전달받은 상태.

[모찌(Lv.48):그래서 고민이야. 탑 오르기도 벅찬데, 이벤트까지 하기엔……. 그렇다고 이벤트를 안 하기엔 뭔가 찝찝한데.]
[비운(Lv.67):보상은 자기 서버를 지키는 게 다고?]
[모찌(Lv.48):그런 거 같아.]

문득, 궁금해졌다. 서버마다 '시련의 탑'이 있을 텐데. 그 탑의 종주가 '사이버'(★★★★★★★)라 치면, 수많은 '사이버'가 존재하는 걸까? 아니면, 어떤 서버에서 입장하든 놈은 하나인 걸까?
'하나일 확률이 높지.'
그러니까 서버 통합을 하는 것이리라. 서버가 사라진다는 건, 그 서버에 있던 탑도 사라진다는 거니까. '사이버'나 되는 놈이 그렇게 쉽게 사라질 리 없다.

'……그렇다면.'

아무렴, 어떻게 되든 상관없다. 무사히 이동만 된다면, 굳이 대한민국 땅이 아니어도 상관없다는 말이다.

'애국이 밥 먹여 주는 것도 아니고.'

이미 모든 국가는 붕괴했다. 살아갈 터전만 있으면 되지, 소속감 따위도 없었다.

'국가 대항전이라는 타이틀보다는 무조건 생존이 먼저야.'

그저 살아갈 수만 있으면 된다. 여태 그 원동력으로 생존해 왔다.

[비운(Lv.67):굳이 참여할 필요는 없을 것 같다. 일단은 급한 것부터 해결하자.]

[모찌(Lv.48):사이버?]

[비운(Lv.67):응, 놈의 횡포가 더 심해지기 전에 탑에 올라야지. 회사도 그걸 원하니까.]

탑 50층에 오르는 것. 그 후, 레너드의 상판대기를 보는 것. 지금은 그게 제일 중요했다.

[모찌(Lv.48):그럼 우리도 계속 탑 올라?]

[비운(Lv.67):네 판단하에 해. 믿을 테니까. 그렇다고 굳이 무리해서 오를 필요도 없고. 명심해. 항상 안전이 최우선이야.]

생존하기 위해 탑을 오르는 거지, 탑을 오르기 위해 생존하는 건 아니다.

[모찌(Lv.48):응응, 알지. 하, 고민이네. 그래도 우리 땅인데.]

주예린과는 계속 대화를 나눴다. 이벤트 외에도 그녀는 탑 공략에 있어서 혹시 잘못 알고 있는 게 있는지 물었고 나는 알고 있는 선에서 최선을 다해 답변했다.

[조류족성애자(Lv.38):저기…… 형님, 누님!]

정태경이 끼어든 것은 그때였다.

뭐지?

[모찌(Lv.48):ㅇㅇ? 왜 태경이.]

[조류족성애자(Lv.38):누님이 이벤트 때문에 걱정하시는 것 같아서 한 말씀 올리려 합니다!]

[모찌(Lv.48):응?]

[조류족성애자(Lv.38):형님, 누님은 굳이 참여하지 않으셔도 될 것 같습니다.]

갑자기?

나는 고개를 갸웃했다. 서은채 역시 의문 어린 표정으로 날 바라봤다.
정태경이 말을 이었다.

[조류족성애자(Lv.38):소수정예가 말도 안 되게 강한 거지, 우리가 약하다고 생각하진 않습니다. 이래 봬도 우리들 다 오랫동안 게임을 즐겨왔던 고인물들이지 않습니까. 그것도 게임의 종주국이라 불리는 대한민국에서요. 이벤트는 저희에게 맡겨주십쇼! 저희 대신 못된 놈이랑 싸우느라 고생하시는 것 같은데, 이런 소소한 이벤트까지 신경 쓰실 필요 없습니다!]

자신감 넘치는 그의 말.
하긴, 「몬스터즈」는 약 230개 국가에 출시된 글로벌 게임이었다. 물론, 망겜이라 제대로 하는 사람은 극소수였지만.
그래도 항상 한국 서버의 수준은 최강이었다.

[조류족성애자(Lv.38):다른 사람들도 그렇지 않음? 나만 그런가?]
[문스터(Lv.44):ㄴㄴ. 같은 생각.]
[몬스터콜렉터(Lv.39):모찌 님이 말은 거칠어도 항상 도움 주시는데, 이벤트 참여 정도야, 뭐. 목숨 잃는 것도 아니고.]
[카드값줘체리(Lv.40):ㅇㅇ. 글고 굳이 모찌 님이 원하지 않더라도 해야지. 추가 보상이 있을 수도 있잖아.]
[병아리콩(Lv.38):맞아. 이벤트는 항상 그래왔지.]
[아리아리동동(Lv.37):가자! 대한민국의 위상을 보여주자!]

[병아리콩(Lv.38):ㅎㅎ 걱정하지 마요.]

…….

오오, 이건 좀 감동인데.

이벤트야 지든 이기든 상관없지만, 채팅창 멤버들이 우리를 이렇게 생각할 줄은 몰랐다. 주예린이 그동안 강압적으로만 대한 건 아니었나 보다.

[모찌(Lv.48):고맙다, 다들.]

“쩝, 간단히 해결됐네?”

내가 없다고 질 거라고 생각하진 않는다. 그래도 주예린이 신경 쓰는 것 같았는데, 채팅방 인원들의 수준이면 1등도 비벼볼 만할 거다. 물론, 우리가 참여하면 100% 1등이겠지만…….

“다행이에요.”

“이제 우린 우리 해야 할 일에 집중하자.”

주예린과의 대화가 끝났다.

“넵, 이제 6층 정도 남았죠?”

“히든 피스까지?”

“네.”

“그렇지.”

지금이 탑 42층이니, 47층까지 6층. 50층에 오르기 전, 마지막 ‘히든 피스’까지 최대한 레벨과 숙련도를 올려야 한다.

"만렙이 머지않았어."

"헤헤, 넵!"

후웅!

창을 뽑아 들었다. 다시 사냥할 시간이었다.

두 달 후. 탑 47층. 필드 타입은 도시.

나와 서은채는 급하게 숨을 몰아쉬고 있었다.

"헥헥, 드디어."

그녀가 나를 보며 호흡을 골랐다. 힘들어 보였지만 그 눈빛에는 뭔지 모를 희열이 감돌고 있었다.

곧이어, 깊게 숨을 몰아쉰 그녀가 말을 이었다.

"……드디어 도착했네요. 47층 히든 피스 앞."

"그러게."

나 역시 뿌듯했다. 그만큼 고생했다.

'만만치 않았지.'

이곳까지 오기 위한 여정. 하루하루가 지옥 같았다. 둘이서 살아남은 게 기적일 정도였다. 탑 40층대부터는 4성짜리 몬스터가 나오지 않는다. 기본 몹들도 다 5성 이상. 당연히 밖에 있는 필드 보스들보다도 훨씬 강했다.

두 번째 메인 퀘스트 때 나왔던 '리치'(★★★★★) 수준의 몹들이 바글바글하다고 생각하면 된다. 게다가 각 층의 보스는 말이 나오지 않을 정도.

놈들을 어떻게 잡을 수 있었는지 기억조차 나지 않는다. 죽다 살아난 횟수만, 열 손가락을 넘긴 것 같다.

"솔직히 두려워요."

서은채가 한숨을 쉬었다.

"……히든 피스가 지금까지 했던 거 다 합친 거보다 배는 어렵다는 거죠?"

"걱정하지 마라. 시작하면 차근차근 설명해 줄 테니까. 지금 정도 전력이면 충분히 깰 수 있어."

내 레벨 77. 그녀의 레벨 76. 40층 이후, 우리는 폭풍 성장을 했다. 추가 몬스터는 얻지 못했지만, 그래도 등반 보상으로 얻은 S급 스킬들도 많았다. 몬스터들의 숙련도도 이젠 평균 15에 달한 상태.

'충분히 해볼 만해.'

50층까지 4층을 남겨두고 굳이 '히든 피스'에 도전하려는 이유는 있다.

뭐, 뻔하다. 더 강해지려는 것. '사이버'와 상대하기 위해서는 지금 전력으로는 턱도 없으니까.

[모찌(Lv.55):오빠, 우린 41층 버튼 못 누를 거 같아.]

[모찌(Lv.55):뚫을 수 있는 게 없어.]

[모찌(Lv.55):경험치 먹고 싶었는데. ㅠㅠ]

주예린 팀도 최근 40층을 돌파했다. 기특했다. 그 끔찍한 '메피스토'를 피해 없이 잡아낼 줄이야. 그 과정엔 엄청난 수련과 고민, 그리고 고통이 따랐을 거다. 물론 37층 '히든 피스'를 진행하지 않았기에, 채팅창 입장권은 따내지 못했다.

주예린은 그 외에도 채팅창 고인물들에게 공략을 풀었다. 그에 따라, 병아리콩과 조류족성애자, 그리고 폭행몬스터즈도 팀을 꾸려 탑을 오르는 중.

'지금쯤 20층 돌파했으려나."

주예린이 지속적으로 컨설팅해 주는 것 같았다. 그들도 혹여 50층에 도달할 수 있다면, '사이버'를 상대하는 데 나름의 전력이 되어줄 수 있을 거다. 레너드를 만날 테고 그만큼 투자를 받을 테니까.

지금은 정보를 묶고 있을 때가 아니었다. 생존자들에게 주적이 '사이버'라는 인식을 심어주고, 참여를 유도해야 했다. 레너드 측도 그 목적으로 채팅방을 개설한 거였고.

'오히려 잘 됐지.'

'사이버'의 저주. 그것으로 인해 일행들도 더 자주적으로 판단할 수 있게 된 듯했다.

내가 없는 전투. 그것에 적응하면서, 본인 스스로 문제를 해결할 수 있는 능력을 배양해야 한다. 그동안은 솔직히 나와 주예린의 버스만 탔었으니까.

'아, 참.'

'서버 통합 이벤트'는 결국 1서버가 승리했다 들었다. 과연 게임의 종주국다웠다. 적은 인원수임에도 그 힘은 결코 약하지 않았다. 총 242개의 성 중 58개를 점령했다니 말 다 했지.

1등 대한민국. 2등 중국. 3등 인도.

많은 인원들이 나누어 이동됐고, 1서버에 도착한 생존자들에게 고인물들이 이렇게 말했다고 한다.

우리는 빙산의 일각일 뿐이다.

만약 우리 서버의 한 집단이 더 참여했다면, 성 242개는 다 1서버가 차지했을 거다.

물론, 2등도 3등도 없었을 거다.

특히 '비운' 그분은…….

뭐, 오글거리는 말은 생략하고-

"시작하자."

"벌써요?"

"어차피 할 거, 빨리 끝내야지."

"하긴, 이 지긋지긋한 탑 잠깐만이라도 나가보고 싶네요."

그녀가 머리를 신경질적으로 긁었다.

나는 피식 웃었다.

'47층의 히든 피스.'

도시 구석에 있는 어떤 작은 빌딩 지하 내부로 들어가면 열린다. 몬스터가 나오는 구역이 아니기에, 설계도가 없으면 절대 들어가 볼 수가 없는 곳. 우리는 그곳 내부로 천천히 내려갔다.

지하는 어두웠다. 하지만 우리에겐 제3의 감각이 있다. 한

치 앞도 안 보이는 계단을 내려가는 중, 메시지가 떴다.

['히든 피스'로 가는 길!]

[이번 '히든 피스'는 팀 단위로 이루어집니다.]

[난이도를 고르세요.]

[제한 시간:1분]

[제한 시간 선택 미준수 시, '이지 모드'로 자동 선택됩니다.]

[1. 이지 모드]

[2. 노말 모드]

[3. 헬 모드]

[4. 코리안 모드]

'엥?'

나는 놀랐다. 본래 47층의 히든 피스 난이도는 3개밖에 없었기 때문. '이지 모드'부터 '헬 모드'까지.

'코리안 모드'는 처음 보는 난이도였다.

'한국인 모드라……. 딱 봐도 엄청 어려워 보이네.'

본래는 '헬 모드'에 도전하려 했다. 그것만으로도 충분히 어렵다. 그러나 괜스레 궁금해졌다.

"이게 뭐예요? 원래 '헬 모드'가 최고 난이도라고 하지 않으셨어요?"

"그러게. 이건 뭘까."

"헐, 처음 보시는 거예요?"

[제한 시간 40초 남았습니다.]

시간이 없었다. 그래서 더 고민이었다.

원래 알던 '헬 모드'를 선택할까. 새로운 '코리안 모드'를 선택할까.

'일단, 이지랑 노말은 버리고.'

당연하지만, 난이도가 높아질수록 보상의 정도도 커진다. 도전할 거면 무조건 '헬 모드' 이상이었다.

[제한 시간 30초 남았습니다.]

"아저씨?"

"잠깐만."

장단점이 있다. '헬 모드'의 경우 클리어 방법을 안다. 그렇기에 살 확률이 높아진다. '코리안 모드'의 경우 생전 처음 보는 방이다. 예상컨대, '헬 모드'보다 훨씬 어렵겠지.

잘못하다 뒈질 수도 있을 거다. 대신 그만큼 얻는 것도 많을 거고.

'크으……. 뭘 고르지?'

만약 '코리안 모드'가 「갓 컴퍼니」의 의도라면 도전해 보고 싶었다. '운영자 아린'에게 물어보고 싶었지만, 남은 시간이 별로 없었다.

아, 참고로 '요정왕 오베론'의 스킬, 「운영자 연결」을 사용하면 아린과 10분 동안 대화할 수 있다.

[제한 시간 20초 남았습니다.]

이제는 결정해야 했다. '도전'을 할 것인가 '안전'을 택할 것인가. 내 목표가 생존이라면 '헬 모드'를 택하는 게 맞다.

'하지만…….'

27층에서 목각인형 잡을 때를 떠올렸다. 그때도 몰랐던 임무였지만 결국은 해냈다.

시야가 제한됐던 방도 떠올렸다. 그 역시 처음이었지만, 결국엔 5단계까지 해낼 수 있었다.

'그리고 그만큼 강해질 수 있었지.'

난 도전하고 싶었다. 이곳에선 '강함'이 곧 생존이니까.

"난 더 어려운 모드를 선택하고 싶은데?"

그러나 내 의견만으로 결정할 수는 없다. 서은채도 함께하기 때문.

"알잖아요. 전 무조건 아저씨 편이에요."

"위험할 확률이 높아. 아니, 무조건 위험할 거야. 지금까지 달려왔던 것보다 수십, 수백 배는 힘들 수도 있어."

원래 '히든 피스'란 그런 곳이다.

"죽을 수도 있겠죠."

"그렇지."

"근데 그건 지금까지도 그래왔잖아요."

서은채의 눈빛은 흔들리지 않았다. 지금에 와서야 오로지 나에게 의지하는 그녀.

[제한 시간 10초 남았습니다.]

이제 어쩔 수 없다. 더 이상 미루다가는 '이지 모드'로 시작하게 된다. 그건 진짜 안 하느니만 못하다.

"4번. 코리안 모드 선택."

[5초 후, '히든 피스'로 이동됩니다.]

결국, 선택했다. 언젠가 이 순간을 후회하게 될지도 모른다. 하지만 후회한다는 것은 살아 있다는 것. 그것 나름대로 얻는 게 있을 거다.

"간다."

"가보죠."

그렇게 시야가 암전했다.

공간 자체가 기계로 가득 차 있는 기계실. 그곳엔 한 중년 사내가 의자에 앉아 있었다.

레너드 스톤필드. 「갓 컴퍼니」의 대표이사이자, 50층을 지배하고 있는 남자였다. 그는 언제나처럼 수많은 기계실 모니터들을 한번 둘러보았다. 모니터에는 다양한 생존자들의 모습이 송출되고 있었다.

그중 가장 큰 모니터. 그곳에는 한 사내와 한 여성의 모습이 보였다. 레너드의 일과 중 가장 많은 시간을 차지하는 것은 바로 저 둘의 모습을 지켜보는 것.

'드디어 들어갔군.'

그는 생각했다. 그동안 모았던 모든 간섭력을 저 47층 '히든 피스'에 투자했다.

「갓 컴퍼니」의 미래이자 전부. 모든 핵심 키가 바로 저 '비운', 담건호라는 사내에게 있었다. 과한 신경을 써도 부족했다.

[이사님.]

그때, 요정 한 마리가 허공에서 등장했다. 익숙한 모습. '운영자 아린'이었다.

"전쟁 준비는 잘 돼 가나?"

[노력하고는 있으나, '벨제붑'과 '사탄' 휘하 군단의 저항이 막강합니다. '네르갈'로는 많이 힘듭니다. 빨리 '비운'님이 성장을 해줘야…….]

'벨제붑'(★★★★★★)은 80층의 악마. '사탄'(★★★★★★)은 90층의 악마다. '네르갈'(★★★★★★)은 70층의 악마고.

"지금 들어갔다."

[히든 피스 말입니까?]

"그래, 이제 얼마 남지 않았어. 그가 이곳에 오는 것도."

[정말……. 대단한 자입니다. 진짜 둘이서 50층까지 올라올 수 있을 거라고는.]

"믿으라 하지 않았나. 비록, 이곳 시공간은 아니지만, 혼자 힘으로 99층까지 도달했던 분이야."

[잠재력이 대단한 자로군요.]

"이 전쟁의 끝을 볼 수 있는 유일한 분이지."

믿을 수 없는 소리가 오갔다. 시공간, 99층 등등. 현재로서는 전혀 추측할 수조차 없는 소리.

[이, 이사님!]

그때였다. 공간에 다른 요정이 튀어나왔다.

운영자 '잭필드'. 흔치 않은 남성 요정으로 50층 기계실의 시스템을 도맡고 있다. 잭필드의 목소리와 표정이 굉장히 급해 보였다.

"무슨 일인가."

레너드가 차분하게 물었다.

[크, 큰일 났습니다!]

"진정하고 말해보게."

[비, 비운. 그분이 들어간 곳이 '헬 모드'가 아닙니다!]

"뭐라?"

레너드의 표정이 흔들렸다. 그동안 모아둔 간섭력을 전부 '헬 모드'에 투자했기 때문이다.

"그럼, 이지나 노말이라도 선택했다는 건가!"

그럴 리가 없었다. '비운' 그자라면 무조건 가장 어려운 난이도를 선택할 거라 굳게 믿었기 때문이다.

[그, 그게……. 사이버가 간섭한 것 같습니다.]

"……사이버?"

그의 표정이 멍해졌다. 요즘 놈의 간섭이 말도 안 되게 심해졌다. 그리고 계속 무리수를 던졌다.

본래라면 절대 하지 않을 짓들을.

[놈이 '코리안 모드'라는 것을 추가한 모양입니다. 이건 모니터링도 안 됩니다.]

"……코리안 모드."

레너드가 주먹을 꽉 쥐었다.

'함정을 파둔 건가.'

또다시 벌어진 '사이버'의 수작.

솔직히 '비운', 그자에게 미안했다. 이런 걸 막아줘야 하는데, 자꾸 헛발질만 하는 자신의 모습에 분노가 치밀었다.

"그럼 그냥 내버려 두게."

그러나 금방 이성을 찾았다.

[……네?]

"놈이 개입한 이상, 어쩔 수 없어. 알다시피 이 탑은 놈의 것. 우리가 어떻게 할 방법이 없단 말이야."

한숨을 쉰 레너드가 말을 이었다.

"공중에 떠버린 모든 간섭력을 '모찌'가 이끄는 파티로 돌리세."

[그, 그럼 '비운'님은?]

"사이버, 놈은 '비운'님의 잠재력을 낮게 평가하고 있어."

미션이 어려울수록, 보상이 커진다. 그건 놈도 건들지 못하는 이 시스템의 룰이었다. 그리고 분명 놈은 최악의 난이도를 내던졌겠지.

[비운 님이 이번 시련도 견디리라 보는 것입니까?]

"……그래, 그분은 항상 그래왔으니까."

레너드는 결국 또 두 손을 놓았다.

그리고 마냥 '비운'을 믿었다.

"이번에도 분명 견뎌내실 거다. 그리고 놈이 던진 난이도의 역치만큼 더 강해져서 돌아오실 거야."

아마 그가 이런 모습을 봤다면, '트롤 새끼'라며 상판대기를 후려쳤을지도 모르지만……. 어쨌든 그랬다.

[히든 피스]

[난이도:코리안 모드]

시야가 밝아졌을 땐, 따사로운 햇볕이 눈을 비췄다.

'필드는 숲이군.'

주변을 둘러봤다. 지구에서는 볼 수 없었던 커다란 나무들과 기괴 암석. 그리고 오솔길.

"누군가 다니는 곳인가 봐요."

"응, 그러니 길이 나 있겠지."

길은 깔끔했다. 마치 누군가가 주기적으로 정돈하지 않으면 나올 수 없는 그런 모습이었다.

'적어도 지능형 몬스터가 있다는 건데.'

옆에 있는 서은채에게 시선을 돌렸다.

"은채야."

"넵!"

"무슨 일이 벌어지든 알지?"

"네, 신속한 버프 및 지원. 알고 있어요!"

서은채가 석궁에 볼트를 끼웠다. 자신감 어린 눈빛. 이제는 일곱보다 둘이 편할 지경이다. 그만큼 많이 합을 맞췄다.

어떤 순간이 와도 그녀는 가장 효율적인 방법으로 신속하게 반응할 거다.

"그래."

나 역시 창을 꺼내 들었다. 그리고 눈을 감았다. 이제부터 집중해야 한다.

코리안 모드. 난생처음 해보는 하드한 난이도였으니까. 넋 놓고 있다가는 언제 목이 떨어질지 모르는 일이다.

'……일단은 숲밖에 없군.'

감각을 널리 활성화했다. 반경 1㎞ 주변에는 아무런 생명체도 없었다. 그저 나무와 돌, 그리고 흙.

그러나 육감이 말해줬다. 이곳은 범상치 않은 곳이라고.

애초에 '히든 피스'는 시련의 장. 쉽게 가는 법이 없다.

"이번엔 뭔가 목표 같은 것도 안 알려주네요."

"목표?"

"네, 임무 메시지나 이런 거요. 그냥 숲에 떨궈놓고 뭐 하라는 건지."

"이제부터 차근차근 알아가 봐야지."

무언가를 찾아내야 한다. 그러나 급할 건 없다. 지금까지와 달리, 이곳은 내가 전혀 모르는 장소이기 때문에 절대 신중해야 한다. 일단, 무작정 길을 따라 걸었다. 길 위에 떨어뜨려 놓은 이유가 있을 거라 생각했다.

'따라 와보라는 거겠지.'

그렇다면 가준다. 어떤 함정이 기다리고 있든 상관없다. 제3의 감각으로 파악하고 헤쳐나가면 되니까.

그렇게 조심히 걸었다. 서은채는 내 뒤에서 거리를 둔 채, 경계하며 따라왔다.

'음?'

감각에 무언가 잡힌 것은 그때였다.

"잠깐, 멈춰."

나는 자세를 낮췄다. 그녀도 긴장하며 경계했다.

"왜요?"

"누군가 있다."

1㎞ 앞. 분명히 기척이 느껴졌다. 나는 기감을 집중했다. 넓게 퍼졌던 감각들을 그 기척 쪽으로 집중했다.

'덩치가 거대해.'

약 3m 크기의 몸집. 불뚝 튀어나온 배. 들고 있는 커다란 나뭇가지.

나는 망설였다. 놈에게서 엄청난 기운이 느껴졌기 때문이다.

"뿔하피, 실베론. 나와."

곧바로 몬스터를 소환했다.

[주인님! 불러써?]

[……이곳은 또 어딘가, 주인. 킁, 뭔가 익숙한 냄새가 나는군.]

그들이 내 양옆으로 이동했다.

"익숙한 냄새?"

나는 실베론에게 물었다.

그가 답했다.

[기억이 없어 잘은 모르겠다. 하지만, 공기의 밀도나 환경이 눈에 익어.]

"눈에 익는 다라……."

어떤 의미인지는 모르겠지만, 지금은 그런 걸 생각할 때가 아니었다. 놈의 기척이 점점 가까워지고 있었기 때문이었다. 나는 외쳤다.

"일단, 다들 전투 준비해!"

[그러지, 주인.]

순식간에 진형이 갖추어졌다.

내가 전방, 소환수들이 양 측방. 그리고 후방에 있는 서은채의 버프가 들어왔다. 신속하고 깔끔한 준비였다.

"조심해라, 범상치 않은 놈이야!"

크아아아아!

그 순간, 공간을 뒤흔드는 포효가 울렸다. 만렙의 한계를 뛰어넘은 능력치임에도 그 압박이 온몸에 느껴질 정도였다.

"커헉!"

심장이 저릿했다. 놈의 속도는 굉장했다.

눈 깜짝할 새에 눈앞에 나타났으니까.

'……저건?'

'심연의 눈동자'가 활성화됐다.

[몬스터: '폭군 오우거'(★★★★★★)]

[숲의 제왕이 악마 '벨제붑'의 기운을 받았다.]

[굉장히 사나워 홀로 다니는 것을 좋아하며, 피아식별을 하지 않는다.]

'미친?'

시련의 악마 '벨제붑'(★★★★★★). 그 단어가 눈에 거슬렸다. 놈은 탑 71층에서 80층까지를 전부 통제하는 악마다. 47층인 지금 등장해서는 절대 안 될 놈.

'뭐지?'

50층의 '아스타로트'. 60층의 '루시퍼'. 70층의 '네르갈'.

'그걸 다 뛰어넘었다고?'

다시 놈을 바라봤다. 피부 곳곳에는 전투의 흔적들이 흉하게 져 있었고 온몸 구석에 힘줄이 돋아나 있었다.

눈빛 역시 살벌했다. 모든 것을 파괴하겠다는 듯 광기로 일렁이고 있었다. 순간, 섬뜩한 느낌이 들었다.

"피해!"

콰아아앙!

놈이 나뭇가지를 힘차게 내려찍었다.

처음이었다. 눈으로 따라가기 힘들 정도의 속도는. 허공에 떠 간신히 피한 나는 몸의 감각을 일깨웠다.

놈의 공격은 계속됐다. 마구잡이로 휘두르는 것에 불과했지만 하나하나가 날카로웠다.

'아, 그러고 보니.'

기억이 났다. 놈은 탑 76층의 일반 필드 몬스터. 「몬스터즈」 당시에도 굉장히 까다로웠던 놈들 중 하나였다.

다만, 한가지 특징이 있다면 놈은 지능이 부족해 약한 자를 먼저 공격한다는 판단을 내리지 못한다. 그저 눈앞에 보이는 놈만을 공격한다.

"다들 뒤로 빠져!"

콰아아앙!

난 지속되는 놈의 공격을 피하며 외쳤다.

"내가 상대할 테니! 다들 지원에만 신경 쓴다!"

일단, 생각은 나중에. 놈부터 처리해야 한다.

"패턴은 있어요?"

"없어! 그냥 싸우면 돼!"

먼저 광전사 모드를 발동했다. 놈을 상대로 여유는 사치. 지금부터 할 수 있는 건 모두 다 해야 한다.

그래도 잡을까 말까 한 놈이다.
'그래도 보스급은 아니니까.'
그건, 그나마 다행이다. 난 붉어진 시야 속에서 섬창의 기운을 가동했다.

['섬창'(殲槍)을 가동합니다.]

그 후, 놈에게 붙었다. 공격을 피하면 답도 없다.
무슨 수를 써서라도 맞춰야 한다.
후웅!
놈이 다시 한번 몽둥이를 휘둘렀다. 그 궤적을 감각으로 느낀 후, 피하면서 더욱 붙었다.
'크윽.'
왼팔에 찌릿한 통증이 몰려왔다. 피하려고 피했지만, 옆부분을 살짝 스친 듯했다.
"아저씨!"
그때였다. 오우거의 땅 밑에서 희멀건 그림자가 솟구쳐 놈의 움직임을 봉쇄했다.
'태초의 마녀 키르케'의 암속성 마법. 「어둠의 속박」이었다.
'나이스!'
그녀가 가져다준 기회. 나는 곧바로 창을 찔렀다. 놈의 다리를 향해서. 깊숙이.
쿠웅!

'섬창'의 기운이 놈의 단단한 철판 가죽을 뚫고 속살을 드러내게 만들었다.

'미친, 겨우?'

다리 하나가 사라지는 게 아니라, 그냥 작은 구멍이 뚫린 정도라고? 방무뎀까지 들어갔을 텐데?

한방에 뒈지지 않을 건 알았지만, 이건 좀 너무했다.

크아아아!

'제기랄.'

놈이 곧바로 반응하며 주먹질을 해왔다. 즉시 몸이 반응했다. 바로 땅을 박차 뒤로 텀블링 돌아 피해냈다.

"지원 좀!"

"넵!"

서은채의 볼트가 날아갔다. 실베론과 빨하피의 스킬 지원도 있었다.

콰가가강!

그러나 섬창에도 안 죽는 놈이다. 제대로 된 딜이 들어갈 리 없다.

"놈의 가죽은 튼튼하다! 상처 낸 곳에만 집중해!"

다른 곳은 공격할 필요 없다. 어차피 뚫리지 않는다. 하지만 가죽을 뚫어낸 곳이라면? 딜이 들어간다.

콰아아앙!

놈의 움직임이 더 거세졌다. 열 받은 게 분명했다. 그래도 다행인 건, 다리를 공격해서인지 기동이 조금 느려졌다는 것.

'좋았어.'

빌드업은 완료됐다. 이제 정확히 놈의 대가리에 '섬창'을 꽂아 넣어야 한다. 대다수의 몬스터가 그렇듯, 놈의 약점은 머리니까.

나는 스킬 '환기'를 다시 섬창에 사용했다. 아직 시야가 붉다. 광전사가 끝나기 전에 한 방 더 박아넣어야 한다.

"서은채! 한 번 더!"

"알겠어요!"

이번엔 '요정왕 오베론'의 목(木)속성 마법이 튀어나왔다.

땅에서 솟아난 강력한 뿌리가 놈의 육체를 휘감았다. 서은채는 항상 이런 식으로 도움을 줬었다.

"빨리요! 오래 못 버텨요!"

"알아!"

퉁!

땅을 박차 허공으로 떠올랐다. 이번엔 다리가 아닌 머리.

높이 올라 몸을 뒤집어 놈의 머리를 바라봤다.

크아?

대상이 사라지자 고개를 두리번거리는 놈.

['섬창'(殲槍)을 가동합니다.]

"뒈져라. 끈질긴 놈아."

콰아아앙!

창끝이 놈의 뒤통수를 향해 꽂혔다. 그와 동시에 서은채가 볼트를 난사했다. '메피스토'의 석궁 효과로 볼트가 폭발했다.

뿔하피의 깃털 역시 날아가 박혔다.

크아아아아!

그런데도 놈은 죽지 않았다.

'이건, 진짜 미쳤네.'

그래도 어느 정도 딜은 박혔다. 비틀거렸고 머리엔 상처와 구멍이 난자했다.

"지금이야. 계속 공격해!"

가용한 모든 스킬들을 넣기 시작했다. 추가 공격은 없었다. 놈은 커다란 손으로 머리를 보호하며 고통스럽게 울부짖을 뿐이었다.

'괴롭겠지.'

섬창의 기운이 뇌를 뚫었다. 제정신일 수가 없을 거다.

'끝났어.'

이제 놈이 할 수 있는 건 없다. 그냥 처맞다 뒈지는 것뿐.

나는 다시 허공에 뜬 채로 창을 미친 듯이 찔러 넣었다. 그렇게 3분 정도가 흘렀을까-

['폭군 오우거'(★★★★★★)를 처리합니다!]

마침내, 놈을 쓰러뜨릴 수 있었다.

50층. 기계실 내부.

[이, 이사님!]

운영자 '잭필드'가 레너드를 찾았다.

"또 무슨 일인가."

레너드가 고개를 절레절레 흔들었다. 항상 호들갑 떠는 잭필드가 마음에 들지 않았기 때문이다.

['비운'님의 행방이 잡혔습니다!]

"뭐야!"

레너드가 벌떡 일어났다.

"히든 피스는 가공간이라 행방이 잡힐 수가 없을 텐데?"

[그, 그게.]

"어서 말해보게! 아니다, 직접 보지! 당장 모니터 띄우게."

항상 차분하라던 레너드가 오히려 흥분했다. 잭필드가 땀을 삐질 흘렸다.

[그, 그게 이사님. 행방은 잡혔으나 그 위치가…… 모니터링을 할 수 없는 위치입니다.]

"뭐? 그건 또 무슨 말인가!"

탑이건 탑 밖이건 「갓 컴퍼니」의 시선이 닿지 않는 곳은 없다. 어떠한 한 곳을 제외하고는 말이다.

"무슨, 사이버 측 진영에라도 있다는 말인가?"

[……그렇습니다.]

"뭐?"

사이버 측 진영. 즉, 「갓 컴퍼니」가 통제할 수 없는 지역은 71층부터 100층까지다. 과거 전쟁으로 '네르갈'을 포섭하면서 70층까지 점령했기 때문이었다.

"그게 말이 되나? 47층에 있는 사람을 그쪽으로 끌고 갔다고?"

레너드는 믿을 수가 없었다.

[탑에 내장된 타워 포지셔닝 시스템에 의하면 그렇습니다. 아시다시피 TPS의 오차율은 0.0001% 이내로……]

"……됐네."

그가 머리를 붙잡았다. 네트워크는 정밀하다. 거의 오차 범위가 없다. 그 말인즉슨, 정말 놈이 '비운'님을 그쪽으로 끌어들였단 이야기.

'이건, 거의 가망이 없는 수준인데.'

한낱 히든 피스 따위가 아니다. 지금 전력으로 탑의 고층에 오르는 것은 거의 자살행위와 같다. 이건, '비운'님을 믿고 말고의 문제가 아닌 것이다.

'도대체 무슨 생각이지?'

놈에게 그 정도의 간섭력이 있을 리 없다. 47층에서 그만큼의 난이도를 설정하려면 정말 파격적인 간섭력이 필요하니까. 그 말은, 엄청난 희생을 치렀다는 것일 텐데.

"일단, TPS 계속 추적하고 계속 상황 보고하게."

어쨌든, 알았다 해도 지금으로써 할 수 있는 건 없다. 최대한 '모찌' 팀을 키우고 전쟁을 준비하는 것뿐.

'제발…… '비운'님이시여.'

그는 기도하는 것밖에 할 수 없었다.

「갓 컴퍼니」의 유일한 히든카드. 담건호라는 사내에게 말이다.

쓰러진 거대한 폭군 오우거. 그 사체를 바라보며 나는 생각에 잠겼다.

'도대체 뭘까.'

80층의 악마 '벨제붑'의 버프. 그리고 본래 76층에 등장했어야 할 오우거. 그게 왜 47층 히든 피스에서 나온단 말인가.

'……그리고.'

분명 실베론이 말했다. 익숙한 냄새가 난다고. 주변이 눈에 익다고.

'설마…….'

「몬스터즈」에서는 전혀 몰랐던 비밀들. 분명 '실베론'도, '세계수'도, '아델 드 베르트랑'도 자신만의 세계가 있다고 했었다. 또 본체가 있다고도 했다.

그리고 레벨과 숙련도를 올리지 못하면 그 본체 힘의 10%도 가져다 쓰지 못한다고 했었지.

'그럼 이곳이 실베론의 본체가 있는 곳?'

설득력 있는 가설이었다. 그게 아니라면, 실베론이 저런 말을 할 리 없다.

'아무래도 자세히 알아봐야겠어.'

잘하면, 이번 '히든 피스'의 키가 될 수도 있을 거다. 만약, 이곳이 정말 탑 70층대의 난이도라면, 나와 서은채 둘이서 이곳을 클리어할 확률이 거의 0에 수렴할 테니까.

"……아저씨?"

서은채가 부른 것은 그때였다. 표정이 굉장히 굳은 모습.

"왜."

"……채팅창 보셨어요?"

아, 맞다. 채팅창. 나는 즉시 시야 구석에 있던 채팅창을 가운데로 끌어다 놓았다. 그러고는 놀랐다.

[Error! Error! Error!]

[「갓 컴퍼니」의 전파가 닿지 않는 공간입니다.]

['용사 채팅창'이 비활성화되었습니다.]

[용사 채팅창 (1/1)]

"채팅창이 불능이에요. 기능이 아예 망가진 것 같은데요?"

"……이건 무슨."

솔직히 상관없긴 했다. 어차피 소통이 필요한 것도 아니고. 과거 시야 제한 방에서도 채팅창은 사용하지 못했었으니.

그런데도 놀란 이유는 분명했다. 이런 메시지가 뜬 적이 처음이기 때문.

'갓 컴퍼니의 전파라고?'

원래 전파로 채팅창을 송수신했나?

도무지 알 수가 없었다. 머릿속이 더욱 복잡해졌다.

"아린이라도 소환해 볼까요?"

"그래, 어디 불러보자."

맞다. 안 그래도 찝찝한 공간. 궁금한 건 물어보는 게 제격이다.

잠시 후-

"……아저씨."

"응?"

"막혀 있어요. 스킬 사용이 안 돼요."

"그렇군."

별 놀랍지는 않았다. 「갓 컴퍼니」와 닿지 않는다는데, 운영자 소환이라고 제대로 될 리 없었다.

조금 휴식 후, 다시 이동했다. 우리가 할 수 있는 건 그저 길을 따라 이동하는 것뿐. 계속 고민만 하고 있을 수는 없었다. 그렇게 몇 분을 걸었을까.

"있다."

"네?"

"누군가 있어."

다시 한번 감각에 기척이 느껴졌다. 이번엔 오우거처럼 강력한 기운은 아니었다. 다섯 개체였는데 조금 느낌이 이상했다.

'뭐지? 사람인가?'

전방을 훑은 감각은 분명 저들을 사람이라 말했다. 두 개의 팔, 두 개의 다리, 한 개의 머리, 그리고 이족보행과 누가 봐도 사람인듯한 이목구비.

'……이상하네.'

내가 알기로 「몬스터즈」에 이런 세계관은 없었다. 혹시 NPC가 있다 해도 요정들이었지 인간 형상은 아니었다.

"전투 준비할까요?"

"아니, 그냥 가보자. 약한 놈들이거든."

"넵."

이제 기세만 봐도 안다. 저들 다섯은 내가 마음만 먹으면 1초 안에 죽일 수 있다. 일단, 저들을 만나 봐야 한다.

모든 사건에는 이유가 있는 법. 혹시 저들이 이 '히든 피스'를 클리어하는데 큰 실마리가 될 수도 있다.

'정말이군.'

곧이어 그들과 조우했다. 그들은 정말 인간의 모습을 하고 있었다. 수염이 덥수룩하게 난 서양 남성들이었다.

무기는 창과 칼 등등.

"멈추시오!"

"손을 들고 신분을 밝히시오!"

그들이 동시에 외쳤다. 분명히 생전 처음 듣는 말이다. 그런데도 신기하게 내용이 이해됐다.

"죽일까요?"

서은채가 무릎쏴 자세로 석궁을 조준했다. 그녀는 철저하게 저들을 몬스터로 인식하고 있는 듯했다. '아델'처럼 인간형 몬스터도 분명 있을 테니까.

뭐, 저들이 진짜 사람이라 해도 망설이진 않았을 거다. 그동안 수많은 몬스터를 죽여왔다. 흉측하다 해도 생명은 생명. 겨우 인간이라는 이유로 고민할 시기는 지났다. 게다가 이곳은 조금만 정신 놓으면 목숨을 잃을 수도 있는 탑이다. 이제 '살인' 정도야 가볍고 우습다.

"뭐, 뭐 하는 거냐!"

"자, 잠깐!"

그녀의 전투 자세에 저들이 당황했다. 무기를 들고 있었지만, 확실히 오합지졸이었다. 일단 무기를 쥐고 있는 자세만 봐도 초보자였고 전투가 벌어질 수도 있는 상황인데 진형도 전혀 갖추지 않았다.

'그나저나 저들은 뭐지?'

나는 혼란스러웠다. 일단, 잡는 건 아닌 거 같다. '히든 피스'의 시련이라기엔 너무도 약했으니까.

자경대장 '한스'(★★★★). 자경대원 '크리스'(★★★). 자경대원 '잭슨'(★★★). 자경대원 '제임스'(★★★). 자경대원 '자크'(★★★).

'심연의 눈동자'도 알려줬다. 놈들은 그냥 ×밥이라고.

"서은채."

"넵!"

"경계 풀어봐. 일단 상황 좀 지켜보자."

내가 팔을 들며 말했다. 그러자 그녀가 일어섰다.

"너희는 누구냐."

그리고 그들에게 말을 툭 던졌다. 당연히, 내가 낼 수 있는 모국어였다.

"그, 그쪽은 누구십니까."

혹시나 해서 물은 거였는데, 놈들이 알아들었다. 그들 중 한 명이 외쳤다.

"한스 대장! 생각해 보니 저들은 버려진 숲 방향에서 오고 있었습니다. 위험한 자들……."

"알고 있으니까, 조용히 해!"

4성짜리 대장이란 자가 부하에게 윽박질렀다. 그 후, 앞으로 나섰다. 그리고 정중히 고개를 숙였다.

"당황해서 실례를 저질렀습니다. 혹시 고위 귀족이십니까?"

고위 귀족? 이곳은 그런 계급이 있나?

내가 고개를 갸웃하자, 그가 말을 이었다.

"크흠, 혹시 어떻게 이 방향에서 오실 수 있는 건지 알려주실 수 있습니까."

"그냥 길을 따라왔을 뿐이다."

"그럴 리 없습니다. 그 숲엔 흉포한 '폭군 오우거'가 살고 있습니다. 고위 귀족이 아니라면 그 누구도 통과할 수 없게 설계되어 있습니다."

"고위 귀족이 뭔지는 모르겠지만, 그 오우거라면 우리가 잡았다."

"……네?"

놈들이 혼란스러운 표정을 지었다. 불신 어린 눈빛. 그러면서도 긴가민가한 눈빛.

"대, 대장! 촌장님이 이야기했던……."

"……조용히 해라."

한스가 다시 나섰다. 내가 답했다.

"뭐, 믿고 말고 상관없다."

어차피, 근처에 놈의 사체가 있다. 인증하려면 충분히 인증할 수도 있다. 그러나 그러기 귀찮았다.

"아닙니다. 충분히 믿습니다. 이곳을 지나오신 것만으로 신분은 충분합니다. 혹시, 실례가 되지 않는다면 저희 촌장님을 한 번 뵙고 가실 수 있습니까?"

"촌장?"

"그렇습니다. 오우거를 잡았다 주장하는 자를 만나면 데려오라는 지시가 있었습니다."

호오, 이건 무슨 전개지? '히든 피스'에 들어오자마자, 오우거가 보였다. 그리고 그 오우거를 잡았더니 촌장이란 자가 부른다.

'촌장'이라는 직위를 사용하는 것 보면, 아마 산골짜기에 있는 마을이겠지.

"이거 퀘스트의 냄새가 진하게 나는걸?"

옆에 있는 서은채에게 말했다. 그녀도 동조했다.

"사라졌던 임무가 드디어 나오는 걸까요?"

"그건 모르지. 일단 가보자."

"넵."

내가 고개를 끄덕였고, 한스는 우리를 안내했다.

to be continued